지금 있는 곳에서 시작하라

Start Where You Are

티베트 불교계의 큰 스승, 페마 초드론의 마음공부

지금 있는 곳에서 시작하라

페마 초드론 지음 | 이재석 옮김

한문화

나의 어머니 버지니아에게

그리고 나의 손녀 알렉산드리아에게

이 책을 바칩니다.

삶의 장애물들을
마음을 일깨워줄 연료로 삼아라!

나는 이 책에서 우리의 마음을 어떻게 일깨울 수 있는지에 대해 다루려고 한다. 어떻게 하면 내 안에서 진실하고 자비로운 마음이 깨어나게 할 수 있을지 고민하고 있다면, 이 책이 답을 찾는 데 도움을 줄 것이다.

우리 시대의 많은 사람들은 상처 입은 자신의 마음을 어떻게 다루어야 하는지 알고 싶어 하고, 동시에 고통받고 있는 다른 사람들을 도와주고 싶어 한다. 이 책에서 소개하는 고대의 가르침이 특히 이들에게 힘이 되어줄 것이다. 이 책은 자신과 타인에게 마음이 닫혀 있다고 느낄 때 마음의 문을 여는 방법을, 우리 마음이 인색해져 다른 사람에게 선뜻 다가가지 못할 때 나누고 베푸는 법을 알려준다. 그리고 나 자신과 타인의 싫은 모습조차도 솔직하고 자비롭게 바라보고 느낄 수 있게 해준다. 어떻게 하면 지금 여기에서 달아나지 않고 타인을 위해 함께 존재할 수 있는지 알려준다.

나는 19세기 티베트의 위대한 스승인 잠곤 콩트륄Jamgon Kongtrul의 《깨달음을 향한 위대한 여정(The Great Path of Awakening)》이라는 책을 통해 '로종lojong'이라는 가르침을 처음으로 접했다. 이 가르침에는 '통렌tonglen'이라는 매우 효과적인 명상법과 일곱 가지 마음 수련법이 담겨 있다. 사실 이 수련법의 기원은 체카와 예셰 도르제Chekawa Yeshe Dorje가 엮은 아티샤Atisha의 《수심요결(The Root Text of the Seven Points of Training the Mind)》이라는 티베트 고문서에서 비롯했다.(부록 참고)

로종이란 '마음수련'을 뜻한다. 로종의 가르침은 우리 마음을 일깨워주는 쉰아홉 개의 경구를 포함한 일곱 개의 요결로 구성되어 있다. 이 경구 수행을 소개하는 것이 이 책의 핵심이다. 이 가르침들은 대승불교의 수행법으로, 자비심을 가지고 다른 존재와 소통하고 관계 맺는 것을 중요시한다. 또 생각하는 것만큼 우리 자신이나 삶이 불변하는 견고한 존재가 아니라는 점도 강조한다. 사실 우리가 겪는 하루하루의 일상에는 많은 공간, 즉 많은 가능성이 존재한다. 이렇듯 로종의 가르침은 나와 타인이 서로 분리되어 제각각 존재한다는 잘못된 생각이 우리의 삶을 고통스럽게 한다는 것을 깨닫게 하고, 그런 망상을 내려놓을 수 있게 도와준다.

통렌은 '받아들이고 내보낸다'는 뜻이다. 통렌 명상은 우리 같은 평범한 사람들도 열린 마음과 자비심을 발견할 수 있게 도와주고,

약점을 감추고 억누르는 대신 그 또한 우리의 일부임을 받아들일 수 있게 해준다. 우리는 이 명상을 통해 자비심의 동심원을 점점 더 넓게 확장시켜나갈 수 있다. 이 책을 읽을 당신도 그렇게 되기를 바란다.

내가 처음 '로종'이라는 가르침을 접했을 때, "당신이 가진 어려움과 문제들을 모두 마음을 일깨우는 데 사용하라"는 범상치 않은 가르침에 적잖은 충격을 받았다. 우리는 대개 자신이 원하지 않는 삶의 모습을 장애물로 여기며 살아가고 있지 않은가. 그런데 잠곤 콩트륄은 우리가 원하지 않는 삶의 어두운 측면들을 장애물로 보지 말고, 오히려 우리 안의 참된 자비심을 일깨워줄 연료로 보라고 한다. 그러면 지금 있는 곳에서 시작할 수 있다는 말이다.

잠곤 콩트륄의 논지는 타인의 고통에 초점을 맞추고 있지만, 오늘날은 상처 입은 우리 자신을 위해 자비심을 기르는 것이 먼저 필요하다. 우리 자신에 대한 무조건적인 자비심은 자연스럽게 타인에 대한 무조건적 자비심으로 이어지기 때문이다. 이 사실을 책에서 수없이 강조했다. 자신의 처지를 온전히 받아들이고 자기 자신을 절대 포기하지 않아야 타인의 처지도 이해할 수 있고 그들을 절대 포기하지 않을 것이다. 참된 자비심은 자기보다 불행한 이들을 돕고자 하는 마음에서 오는 것이 아니라, 나와 모든 존재가 하나라는 사실을 깨닫는 데서 오기 때문이다.

그로부터 시간이 흐른 어느 날, 나는 스승인 초감 트룽파 린포체로부터 보다 현대적이고 실제적인 가르침을 배우게 되었다. 트룽파 린포체를 통해 나는 불교가 매일의 일상생활에 도움을 주는 실용적인 가르침이라는 것을 새삼 깨달았다. 그는 우리들에게 일어나는 모든 일이 깨우침을 얻게 하는 계기이며, 그것이 지성과 자비심, 열린 시야를 찾는 데 유용하다는 것을 알았던 것이다.

1992년에서 1993년으로 넘어가는 겨울에 나는 한 달간 다툰 dathun이라는 집중수행을 했다. 로종의 가르침과 통렌 명상에 온전히 전념하는 시간이었다. 집중수행에 참여한 사람들은 무엇보다 로종의 가르침을 일상에서 생겨나는 피할 수 없는 좌절과 어려움에 실제로 적용할 수 있기를 원했다. 그래서 우리는 그 시간동안 가르침을 가슴으로 가져가서 우리가 접하는 일상의 모든 상황 (특히 남을 비난하고 비판하며 무시하는 상황)에 적용하는 기회로 삼기로 했다. 열린 가슴과 열린 마음으로 우리 자신과 타인 안에 있는 공격성, 탐욕, 부정하는 태도와 관계 맺는 데 그 가르침들을 활용하고 싶었던 것이다.

로종의 가르침을 익히면 명상에 익숙하지 않은 사람들도 태도가 쉽게 변한다. 여느 때 같으면 싫다고 밀쳐냈을 일들을 자비로운 마음으로 바라볼 수 있게 되며, 소중하다고 집착하던 것을 기꺼이 놓아버리고 다른 사람들과 나눌 수 있게 된다.

좌선 명상과 통렌 명상을 할 준비가 되어 있다면, 그리고 로종의 경구를 가지고 꾸준히 수행을 해나간다면, 사랑의 진정한 의미를 알게 될 것이다. 또 수행을 통해 마음을 편안하게 이완하고 활짝 열 수 있는 마음의 공간을 갖게 될 것이다. 이것이야말로 아무런

조건 없이 자비롭게 살아가는 길이다. 이 책이 인생의 암흑기를
보내고 있는 이들에게 특히 도움이 되기를 바란다.

페마 초드론

차례

Start Where You Are

하나

→

문제 삼을 것도, 도망칠 것도 없다

우리는 존재하고 있는 지금 이 순간을

끊임없이 지나치며 살고 있다.

지금 이 순간을 제대로 경험할 수만 있다면!

우리는 이미 모든 것을 갖추고 있는 존재로 자기계발을 위해 불필요하게 애써 노력할 필요가 없다. 나는 나쁜 사람이니 착한 사람이 되어야 한다는 중압감과 두려움, 정체성, 온갖 분노와 질투, 그리고 중독 행위들은 우리 스스로가 부여한 것일 뿐 우리의 본성에 영향을 주지 못한다. 일시적으로 태양을 가리는 구름일 뿐이다. 본래부터 지니고 있는 따뜻한 마음과 찬란한 빛은 언제나 그 자리에 그대로 존재하고 있다. 이것이 우리의 참모습이다. 따라서 온전히 깨어 있는 상태라는 것은 우리가 눈 한번 깜빡이는 정도만큼 그렇게 가까이에 있다.

이런 식으로 우리 자신을 바라보는 것은 일상적인 습관과는 매우 다르다. 이런 관점이라면 자신을 어떤 식으로든 애써 변화시킬 필요가 없다. 또 자신이 아무리 형편없는 사람처럼 여겨지더라도 얼마든지 깨달음을 얻을 수 있다. 자신이 세상에 둘도 없는 무력한 사람처럼 느껴지더라도 그 느낌이 당신의 자산이다. 없애거나 개선해야 할 것이 아니다. 몹시 싫어하고 부정하고 싶은 자신의 역겨운 면이라 해도 거기에는 예외 없이 어떤 풍요로움이 깃들어 있다. 물론 자신의 사랑스러운 면이나 자부심과 영감을 느끼는 부분도 우리가 가진 자산이다.

이 책에 소개한 수행법을 통해 우리가 서 있는 바로 그 자리에서 시작하면 된다. 화가 나더라도, 가난에 찌들어 있더라도, 우울한 기분에 빠져 있더라도 이 수행은 당신을 위한 것이다. 책에서 소개하는 수행법들은 삶에서 원하지 않는 모든 것들을 나 자신과 타인을 향한 자비심을 일깨우는 도구로 사용하게 도와줄 것이다. 어떻게 나 자신을 받아들일 수 있는지, 고통은 또 어떻게 다루어야 하는지, 삶의 고통에서 도망가지 않으려면 어떻게 해야 하는지 알려준다. 그리고 온 마음을 열고 삶을 있는 그대로 받아들이는 법을 알려준다.

자비심이라고 하면 대개 타인을 향한 관심과 배려를 떠올린다. 자녀든, 어머니든, 자신에게 모욕감을 주거나 위협하는 사람이든 타인을 위하지 못하는 이유는 자기 스스로를 진정으로 위하지 못하기 때문이다. 그래서 타인에게서 자신에 대해 못마땅한 어떤 부분이 보이기 시작하면 그 자리에 존재하지 못하고 도망치는 것이다.

우리는 존재하고 있는 지금 이 순간을 끊임없이 지나치며 살고 있다. 만일 우리가 존재하고 있는 지금 이 순간을 제대로 경험할 수만 있다면, 지금 이 순간이 유일무이한 소중한 순간임을, 완전히 새로운 순간임을 깨달을 수 있을 것이다. 지금 이 순간은 결코 두 번 다시 오지 않는다. 우리는 서로 다른 매 순간을 제대로 온전히 음미하며 축복할 수 있을 뿐이다. 이보다 더 신성한 일이 어디 있을까. 유일무이한 지금 이 순간을 온전히 즐기고 축복하는 것,

이보다 더 엄청나고 절대적인 일은 없다. 사실 이것 외에 뭐가 더 있겠는가!

자신의 개인적 고통에 대해 아는 만큼, 그리고 그 고통과 관계를 맺는 만큼 우리는 두려움 없이 용감하게 타인의 고통을 기꺼이 끌어안는 전사戰士가 될 수 있다. 타인의 고통이 나의 고통과 다르지 않음을 알기 때문에 딱 그만큼, 타인의 고통을 떠안을 수 있는 것이다.

이 책이 도움을 줄 것이다. 당신을 도와줄 세 가지 명상법은 다음과 같다.

1 좌선 명상(사마타-위빠사나 명상)

2 고통을 받아들이고 기쁨을 내보내는 명상(통렌 명상)

3 경구를 마음에 새기고 음미하는 명상(로종 명상)

이 명상법은 하나같이 우리에게 필요한 지혜와 자비심이 이미 우리 안에 존재하고 있음을 일깨워준다. 그리고 명상을 통해 나 자신에 대해 알게 된다. 나의 거친 면과 부드러운 면, 열정, 공격성, 무지, 지혜에 대해서도 알게 된다. 오늘날 사람들이 서로가 서로를 해치는 이유, 지구가 오염되고 사람과 동물이 힘겹게 살아가는 이유는 개개인들이 자신을 온전히 알지 못하고, 신뢰하지 못하며, 자기 자신을 사랑하지 않기 때문이다. 사마타-위빠사나(집중-통찰)명상은 나 자신에 대해 알 수 있게 도와주는 황금 열쇠와 같은 수행법이다.

사마타-위빠사나 명상

사마타-위빠사나 명상을 하려면 우선 반가부좌 자세로 다리를 포개고 앉아서 허리를 곧추 세운다. 눈은 지그시 뜨고, 양손은 허벅지 위에 올려둔다. 그런 다음 날숨을 알아차린다. 의식이 날숨과 정확히 함께해야 하지만, 이때는 긴장 상태가 아닌 편안하고 온화한 상태이다. '숨을 내쉬는 바로 이곳에 있으라'는 말은 '지금 이 순간에 온전히 존재하라'는 의미다. 지금 일어나는 어떤 일이라도 그것과 함께하라는 말이다. 가만히 내쉬는 숨을 알아차리고 있자면 거리에서 들리는 소리나 벽에 걸린 전등처럼 다른 대상이 의식 안으로 들어오기 마련이다. 이런 대상에 잠시 주의를 빼앗길 수는 있지만 완전히 사로잡힐 필요는 없다. 자리에 앉아서 계속해서 숨이 나가는 것을 알아차리면 된다.

숨을 알아차리는 것은 사마타-위빠사나 명상의 일부일 뿐이다. 우리가 진짜로 알아차려야 하는 것은 끊임없이 우리 마음속을 흘러 다니는 여러 가지 생각들이다. 가만히 자리에 앉아 있는 것 같지만 실은 자기 자신에게 끊임없이 말하고 있다. 무언가 생각이 일어나는 것을 알아차렸다면 '생각'이라고 이름을 불러보라. 마음이 엉뚱한 곳을 헤매고 있을 때도 스스로에게 '생각'이라고 말해보라. 폭력적이고 열정적인 생각이든, 무지와 부정으로 가득한 생각이든, 걱정과 두려움에 싸인 생각이든, 영적인 생각이든, 스스로 명상을 잘 하고 있다는 즐거운 생각이든 그 어떤 생각이라도 판단하지 말고 그저 솔직하고 온화하게 '생각'이라고 불러준다.

그러면서 숨이 나가는 것을 가볍게 알아차리면 된다. 의식의 25 퍼센트 정도만 날숨에 두면 된다. 숨을 움켜잡으려 하거나 날숨에서 마음이 달아나서는 안 된다고 생각하지도 마라. 그저 열린 마음으로 내쉬는 숨이 공간과 하나로 뒤섞이게 내버려 두라. 숨이 자연스럽게 공간 속으로 흘러나가게 하라. 이번 날숨 뒤에 다음 날숨까지 잠시 멈추는 시간이 있다. 숨을 들이마실 때, 마음을 열고 기다리는 감각이 열린다. 초인종을 누른 뒤 사람이 나오기를 기다리는 것과 비슷하다. 초인종을 눌렀는데 답이 없으면 다시 초인종을 누르고는 누군가 대답해 주기를 기다리면 된다. 그 순간 마음이 다시 날숨이 아닌 다른 대상으로 달아나 생각에 빠질 수 있다. 그러면 다시 '생각'이라고 이름을 불러라.

마음이 달아나는 것을 알아차리는 순간, 성실하게 '생각'이라 불러주는 것이 중요하다. 만일 무언가 거칠고 부정적인 느낌이라고 해서 '젠장!'이라고 말하면 자기 자신을 힘들게 하는 것밖에 안 된다. 좀더 가벼운 마음으로 다시 '생각'이라고 말해보라. 부정적인 생각이 일어난다고 해서 그것을 명중시켜 깨뜨리거나 억눌러야 한다고 생각하지 말고 부드럽고 온화한 태도를 지녀라. 이름 부르기는 자신에 대한 관대함과 자비심을 키울 수 있는 좋은 기회다. 명상을 할 때는 어떤 일이 일어나더라도 그것을 알아차리기만 하면 된다. 핵심은 일어나는 일을 정직하게 바라보고 그것과 친구가 되는 것이다.

더 이상 자신에게서 도망치지 않는다는 것이 조금은 당혹스럽고 고통스러울 수도 있겠지만 동시에 스스로를 치유하기도 한다. 그 과정에서 자신이 얼마나 교활한지, 어떤 식으로 사람들로부터 숨어버리는지, 어떻게 마음의 문을 닫은 채 모든 것을 부정하고 사람들을 비난하는지, 자신의 온갖 못난 모습을 마주하게 되기 때문이다. 이 모든 것은 엄격함이나 가혹함이 아닌 유머러스하고 온화한 방식으로 알아갈 수 있다. 이렇게 자신에 대해 알아가면서 사람됨에 대해서도 온전히 알아간다. 인간이기에 누구나 자신의 모습을 정직하게 맞닥뜨리게 되는 순간이 온다. 그러니 스스로에게 말을 걸고 있는 자신을 알아차린 뒤 '생각'이라고 부를 때, 목소리 톤에 주의를 기울여라. 자비심 가득하고, 유머러스한 톤을 유지하라. 그 과정을 통해 우리는 인류가 공통으로 지니고 있는 무익하고 낡은 패턴을 변화시킬 수 있다. 타인에 대한 자비심은 자신에 대한 친절에서부터 시작된다.

로종 명상

이 책의 핵심이 로종 명상과 로종의 가르침이다. 로종 명상(마음수련)은 통렌 명상과 경구 형태의 가르침으로 이루어진다.

로종의 기본 개념은 사람들이 흔히 부정적으로 생각하며 밀쳐내려고 하는 대상을 피하지 말고 오히려 가까이 다가가라고, 소중하게 여기며 집착하는 대상을 다른 사람과 나누는 데 관대해지라고 가르친다. 이런 마음을 연습하다 보면 오랫동안 마음 깊숙이 침잠해 있던 그 무엇이 드러나기 시작한다. 그러한 그 무엇을 '보리심(bodhichitta)' 또는 '깨달음의 마음'이라고 한다. 당신은 이미 그것을 갖고 있지만 아직 발견하지 못했을 뿐이다.

비록 우리가 가난해서 집도 없고 추위와 배고픔에 떨고 있을지라도 우리가 미처 모르고 있을 뿐, 우리가 잠자는 땅 바로 아래에는 금 항아리가 숨겨져 있다. 그 금이 바로 보리심이다. 우리는 바로 여기에 금이 있다는 사실을 모른 채 엉뚱하게 다른 곳에서 금을 찾느라 혼란과 참담한 비극을 일으키는 것이다. 로종 명상에서 말하는 환희심, 깨달음, 깨어남, 보리심은 '금'이 바로 여기에 있을 뿐만 아니라 지금껏 언제나 여기에 있었다는 사실을 아는 것이다.

로종의 기본 가르침은 고통스럽더라도 자신의 자리를 지키면서 그 고통을 향해 다가가라고 말한다. 고통스러운 상황에 부딪치면 대개 자신을 고통과 단절시키거나 고통으로부터 도망치려 한다. 그러나 로종 명상에서는 이러한 패턴을 뒤집으라고, 오히려 고통스러운 지금 그 자리에 그대로 서 있으라고 한다. 또 우리가 원치 않는 어떤 것에 대해 지금까지와는 다른 태도를 지니라고 한다. 고통스러운 대상이 나타나면 그것을 기꺼이 견뎌내겠다는 의지를 낼 뿐 아니라 그 대상이 당신의 마음을 일깨우고, 또 당신을 부드럽게 만들도록 하라는 것이다. 이처럼 로종 명상을 통해 고통을 끌어안는 법을 배우게 된다.

대개 기쁘고 즐거운 경험은 꼭 움켜쥐고 계속해서 지속시키고 싶어 한다. 즐거움이 끝나는 것을 두려워하는 한편, 다른 사람과 나누려고 하지도 않는다. 그러나 로종 명상에서는 우리가 경험하면서 즐기는 것들을 다른 사람도 느낄 수 있게 하라고 가르친다. 가진 것을 나누라. 당신이 느끼는 기쁨을 아낌없이 나누라. 당신이 가장 원하는 그것을 나누라. 당신이 얻은 통찰과 기쁨을 아낌없이 나누라. 그것들이 빠져나갈까 두려워하면서 부여잡지 말고 다른 사람과 함께 나누라.

고통스러울 때나 즐거울 때나 우리는 로종 명상을 통해 자기 경험을 조작하지 않고(밀쳐 내거나 움켜쥐지 않고) 있는 그대로 경험할 수 있게 된다. 즐거움뿐 아니라 고통도 보리심을 일깨우는 열쇠가 되는 것이다.

"이익과 승리는 다른 이에게로, 손실과 패배는 나에게로!" 통렌 명상과 경구 수행의 기본 원칙을 표현하는 말이다. 자만이나 오만에 해당하는 티베트어는 '은가-걀nga-gyal'인데, 문자 그대로 해석하면 '승리한 나'라는 뜻이다. 즉, 내가 우선이라는 에고ego의 표현이다. 그런데 '승리한 나'라는 이 오만한 태도가 모든 고통의 근원이다.

이 짧은 격언이 전하고자 하는 것은 '승리'나 '패배'와 같은 단어가 자신을 방어하고 마음의 벽을 둘러치는 것과 밀접하게 관련된다는 것이다. 승리감이란 아무도 다가오지 못하게 자신의 마음을 철저하게 방어함으로써 전쟁에서 승리했다고 스스로 여기는 것일 뿐이라는 것이다. 그래서 우리의 여린 부분(상처 입은 가슴)을 감싸고 있는 갑옷은 더 견고해지고, 우리가 사는 세상은 더 작아진다는 것이다. 일주일 내내 그 무엇도 우리를 겁주지 못할 것 같지만, 가만히 들여다보면 용기는 약해지고 있고 타인을 배려하는 마음도 온데간데없다. 이것이 정말 전쟁에서 승리한 것일까?

반면 패배했다는 느낌은 무언가가 우리 마음속으로 들어왔다는 것을 뜻한다. 무언가가 우리의 여린 부분을 건드린 것이다. 오랜 시간 갑옷으로 둘러싸 방어해 왔던 취약한 부분을 무언가가 건드린 것이다. 어쩌면 그 무언가가 고작 나비일 수도 있지만, 중요한 것은 이제껏 무엇도 그곳을 한 번도 건드린 적이 없었다는 사실이다. 이제껏 한 번도 느껴보지 못한 부분이기에 우리는 자물쇠나 갑옷, 총으로 단단히 무장해 그 부분을 다시는 느껴보지 않으려 한다. 이를 위해서라면 무엇이든 할 기세다. 땅의 감촉을 느끼지 않으려고 부츠를 일곱 켤레나 겹겹이 신어보기도 하고, 아무도 내 얼굴을 보지 못하게 마스크를 열두 개씩이나 써보기도 한다. 그 무엇도 마음은 고사하고 내 피부에조차 닿지 못하게 열아홉 벌의 갑옷을 꺼입어도 본다. 그러니 마음은 말할 것도 없다.

'패배'나 '승리'와 같은 말은 우리를 자기 안에 쉽게 가둬버린다. 내 안에 무한한 가능성이 있다는 사실을 모르기 때문에 커다란 혼란에 휩싸이고, 이런 혼란은 우리가 승패의 논리에 굴복할 때마다 더욱 커진다. 승패의 논리란, 만약 네가 나를 건드리면 내가 패배한 것이고, 이때 내가 나 자신을 잘 방어해서 나를 건드리지 못하게 하면 내가 승리한 것이라는 사고방식이다.

자기 안에 무한한 가능성이 있다는 사실을 깨달으면 혼란은 더 이상 없다. 그러려면 모든 것이 산산이 부서지더라도 그저 내버려

뒤야 한다. 모든 것이 산산이 부서져 나가도록 내버려 두는 것, 어쩌면 우리가 가장 두려워하는 일인지 모른다. 대개는 그저 내버려 두는 것을 돌이킬 수 없는 완전한 패배라고 여기기 때문이다. 그러나 모든 것이 산산이 부서지도록 내버려 두는 것이야말로 오래되어 퀴퀴한 지하실 같은 우리 마음에 신선한 공기를 불어넣는 일이다.

'나에게 상실과 패배를!'이라고 말하는 것은 "신이시여, 제 머리를 걷어차 저를 고통에 빠뜨리시옵소서! 결코 행복을 누리지 못하도록 말입니다"라는 식으로 마조히스트(학대를 받으면서 쾌락을 느끼는 사람)가 되라는 의미가 아니다. 가슴과 마음을 활짝 열고 패배가 실제로 어떤 느낌인지 있는 그대로 느껴보라는 말이다.

당신은 자신이 키가 아주 작고, 소화불량이며, 뚱뚱한 데다 멍청하다고 생각한다. 그래서 자기 자신에게 이렇게 말한다. "아무도 나를 좋아하지 않아. 난 항상 사람들의 관심 밖이야. 이도 빠지고 흰머리도 날이 갈수록 늘고 있어. 피부도 거뭇거뭇해지고 이젠 콧물까지 흐르는군." 이 모든 것은 에고가 속삭이는 패배의 마음, 패배의식에서 나오는 생각이다. 우리는 늘 있는 그대로의 자기 모습에 만족하지 못한다. 지금 있는 그대로가 아닌 '지금과는 다른 모습의 누군가'가 되어야 한다는 강박에 굴복하는 한 자신이 본래부터 지니고 있던 가능성을 발견하기는 어렵다.

한편 승리에 대해서도 혼자 독식하기보다 '다른 이에게 승리를!'이라고 말할 수 있어야 한다. 그 순간, 자기 삶의 기쁨을 타인과 온전히 나누고 있다는 느낌이 내면에 생겨난다. 이제 살을 뺀 당신은 거울에 비친 자신의 모습이 자랑스럽다. 갑자기 자신의 목소리가 멋지게 느껴지고, 누군가와 사랑에도 빠진다. 계절의 변화가 가슴에 쿵 하고 와 닿기도 하고, 어느 순간 눈 내리는 모습이 시야에 들어온다든지 바람에 흔들리는 나무를 보며 마음이 설레기도 한다. 원하는 것이 무엇이든 당신은 그것들을 잃을까봐 염려하면서 인색하게 굴기보다는 다른 이들과 함께 나누려는 태도를 키울 수 있어야 한다.

아마도 책에 소개한 경구들이 당신을 변화시킬 것이다. '질투하지 마라'는 경구를 보는 순간 '내 마음속에 질투심이 있는 걸 어떻게 알았지?'라고 생각할 수 있다. '모든 이에게 감사하라'는 경구를 보고는 어떻게 그렇게 할 수 있는지, 왜 굳이 그렇게 해야 하는지 의문을 가질 수 있다. '늘 분노를 일으키는 것에 대해 명상하라'는 경구가 상식을 뛰어넘으라고 요구할지도 모른다. 경구가 언제나 마음에 들지는 않을 것이다. 영감을 불러일으키는 것은 고사하고 듣기조차 싫은 말일 수도 있다. 그렇지만 이 경구를 마음에 품고 자꾸 되새기다 보면 어느새 들이마시고 내쉬는 숨결에, 시선에, 언뜻 든 생각에 녹아든다. 또 우리가 내뿜는 향기나 우리가 듣는 소리가 되기도 한다. 이 경구들이 '나'라는 존재에게 온전히 스며들게 하는 것이 핵심이다. 이 경구들은 추상적이거나 이론적인 것이 아니라, '나는 누구인가'라는 정체성이나 실제로 나에게 어떤 일이 일어나고 있는지에 대한 것이다. 살아가면서 실제로 겪는 일, 우리의 구체적인 삶과 이어져 있다. 살면서 부딪치는 고통, 두려움, 즐거움, 기쁨과 어떻게 관계를 맺어야 하는지 그리고 그것들이 우리를 어떻게 완전히 변화시키는지에 대한 것이다. 이 경구들을 마음에 품고 되새기다 보면 우리의 평범한 일상도 깨달음의 길이 된다.

Start Where You Are

둘

아단법석을 떨지 마라

순전히 마음 때문에

나 자신에 대해, 내 고통이나 문제에 대해

지나치게 야단법석을 떨고 있는 것은 아닐까?

우리가 하려는 명상 수행은 깨어난 마음, 즉 보리심에 대한 믿음을 키우는 것을 도와준다. 우리 자신이 얼마나 풍요로운 존재인지 안다면 무거운 중압감에서 벗어나 모든 일에 더 호기심을 가질 수 있을 것이다.

보리심은 세 가지 특성을 지닌다. 첫째, 보리심은 부드럽고 온화하다. 이것은 곧 연민의 마음이다. 둘째, 동시에 보리심은 명료하고 정확하다. 이것을 프라냐prajna, 지혜라고 한다. 셋째, 보리심은 열린 마음이다. 이러한 특성을 순야타sunyata, 공空이라 한다. 공이라 해서 차갑고 무미건조하게 느껴질지 모르나 보리심은 차갑지도 무미건조하지도 않다. 보리심은 빈 공간에 스며드는 온화한 마음, 즉 따뜻한 자비심과 명료함을 지니고 있기 때문이다. 자비심과 열린 마음, 명료성은 서로 다른 것이 아니다. 이것들을 하나로 아울러서 '보리심'이라 부른다.

보리심은 상처받은 우리의 마음, 여리고 부드러운 마음이다. 그런데 그토록 조심스럽게 보호해온 부드러운 가슴을 찾겠다고 마치 과학 탐험이라도 하듯이 현미경을 들이대도 발견하기 어렵다. 발견할 수 있는 것이라곤 어떤 말랑한 느낌 정도밖에 없다. 현미

경으로 들여다본들 다른 것들과 명확히 구분되는 무엇을 발견할 수 없다. 해부하듯이 분명하게 파악할 수 있는 것은 아무것도 없다. 들여다볼수록 약간의 슬픔이 깃든 부드러운 느낌만 존재한다는 사실을 알게 된다.

그런데 이 슬픔은 누군가가 나에게 못되게 굴었다는 섭섭한 마음에서 생기는 것이 아니다. 처음부터 우리 안에 존재하는 본래적 슬픔, 조건 없는 슬픔이다. 우리가 태어날 때부터 가지고 있는 슬픔이다. 이것을 '슬픔에 깃든 참된 마음'이라고도 한다.

때로는 참된 마음 중에서도 어떠한 괴로움을 겪든지 마음의 문을 닫지 않고 대상을 향해 계속해서 열어두는 이타적인 열망, 즉 자비심을 강조하는데 이를 '상대적인 보리심'이라고 한다. 때로는 쉽게 닿을 수는 없지만 궁극적인 본성을 탐구하는 것, 모든 편견에서 순식간에 벗어난 열린 마음을 강조하는데 이를 '무조건적인 보리심'이라고 한다. 이러한 참된 마음은 늘 우리가 발견해 주기만을 기다린다.

일곱 가지 마음수련 가운데 첫 번째 경구는 "먼저 예비단계 수행을 하라"는 것이다. 예비단계란 가장 기본이 되는 사마타-위빠사나 명상으로 유익하고, 힘이 되어주며, 우리 마음을 따뜻하게 해주는 훌륭한 명상이다. 그렇다고 사마타-위빠사나 명상을 제대로 마스터한 뒤에 고급 단계의 수행으로 나아가라는 뜻은 아니다. 사마타-위빠사나 명상은 우리가 두 발을 딛고 서 있는 지구요, 우리가 숨 쉬는 공기이며, 우리 안에서 고동치는 심장이다. 또한 다른 모든 명상의 정수이기도 하다. 그러므로 '먼저 예비단계 수행을 하라'는 말은 사마타-위빠사나 명상이라는 훌륭한 토대 없이는 아무것도 쌓을 수 없음을 의미한다. 사마타-위빠사나 명상을 하지 않고는 나중에 설명할 통렌 명상을 이해할 수 없을 뿐 아니라 마음에 대해서도, 광기나 지혜에 대해서도 어떤 통찰도 얻을 수 없다.

다음으로, 활짝 열린 마음인 무조건적 보리심을 강조하는 다섯 개의 경구가 있다. 이 경구들은 우리가 비록 평상시에는 견고하고 심각하고 절박한 삶에 꼼짝달싹 못하고 사로잡혀 있다 해도, 이제는 그것 때문에 야단법석을 떠는 일을 그만둘 수 있다고 말한다. 그리고 우리 안에 있는 광활하고 기쁨으로 가득한 차원과 다시 연결될 수 있다고 말한다.

첫 번째 절대적 경구는 "모든 다르마를 꿈으로 여기라"는 것이다. 다르마dharmas란 우주만물이 존재하는 이치, 진리를 의미한다. 한마디로 모든 현상을 한낱 꿈으로 여기라는 말이다. 죽는 것도, 잠에서 깨어나는 것도, 잠드는 것도 꿈이다. 우리에게 닥치는 모든 일들이 단지 한때 스쳐지나가는 기억일 뿐이다.

오늘 아침에 산책을 한 것도 지금은 지나버린 기억 속의 일이다. 우리는 살아가면서 반복되는 일을 많이 경험한다. 아침 인사도 매번 비슷하게 하고, 식사도 셀 수 없을 만큼 자주 먹으며, 직장에

출근하고 퇴근하는 일도 날마다 반복된다. 친구나 가족과 함께 지내는 일도 마찬가지다. 같이 일하는 동료나 가족, 같은 편이거나 또는 심하게 다툰 사람들과 함께하는 속에서 일어나는 모든 일들이 초조감, 탐욕, 분노, 슬픔 등의 감정을 계속해서 일으킨다. 이는 모든 일들이 한낱 스쳐지나가는 기억에 불과하다는 사실을 떠올릴 수 있게 해주는 아주 좋은 기회다.

불과 몇 분 전에 당신이 거실에 있었다는 것도 지금은 이미 지난 기억 속의 일이다. 그러나 그 일이 있었던 것은 분명한 사실이다. 지금 나는 당신에게 이야기를 하고 있다. 하지만 내가 이야기한 순간도 이미 지나가버린 과거다.

첫 번째 경구는 절대적 진리인 공空(openness)에 대한 것이다. "아, 나는 공空이 뭔지 알아!"라고 말하는 사람은 드물 것이다. 하지만 마음의 문을 열고 "정말 모든 게 꿈일까? 내가 꿈을 꾸고 있는 걸까?"라고 의문을 가져야 한다. 꿈인지 현실인지 당신 살을 꼬집어도 보라. 꿈이 실제 현실만큼이나 설득력 있게 보이기도 하지만 이제는 사물이 눈에 보이는 것만큼 견고하거나 믿음직스럽지 않다는 것을 조금씩 깨닫기 시작했을 것이다.

때로는 자동으로 하는 경험도 있다. 저절로 일어나는 일들 말이다. 최근에 글을 한 편 읽었는데, 높은 산으로 하이킹을 갔다가 고지대의 거친 자연에 홀로 남겨진 사람이 쓴 글이었다. 높은 고도에 서본 사람이라면 알겠지만 그곳의 햇빛은 지표면과 다른 느낌이다. 고지대의 햇빛은 더 환하고, 더 푸른빛이 감돈다. 특히 그곳에 혼자 있어 보면 모든 사물이 대도시 한가운데만큼 빽빽하지 않고 더 헐거워 보인다. 때로는 잠이 든 건지 깨어 있는지 분간이 안 되기도 한단다. 이 남자는 고지대에 있는 동안 자신이 식사 준비를 하는 것이 꿈처럼 느껴지기 시작했고, 산책을 할 때도 마치 공기로 만든 산을 향해 가는 것 같다고 했다. 자신이 손수 쓴 편지도 마치 공기로 만든 것 같고, 글을 쓰는 자신의 손조차도 환영幻影의 말을 옮기는 환영의 펜처럼 느껴졌다고 한다. 그리고 다시 이 편지를 환영의 수신자에게 보내는 것처럼 느꼈다고 한다. 때로는 해수면과 동일한 고도에서도 이 남자와 비슷한 경험을 하는 경우가 있는데, 실제로 그럴 때 세상이 훨씬 더 크게 느껴진다.

이에 대해 더 깊이 들어가기보다는 사마타 명상에 한정지어 이야기하는 게 좋겠다. 핵심은 세상이 우리가 생각하듯 그렇게 야단법석을 떨지 않아도 된다는 사실이다. 우리는 지금보다 더 가벼운 마음으로 세상을 살아갈 수 있다. 모든 다르마를 꿈으로 여기라. 순전히 마음 때문에 자기 자신에 대해, 자신의 고통이나 문제에 대해 지나치게 야단법석을 떨고 있는 것인지 모른다. 이 모든 것이 다 마음 때문이다.

만일 누군가가 마음속에 떠오르는 모든 생각의 시작과 중간, 끝 지점이 어딘지 포착하는 법을 가르쳐 준다 해도 생각의 시작이 어딘지, 중간과 끝은 어딘지 알 수 없을 것이다. 분명히 존재할 것 같은데도 말이다. 우리는 끊임없는 생각의 흐름 속에서 스스로에게 말을 걸면서 전체적인 자기 정체성이나 자기 세계, 자신의 문제점이나 만족감을 만들어 낸다. 그런데 이 '생각'이라는 놈은 아무리 찾아내고자 해도 계속해서 모습을 바꾼다. '모든 다르마를 꿈으로 여기라'는 경구가 말하듯 매 순간 일어나는 말과 생각, 감정은 모두 스쳐지나가는 기억에 불과하다. 마치 물이 수증기로 변할 때 그 정확한 시점을 포착하기 어려운 것과 비슷하다. 우리는 물이 존재하고 있음을 안다. 마실 수도 있고, 수프를 만들 수도 있으며, 손을 씻을 수도 있기 때문이다. 그리고 증기가 존재한다는 사실도 알지만 물이 언제 수증기로 바뀌는지 그 정확한 시점을 포착하기란 쉽지 않다. 모든 것이 이와 같다.

'나는 실패자 혹은 피해자'라는 느낌에 한동안 사로잡혀 있다가 특별한 이유도 없이 그 느낌을 놓아버린 경험이 있는가? 실제로 그런 일이 일어나는데, 그 순간 '아무 일도 아닌 일을 가지고 내가 왜 그 난리를 쳤을까'라며 스스로 의아해한다. 대체 뭘 가지고 그렇게 야단법석을 떨었던 것일까? 누군가와 사랑에 빠진 경우에도 이런 일이 일어난다. 누군가에게 홀딱 빠져 온종일 그 사람 생각만 하고 있다고 하자. 그 사람 생각이 한시도 머리에서 떠나지 않는다. 아무 이유 없이 그 사람이 너무너무 좋다. 그런데 시간이 조금 지나면 문득 이런 생각이 고개를 든다. '대체 뭐가 잘못된 건지는 모르겠지만, 처음 그 느낌이 온데간데없이 사라졌어. 다시는 그 느낌이 들지 않아.' 이렇게 별것 아닌 일을 가지고 침소봉대하여 야단법석을 떠는 경험은 누구에게나 있다.

그런 순간, 마음을 조금 가볍게 해서 온화함 속에서 명상을 해보

라. 이는 군대의 훈련 조교가 "자, 지금부터 마음을 가볍게 한다!"라고 명령조로 이야기하는 것과는 다르다. 우리는 자신이 뭔가 잘 못했다는 말을 들으면 그것 때문에 혼자 머리를 싸매고 있는 경우가 많다. 예를 들어, 당신은 지금 몹시 긴장 상태인데 마음을 가볍게 가지라는 말이 떠올랐다고 해도 다음과 같이 생각하기 쉽다. '아무래도 명상은 이쯤에서 멈추는 게 낫겠어. 마음을 가볍게 가지는 게 생각처럼 안 되니 말이야. 내면의 보리심을 발견하는 건 아무래도 내 적성에는 맞지 않는 일 같아.'

온화한 태도는 수행을 할 때나 일상의 삶에서도 우리의 보리심을 일깨우는 것을 도와준다. 온화함이란 우리가 그동안 잊어버리고 살았던 자비심, 명료함, 열린 마음을 다시 기억에 떠올리는 것이다. 자신에 대해 온화하고 관대한 마음으로 자리에 앉아 명상을 하는 동안 우리는 뭔가를 발견하게 되는데, 이는 아주 오랫동안 생사도 모른 채 헤어져 지내던 어머니와 자식이 재회하는 것과 비슷하다. 보리심과 만나려면 자신의 수행과 삶 전반에 대해 가벼운 마음을 지녀야 한다.

마음을 가볍게 하는 데 익숙해질 수 있는 공식적인 방법이 명상이다. 일단 명상 지침을 충실하게 따라야겠지만, 무엇보다 자신에게 매우 온화하고 관대한 태도를 지니기 바란다. 모든 것을 부드럽게 바라보라. 내쉬는 숨과 함께하라. 숨이 나가는 것을 가볍게 의식하면 된다. 숨을 내쉬며 몸과 마음을 편안하게 이완하라. 날숨이 커다란 공간으로 나아가 흩어졌다 사라지는 것을 느껴보

라. 숨을 꽉 움켜쥐려고 애쓰지 마라. 숨을 붙들지 않으면 마치 '좋은 사람'이 될 수 없는 것처럼 숨을 붙들려고 미간을 찌푸릴 필요가 없다. 그저 몸과 마음의 긴장을 내려놓고 내쉬는 숨에 맡기면 된다.

생각이 일어날 때 '생각'이라 이름을 붙이는 것은 마음을 가볍게 하는 데 아주 도움이 된다. 게다가 순야타(空), 즉 활짝 열려 있고 언제나 새로우며 어느 쪽으로도 치우치지 않은 우리의 본래 마음과 다시 연결시켜준다. 명상을 하려는데 생각이 고개를 들거든 치우치지 않는 태도로 아주 온화하게 그냥 '생각'이라 부르면 된다. 부드러운 깃털로 생각을 살짝 건드린다고 여겨라. 그 생각들을 잠깐 일어났다 사라지는 거품이라 여겨라. '생각'이라고 부르며 가볍게 건드리기만 해도 그 생각들은 다시 빈 공간으로 사라진다.

'잘 해야지, 완벽하게 해야지'와 같은 생각도 내려놓아라. 그저 매 순간 할 수 있는 최선을 다하면 된다. 의식이 호흡을 떠나 다른 곳에서 헤매거든 그것을 가볍게 자각하라. 이 가벼운 자각이 본래의 열린 마음과 재회하는 가장 중요한 열쇠다.

첫 번째 경구는 '모든 다르마, 일체의 모든 현상을 꿈으로 여기라'고 한다. 그것을 명상에 적용해보면 이렇게 말할 수 있다. "모든 생각을 꿈으로 여기라." 생각, 하고 불러서 생각을 가볍게 건드린 다음 그대로 두면 된다. 별것 아닌 것에 야단법석을 떨고 있는 자신을 마주하게 되더라도 부드럽고 따뜻한 마음으로 그저 지켜보기만 하라. 생각을 엄청나게 대단한 무엇으로 여기지 마라. 생각이 사라진 자리에 불안과 긴장이 느껴진다면 그 역시 그저 존재하게 내버려 두라. 불안과 긴장 주위에 넓은 공간을 마련해두고 무엇이든 있는 그대로 내버려 두면 된다. 다시 생각이 일어나거든 그저 '생각'이라고 이름을 불러주라. 별것 아니다. 무슨 일이 일어나든 그저 마음을 느긋하고 가볍게 하라.

무조건적 보리심에 대한 경구가 담고 있는 참 의미는 활짝 열린 마음의 광활한 공간에 연결되는 것, 그래서 마음의 문을 걸어 잠근 채 난리법석을 피울 필요가 없음을 아는 것이다. 난리법석을 피울 때가 또 오더라도 널따란 공간을 마련해두면 뭐가 됐든 있는 그대로 내버려둘 수 있다.

좌선 명상은 어떤 방식으로 해도 틀리지 않다. 다시 말해 어떻게 해도 괜찮다는 말이다. 그저 편안하게 이완하면 된다. 어깨의 긴장을 내려놓고, 배도 편안하게 이완하라. 가슴도, 마음도 편안하게 이완하라. 최대한 온화하고 부드럽게 하라. 우리가 어떻게 하든 정확하게 할 수 있게끔 고안되어 있다. 그러니 일단 명상이라는 형식 안으로 들어갔다면 따뜻하고 관대한 태도만 유지하면 된다. 이것이 우리의 본성인 보리심을 깨우는 비결이다.

Start Where You Are

셋

→

확실하다고 믿는 근거를 허물어라

붙들고 있는 그 확신을 내려놓을 수 있어야 한다.

스스로 내려놓을 수도 있고,

삶이 내려놓게 만들 수도 있다.

앞에서도 말했지만 마음을 가볍게 갖는 것이 핵심이다. 수행이나 삶에 임할 때 마음을 가볍게 가지면, 자신과 타인에게 온화하고 감사하는 태도로 임하기만 하면 부담감은 자연히 줄어든다.

다음 경구는 "아직 일어나지 않은 의식의 본질을 살피라" 이다. 앞에 나온 경구의 의미를 이해했다고 생각한다면 그러한 확신을 무너뜨리는 것이 이 경구의 진짜 의미다. 모든 것이 꿈이라는 사실을 알게 된 자신에 대해 득의양양하고 있다면 이번에는 그러한 확실성에 도전하게 하려는 것이다. 좋다, 그렇다면 모든 것이 꿈이라는 사실을 알았다고 여기는 자는 누구인가?

'아직 일어나지 않은 의식의 본질을 살피라'는 경구에서 '나'는 누구이며 어디서 왔는가? 깨달은 자는 누구이며, 알아차린 자는 누구인가? 이 경구는 우리가 중요하게 여기는 자신의 정체성이나 '나'라는 소중한 존재를 포함한 모든 것을 투명하게 보여준다. 이때의 '나'는 누구인가?

우리는 자신의 여린 가슴 주변에 갑옷을 두른다. 그리고 이 갑옷 때문에 많은 비극이 일어난다. 갑옷에 속아서는 안 된다. 사실 그 갑옷은 매우 투명해서 선명해질수록 더 또렷하게 알아볼 수 있다. 보호막이라 생각하는 이 방패가 사실은 우리가 마음대로 마구 지어낸, 변치 않는 고정불변의 것이라 여기는 생각들로 만들어져 있다는 사실을 알아차릴 수 있다. 이 방패는 철로 만든 것도, 다른 금속으로 만든 것도 아니다. 실제로는 순간 일어났다 사라져버리는 기억으로 만든 방패다.

무조건적 보리심의 특성은 '무엇'이라고 고정할 수가 없다는 것이다. 만일 당신이 '무엇이다'라고 말할 수 있다 해도, 말하는 순간 더 이상 그것이 아니다. 이미 지나버린 기억일 뿐이다. 에고라는 거대한 짐이, 이 괴물 같은 보호막이 '무엇이다'라고 생각한다 해도 이미 그것이 아니다. 단지 스쳐지나간 기억일 뿐이다. 그런데도 그렇게 생생할 수가 없다. 명상을 많이 할수록 더욱 생생하게 보인다. 역설적이게도 딱히 '이것이다'라고 말할 수 없지만, 그럼에도 이보다 더 생생할 수가 없다.

우리는 평소 모든 것을 응결시켜 일정한 이름 아래 못 박아 두려고 애쓴다. 모든 것을 고정된 확실한 것으로 만들려고 한다. 그리고 모든 사물이 지니고 있는 생생함을 무디고 모호하게 만들고, 외면하느라 많은 시간을 보낸다. 이러한 패턴을 전체적으로 변화시키려면 새로운 패턴을 만들어내는 것만으로 되지 않는다. 무엇보다 자신의 마음을 일깨워야 한다. 마음을 일깨움으로써 모든 것을 응결시켜 고정된 것으로 만드는 습관에서 벗어나야 한다. 내

발아래에 확실한 토대를 만들고자 하는 습관으로부터 멀찌감치 벗어나야 한다. 이처럼 안락함과 확실함에서 멀어지는 동시에 아직 알지 못하는 불확실한 미지의 영역에 발을 들여놓는 것, 이것을 깨달음 혹은 해방이라고 한다. 크리슈나무르티는《아는 것으로부터의 자유(Liberation from the Known)》에서, 앨런 와츠는《불안이 주는 지혜(The Wisdom of Insecurity)》라는 책에서 이에 대해 말하고 있다. 표현은 달라도 모두 같은 의미다.

이것은 우리가 일상에서 사물을 대하는 방식과는 조금 다르다. 우리는 보통 자신의 발아래 확실한 토대와 기반을 구축하고 싶어 한다. 마치 달 탐사선을 타고 우주로 떠나 그곳에서 지구를 돌아보니 우리가 생각하는 것보다 지구가 훨씬 작다는 사실을 알았다. 그런데 그 뒤에도 여전히 오늘 점심으로 무얼 먹을까가 중요한 고민인 것처럼 말이다. 우리는 상상하는 것보다 우주가 훨씬 넓다는 사실을 깨닫고도 오늘 점심으로 햄버거를 먹을까, 핫도그를 먹을까 고민하는 좁은 세계에 살고 있다. 늘 이런 식으로 살고 있다.

'아직 생기지 않은 의식의 본질을 살펴라'에서 '살펴라'라는 단어가 흥미롭다. 이것은 그저 눈으로 확인한 뒤 "그래, 이제 알았어!"라고 말하는 식이 아니다. 힐끗 일별하는 것이 아니라 제대로 깊이 있게 검토하고 숙고하는 과정을 거치는 것을 의미한다. 그런 다음 불안하고, 초조하고, 들뜬 마음 대신 편안한 마음을 가지라는 의미다. 환희심은 여기서 생겨난다.

'아직 생기지 않은 의식의 본질을 살펴라.' 간단히 말해, 통찰력 있는 의식의 성질을 살펴보고 숙고하라는 말이다. 자신에 대한 고정된 정체성, 특정 시공간에 한정되어 있는 자기라는 생각, 단일체로서 '나'에 대해 의문을 가져볼 수도 있다. 좌선 수행을 하는데 생각이 일어날 때 '생각'이라고 가볍게 이름을 부르다보면 도대체 이 생각들은 '누가' 하는 것인지 의문이 들 수 있다. 누가 무엇을 지어내고 있는가? 누구에게 무슨 일이 일어나고 있는가? 생각하고 있는 나는 누구인가? 생각에 '생각'이라고 이름을 붙이는 자는 누구인가? 그리고 다시 호흡으로 돌아가고 있는 자는 누구인가? 아파하는 자는 누구이며, 빨리 점심을 먹었으면 좋겠다고 생각하는 자는 누구인가?

다음 경구는 "해결책까지도 놓아버리라"이다. 이것은 만약 당신이 '아직 생기지 않은 의식의 본질을 살피라'는 경구를 이해했다고 생각하더라도 그 이해나 자부심, 확실성, 토대가 되는 감각까지도 내려놓으라는 것이다. 내려놓으라는 해결책은 '순야타'라는 공空 자체다. 비어 있는 마음, 열린 마음, 빈 공간 같은 생각까지도 모두 내려놓으라는 것이다.

인도에 사라하Saraha라는 별나고 지혜로운 스승이 있었다. 그는 모든 것이 고정불변하며 실재한다고 믿는 사람을 소처럼 어리석다고 했다. 그런데 모든 것이 비어 있다고 믿는 사람은 더 어리석다고도 했다. 모든 것은 항상 변한다. 그럼에도 우리는 분명하게 정의를 내려 고정시키고 싶어 한다. 그러니 확고한 결론을 내릴 때마다 당신이 붙들고 있는 그 확신을 내려놓을 수 있어야 한다. 스스로 내려놓을 수도 있고, 삶이 내려놓게 만들 수도 있다.

자신이 확실하다고 믿는 근거를 내려놓는 것은 당신의 근본 패턴을 변화시킬 수 있는 좋은 기회다. 마치 당신의 유전자를 바꾸는 것과 비슷하다. 방법은 그저 내려놓고 마음을 가볍게 지니는 것, 무슨 일이 되었든 야단법석을 떨지 않고 더 온화한 마음으로 대하는 것이다.

이런 태도는 몇몇 단체에서 인기를 얻고 있는 '확언'을 연습하는 것과는 매우 다르다. 확언은 자신이 괜찮지 않다는 속삭임을 이겨내기 위해 "나는 괜찮아!"라고 고함치는 것이다. 이런 태도는 자신이 괜찮지 않다는 속삭임을 제대로 알아차리는 것과는 매우 다르다. 그러한 속삭임이 한때 지나가는 기억임을 깨닫고, 자신이 괜찮지 않다는 두려움과 초조한 느낌을 담담하게 받아들이는 것과는 전혀 다르다. 지나치게 야단법석을 떨 필요가 없다. 세상에 완벽한 사람은 없지만, 우리 모두는 저마다 있는 그대로 괜찮은 사람들이다. 모든 것에 한쪽 면만 있는 것은 아니다. 우리는 걸어 다니고, 말도 하는 모순덩어리인 것이다.

모든 다르마를 꿈이라고 생각하면서 일어나는 모든 생각을 한때 지나가는 기억으로 여겨라. '생각'이라고 부르며 가벼운 마음으로 건드려 본다면 모든 것이 그렇게 견고한 단일체로 보이지는 않을 것이다. 또 우리가 느끼는 부담감도 상당히 덜어질 것이다. 생각이 일어날 때 '생각'이라고 불러보면 생각이 실체가 없이 투명하다는 것, 일시적으로 일어났다 사라진다는 것을 알 수 있다. 환영처럼 매우 가볍게 느껴진다. 일련의 생각들이 단단한 이야기로 굳어질 때마다 '생각'이라는 이름표를 붙여라. 이 생각들과 관련해 일어나는 모든 정념, 공격성, 좌절감 역시 한때 스쳐지나가는 기억일 뿐임을 알게 될 것이다. 단 일 초라도 그저 생각일 뿐임을 온전하게 체험할 수 있다면, 그 순간 온전히 깨달은 것이다.

생각, 하고 이름표를 붙이는 방법은 '내려놓기'라는 우리의 타고난 능력을 일깨워주고, 공空이라는 무조건적 보리심에 다시 연결시켜준다. 또한 자비심, 가슴, 타고난 부드러움 같은 상대적 보리심을 일깨우는 방법이기도 하다. 아주 온화하게 '생각'이라는 이름표를 붙여보라. 우리 스스로가 만들어놓은 견고한 드라마에 변화를 줄 수 있다. 또 자신과의 대화를 통해 이 모든 드라마를 만들어낸 장본인이 바로 자신이라는 사실도 알 수 있다.

'해결책까지도 놓아버리라'는 것은 머리에 떠오른 어떤 것이라도 가볍게 건드린 다음 내려놓으라는 말이다. 아무리 멋진 해결책이나 원대한 계획이 머릿속에 떠오른다 해도 그저 내려놓고 또 내려놓아라. 계속해서 내려놓아라. 삶의 신비를 뿌리째 발견했다는 생각도, 달콤한 디저트를 먹고 싶은 생각도 무조건 내려놓아라. 즐거운 일이 생기더라도, 태엽 장난감처럼 방 안을 이리저리 돌아다니지 말고 멈춰 서서 그저 바라보며 내려놓아라. 이런 식으로 생각과 기억의 견고함을 부드러움으로 깨뜨릴 수 있다. 기억이 아주 강력하다면 단어가 사라지고 난 뒤에도 무언가가 남아 있을 것이다. 그 순간 당신은 본성에, 그리고 보리심에 한걸음 더 가까이 다가간 것이다.

일어나는 생각은 그것 자체로 나쁜 것이 아니다. 명상은 생각을 제거하는 것이 아니다. 어떻게든지 생각은 일어나게 되어 있다. 그렇지만 호흡을 따라가고, 일어나는 생각에 이름을 붙이면서 생각을 내려놓는 법을 배우는 것이다. 견고함에 대한 믿음이든 텅 빈 공空에 대한 믿음이든 모두 놓아버려야 한다. 내려놓는 법을 익히면 생각이 일어나더라도 문제가 되지 않는다. 그런데 생각은 대개 우리의 정체성이나 우리가 문제라고 여기는 것, 사물의 존재 방식에 대한 자신의 생각과 밀접하게 관련되어 있다.

그 다음 절대적 경구는 "알라야의 본성, 우주의 근원에 머물라"이다. 우리는 생각을 내려놓고 마음을 가장 자연스러운 상태인 알라야alaya(한자로 '아라야식阿羅耶識'이라고 하며, 모든 법의 종자를 갈무리하며 만법 연기의 근본이 되는 마음가짐의 하나)에 머물게 할 수 있다. 알라야는 모든 현상에 대해 열려 있는 근원적인 마음자리이다. 우리는 분별없고 열린 근원에 머물면서, 일어나는 어떤 현상에 대해서도 야단법석을 떨지 않고 편안한 마음으로 전개 과정을 지켜볼 수 있다.

그러니 '모든 것이 견고하다'라고 생각하는 것은 덫이다. 모든 것이 견고하다는 생각을 다른 신념 체계로 대체한다 해도 또 다른 덫일 뿐이다. 우리는 자신의 신념 체계를 떠받치고 있는 토대 자체를 완전히 허물어야 한다. 그러려면 자신이 지니고 있는 믿음을 내려놓아야 하고, 옳고 그름에 대한 생각조차도 내려놓아야 한다. 또 믿음과 생각을 내려놓기 위해서는 우리가 현재 경험하고 있는 단순하고 직접적인 경험 세계가 아닌 알라야의 본성에 머무를 수 있어야 한다.

Start Where You Are

넷

세상이 스스로 말하게 하라

좋은 생각이든 나쁜 생각이든,

기쁜 생각이든 슬픈 생각이든

모두 허공으로 흩어져 사라진다.

하늘을 나는 새가 흔적을 남기지 않듯이.

무조건적 보리심과 관련한 마지막 경구는 "명상이 끝난 뒤에는 환상幻想의 아이(child of illusion)가 되어라"이다. 이 경구는 명상 수행을 하지 않는 시간, 즉 명상하는 시간을 제외한 우리 삶의 모든 시간 동안 환상의 아이가 돼라고 말한다. '환상의 아이'라니 뭔가 시적이고 인상적인 표현으로 들릴지도 모르겠지만 뭐라고 쉽게 정의 내리기가 어렵다. 이 말의 의도는 무엇이든 '쉽게 규정하지 못하게' 하려는 것이다. 좌선 명상을 마치고나서도 그때부터의 경험이 지금까지와 다른 완전히 새로운 시작이 되게 하려는 것이다. 모든 것을 내려놓고 마음을 가볍게 하여 일상에서도 수행을 이어갈 수 있는 기회를 만들어준다.

자신이 속한 주변 상황이나 겪고 있는 경험을 잘 들여다보면 그것들이 생각보다 견고하지 않다는 사실을 깨닫게 될 것이다. 세상 모든 것이 환상에 불과하다는 것을 계속 알아차리라는 것이다. 말이나 생각으로 명확하게 규정할 수 없는 무언가가 항상 일어나고 있다. 봄이 시작되는 첫날의 설레는 느낌처럼, 오늘 하루에는 다른 어떤 날과도 다른 특별한 느낌이 깃들어 있다. 이 말에 대해 뭐라고 생각하든 있는 그대로 그렇다. 그저 여여如如할 뿐이다.

불교에서는 '모든 것이 생각처럼 견고하지 않다'는 관점과 명상을 자신의 에고를 내려놓고 있는 그대로 여여하게 존재하기 위한 방편으로 사용한다. 무조건적 보리심과 관련한 경구들에 잘 드러나 있다. '명상 후에는 환상의 아이가 되어라', '모든 다르마를 꿈으로 여기라'와 같은 경구를 통해 우리가 세상을 바라보는 근본적인 방식에 대해 짧지만 강력하게 이야기하고 있다. 이 관점을 정확하게 이해해야 하는 것은 아니지만 분명 당신에게 어떤 방향을 일러주기는 한다. 세상을 '모든 것이 생각만큼 견고하지 않다'는 관점으로 보라는 가르침이 씨앗이 되어 당신 존재의 어떤 부분을 뒤흔들 수도 있다.

불교적 관점과 명상은 훌륭한 지원군이다. 하지만 우리는 말로만 떠들어서는 안 되고 실제로 실행해야 한다. 그것이 수행이고, 명상이다. 마음을 가볍게 지니는 것에 대해 얼굴이 벌게질 때까지 떠들어댈 수 있지만 그런 다음에는 날숨과 함께, 그리고 '생각'에 이름 붙이는 연습을 통해 마음을 가볍게 지니는 수행을 해야 한다. 실제로 연습하고 수행해야 한다.

불교적 관점과 명상은 당신이 자기 경험을 통해 마침내 실감할 수 있도록 격려해주는 것이다. 사물이 실제로 존재하는 방식을 말로 설명할 수도, 'A+B+C=깨달음'이라는 식의 공식으로 정리할 수도 없다.

불교적 관점이나 명상 같은 방편들을 종종 뗏목에 비유한다. 강을 건너려면 뗏목이 필요하지만 일단 건너고 나면 뗏목은 필요가 없으니 버려야 한다는 것이다. 흥미로운 해석이지만 내 경험상으로는 뗏목 덕분에 강 한가운데서 강바닥에 가라앉지 않고 물 위에 떠 있을 수 있음을 비유적으로 표현했다고 보는 것이 더 적절한 것 같다. 바로 '환상의 아이가 되어라'는 말이다.

어린아이들은 모든 것이 그다지 견고하지 않은 세상에 사는 것처럼 보인다. 아이들을 보면 예외 없이 호기심과 감동이 살아 있다. 물론 어른이 되어서는 잃어버리지만 말이다. 이 경구는 우리가 어린아이처럼 호기심과 감동이 살아 있는 존재로 살라고 이야기한다.

《홀로그램 우주(The Holographic Universe)》라는 책을 보면, 좌선 명상 중에 경험하는 것을 과학에서도 똑같이 발견할 수 있다고 한다. 우리가 좌선 명상을 하려고 앉아 있는 방은 견고하고 생생한 공간이다. 방이 그곳에 존재하지 않는다고 말하는 것은 어처구니없는 일이다. 그런데 과학에서는 현재 우리를 둘러싸고 있는 물질 세계가 우리의 생각만큼 견고하지 않다는 사실을 밝혀내고 있다. 물질세계는 홀로그램과 비슷하다. 분명하게 눈에 띌 정도로 생생하지만 동시에 텅 비어 있다. 실제로 고정된 견고함이 사물에 존재하지 않는다는 사실을 깨달을수록 사물이 더 선명하게 보인다.

트룽파 린포체는 이러한 역설을 '마하무드라의 사다나(Sadhana of Mahamudra)'라는 시적이면서도 인상적인 말로 표현했다. 우리가 보는 모든 사물은 공空의 관점에서 볼 때 분명히 실재하지 않지만,

그 형체는 분명히 존재한다는 뜻이다. 당신이 보고 있는 것은 여기에 존재하지 않는 동시에 여기에 존재하지 않는 것이 아니다. 둘 다이며, 동시에 둘 다 아니다. 당신이 듣는 모든 소리는 분명히 존재하지만, 동시에 그것은 공^空의 울림이다. 그것이 실재한다면 그것은 공의 울림이라는 점에서다. 트룽파 린포체는 여기서 더 나아가 다음과 같이 말한다. "좋은 생각이든 나쁜 생각이든, 기쁜 생각이든 슬픈 생각이든 모두 허공으로 흩어져 사라진다. 하늘을 나는 새가 흔적을 남기지 않듯이."

이 말이 '환상의 아이가 되어라'라는 말의 의미에 가장 가깝다. 핵심은 좋은 생각이든 나쁜 생각이든, 기쁜 생각이든 슬픈 생각이든 마치 하늘을 나는 새가 흔적을 남기지 않듯이 허공으로 흩어져 사라지게 할 수 있다는 것이다.

불교적 관점과 수행은 지원군일 뿐이다. 중요한 것은 마치 오랜 잠에서 깨어나듯이 소리가 공^空의 메아리처럼 들리고, 눈에 보이는 모든 것이 생생하지만 동시에 비실재적인 것으로 보이는 경험을 우리가 직접 하는 것이다. 이런 경험은 강제할 수도, 억지로 꾸며낼 수도 없다. 그러니 가벼운 마음으로 명상에 임하라. 경구를 절대적인 교리로 받아들여서는 안 된다.

이 경구들에 귀를 기울이고, 곰곰이 생각하고, 궁금하게 여겨라. 그리고 무엇을 의미하는지 스스로 알아가라. 경구들은 사실에 대한 일방적인 언명이 아닌 일종의 도전 같은 것이다. 의미를 가만히 곱씹다보면 우리가 사실이라고 철썩같이 믿고 있던 것조차도 실은 모호한 것임을 깨닫게 된다. 우리는 깨어 있는 동시에 꿈을 꾸는, 살아 있는 동시에 죽어 있는 환상의 아이가 될 수 있다.

환상의 아이가 된다는 것은 자신을 더 이상 걸어 다니는 전쟁터로 만들지 않는다는 것이다. 우리는 선악이나 옳고 그름에 대해 매우 확고한 견해를 가지고 있다. 그리고 자기 안에 그릇되고 악한 면과 옳고 선한 면이 함께 있다고 느낀다. 기쁨과 슬픔, 승리와 패배, 이득과 손해와 같이 정반대되는 것들이 우리 안에서 전쟁을 벌이고 있다.

진실은 선과 악이 공존하고, 신맛과 단맛이 공존한다는 것이다. 서로 반대되는 것이 아니다. 눈과 마음을 활짝 열고 지금보다 더 깊은 차원의 인식으로 들어갈 수 있다. 완전히 새로운 경험의 차원으로 이동해가는 것이다. 이것이 바로 '환상의 아이가 되어라'는 말의 의미다.

부처는 바깥에 있지 않고 내 안에 있다는 말을 들어봤을 것이다. 부처는 우리 안에 공존하는 선과 악, 순수와 타락을 의미한다. 반드시 좋은 면만을 말하지 않는다. 깨끗할 수도 있고, 추잡할 수도 있다. 고귀한 것일 수도 있고, 비천한 것일 수도 있다. 향기로운 것일 수도 있고, 구역질나는 불쾌한 것일 수도 있다. 이렇게 양극단은 동시에 존재한다.

이런 생각을 단박에 이해하기는 어렵겠지만 일단 들어두면 도움이 될 것이다. 일상에서 자신의 혐오스럽고 형편없는 모습을 마주하게 되거든, 그 모습을 부처로 보라. 반대로 명상 수행이 잘 되었거나 마치 성인聖人처럼 위대한 생각을 떠올린 자신을 자랑스럽게 여길 수도 있는데 이것 역시 부처로 보라. 통렌 명상을 하면서 이런 논리가 매우 흥미롭다는 사실을 알게 될 것이다. 통렌 명상뿐 아니라 기본적인 사마타-위빠사나 명상도 정반대의 것들이 전쟁을 치르지 않으면서 함께 공존하고 있다는 깨달음으로 우리를 이끈다.

우리는 명상을 하면서 특정한 대상을 제거하기 위해 무던히 애를 쓰는 한편, 다른 특정 대상을 마음의 전면에 나타나게 하려고 노력한다. 세상이 스스로 말하게 하려면 우선 자신이 얼마나 애를 쓰고 있는지부터 알아야 한다. 그런 다음에야 에고를 내려놓고 자신의 마음을 온전히 열 수 있다. 사마타-위빠사나 명상과 통렌 명상은 뒤죽박죽 혼란스러운 세상을 향해 더 부드럽고 온화한 태도로 다가갈 수 있게 도와준다. 정반대의 것들이 함께 존재하게 하고, 어떤 것도 제거하려 들지 않는다. 그저 자신의 눈과 귀, 코와 혀, 마음과 지성을 더 넓히는 훈련을 할 뿐이다. 마음의 문이 닫히는 것을 포함한 어떤 일이 일어나더라도 그저 마음을 여는 습관을 키워갈 뿐이다.

우리는 대개 '선한지 악한지, 기쁜지 슬픈지, 좋은지 안 좋은지'와 같은 잣대를 들고 세상을 평가한다. 그래서 세상은 자기 스스로 발언할 기회를 얻지 못한다. '환상의 아이가 되어라'는 말은 기대나 두려움에 휩싸이지 말고 언제나 새로운 눈으로 세상을 보라는 의미다. 그럴 때는 자신의 기대와 두려움에 대해서도 깨어 있는 마음으로 관대하게 다가갈 수 있다. 편견과 판단을 내려놓고 가벼운 마음으로 더 또렷하게 자신의 기대와 두려움을 마주할 수 있다. 이쯤 되면 세상이 스스로 말을 건넬 것이다.

한번은 트룽파 린포체가 딜고 크엔체 린포체 성하聖下와 함께 정원에 앉아 있었다. 사람들은 두 분에게서 조금 떨어져 있었다. 어렴풋이 목소리는 들렸지만 무슨 얘기를 나누는지는 정확히 알기 어려운 거리였다. 그날은 날씨도 좋았다. 두 분은 꽤 오래 앉아 있으면서도 한마디 말도 나누지 않고 그저 앉아 있기만 했다. 그렇게 시간이 흘렀다. 두 분은 계속해서 말 한마디 나누지 않았지만 그 시간을 대단히 즐기는 것 같았다. 그때 트룽파 린포체가 침묵을 깨뜨리는 웃음을 터트렸다. 잔디밭 저편을 가리키며 딜고 린포체에게 말했다. "사람들은 저걸 나무라고 부른다는군요." 이 말에 크엔체 린포체도 웃음을 터뜨렸다. 우리도 그 자리에 있었더라면 아마 환상의 아이가 된다는 것이 어떤 의미인지 조금은 알 수 있었을 것이다.

명상을 마치고 나서도 우리는 평생 동안 이런 방식으로 수행할 수 있다. 차를 마시든 일을 하든, 우리는 무엇을 하든 그 일에 온전히 마음을 쏟을 수 있다. 자신이 있는 곳이 어디든 그곳에 백퍼센트 존재할 수 있다.

차를 마신다면 그 시간을 온전히 차 마시는 시간으로 삼아라. 나는 공항에서 이 연습을 해보곤 한다. 공항에서 잡지나 신문을 읽는 대신, 자리에 앉아 눈에 들어오는 모든 것을 그저 바라본다. 별

다른 감흥이 없더라도 그저 바라본다. 어떤 느낌이 일어나면 그게 무엇이든 그냥 느낀다. 약간의 관심과 호기심을 갖는 것으로 충분하다. 글 쓰는 것을 줄여라. 모든 것을 종이에 옮겨 적으려 하지 마라. 때때로 글쓰기는 새로운 태도를 갖게 하기보다는 무엇인가를 붙잡아서 고정시킨다. 고정된 시선은 우리의 눈을 멀게 한다. 새로운 시각, 시야가 확장되는 경험, 호기심 같은 것이 생길 리 없다. 어떤 것도 붙들지 않을 때 우리는 비로소 환상의 아이가 될 수 있다.

아침의 느낌은 그날 오후만 되어도 마치 몇 년이 지나간 것처럼 느껴진다. 뭔가 계속해서 변한다는 것이 그저 놀라울 뿐이다. 편지에 "내가 형편없는 존재처럼 느껴져"라고 썼다고 하자. 그런데 상대가 그 편지를 받을 때쯤이면 모든 것이 변해 있다. 그래서 상대의 답장을 읽으며 '대체 무슨 얘기를 하고 있는 거지?'라고 생각한 적이 있을 것이다. 자신이 편지에 담아 보냈던, 오랫동안 잊고 지낸 자신의 정체성을 기억하지 못한 것이다.

이시Ishi라는 이름을 가진 아메리카 원주민이 있었다. 이시는 사람이라는 뜻이다. 그의 이야기가 환상의 아이가 되는 것의 의미를 잘 보여준다. 이시는 20세기 초 캘리포니아 북부에 살았다. 부족 사람들은 모두 짐승처럼 비참하게 학살당했고, 이시가 유일한 생존자였다. 그는 오랫동안 혼자 살았지만 아무도 그가 혼자 산 이유를 정확히 몰랐다. 그러던 어느 날 새벽녘, 이시가 캘리포니아 오로빌에 나타났다. 그는 벌거벗은 채로 우두커니 서 있었다. 사람들은 서둘러 그에게 옷을 입힌 다음 정부의 인디언 사무국에서 지시가 있을 때까지 그를 감옥에 가뒀다. 이 사건이 샌프란시스코 지역 신문에 대서특필되었다. 알프레드 크뢰버라는 인류학자가 쓴 기사였다.

한 인류학자의 꿈이 이루어졌다. 평생을 야생에서 원주민으로 살았던 이시는 자기 부족의 생활상을 고스란히 보여줬다. 이시는 열차에 실려 샌프란시스코로 보내졌다. 남은 인생을 그곳에서 보냈는데 샌프란시스코는 이시에게 완전히 새로운 세상이었다. 이시는 완전히 깨어있는 것처럼 보였다. 하룻밤 사이에 모든 것이 극적으로 바뀌었음에도 이시는 자신과 세상에 대해 편안한 마음을 유지했다.

예를 들면, 사람들이 그를 샌프란시스코로 데려갔을 때 그는 양복을 입고 넥타이를 매는 것을 즐거워했다. 그러나 신발만은 손에 들고 다녔다. 자신의 발로 대지를 직접 느끼고 싶었던 것이다. 그는 동굴에 살던 사람으로 언제라도 살해당할지 모른다는 두려움 때문에 숨어 살아야 했다. 그런데 도시에 도착하자마자 사람들은 그를 공식적인 저녁 파티에 데려갔다. 모든 것이 낯설었을 텐데 그는 아랑곳하지 않은 채 그저 가만히 지켜본 다음 사람들이 식사하는 것을 그대로 따라했다. 그는 놀라움에 가득 차 있었다. 그에게는 모든 것이 그저 신기하기만 했다. 그렇지만 아무것도 두려워하거나 분개하지 않았다. 그저 마음을 활짝 열고 있었다.

이시가 처음 샌프란시스코로 가는 도중 오로빌 기차역의 플랫

폼에 서 있을 때였다. 기차가 플랫폼에 진입하자 이시가 재빨리 기둥 뒤로 몸을 피했다. 아무도 눈치 채지 못할 정도로 순식간에 일어난 일이었다. 그 상황을 알아본 사람들이 이시에게 기차에 타라고 손짓했다. 그렇게 모두가 샌프란시스코 행 기차에 올랐다. 나중에 이시가 인류학자인 크뢰버에게 말했다. 이시를 비롯한 부족 구성원들은 평생토록 기차를 볼 때마다 사람을 잡아먹는 악마라고 여겼다는 것이다. 왜냐하면 꿈틀꿈틀 움직이면서 연기와 불을 내뿜는 모습이 영락없는 악마처럼 보였기 때문이었다. 크뢰버는 이 이야기를 듣고 깜짝 놀라서 물었다. "기차를 악마라고 생각했는데 어떻게 기차를 탈 용기를 낼 수 있었죠?" 그러자 이시가 짤막하게 대답했다. "글쎄요, 삶은 나에게 무엇이든 두려워하기보다 호기심을 가지라고 가르쳐줬거든요." 이시는 자신의 삶을 통해 환상의 아이가 된다는 것의 의미를 터득하고 있었다.

Start Where You Are

다섯

➤➤➤➤➤➤──────➤

'독'이 아니라 '약'이다

우리는 좋아하는 대상에 대해서는 갈애하고,

싫어하는 대상에 대해서는 혐오하며,

좋아하지도 싫어하지도 않는 대상에 대해서는 무관심하다.

갈애, 혐오, 무관심을 세 가지 독이라 한다.

"세 가지 대상은 세 가지 독이자 세 가지 공덕의 씨앗이다"라는 경구를 통해 우리는 상대적 보리심에 대한 가르침, 자비심을 일깨우는 법에 대한 가르침의 세계로 들어섰다. 지금까지 우리가 쌓아온 경험의 토대에는 빈 공간이 매우 많으며, 그 토대가 우리 생각만큼 그렇게 견고하지 않다는 사실을 분명히 알게 되었다. 그래서 우리 자신에 대해서도, 원수나 사랑하는 사람에 대해서도, 인생이라는 쇼에 대해서도 지나치게 호들갑을 떨 필요가 없다. 온화함에 대해 강조하는 것은 온화함이 우리 삶을 본래의 열린 공간과 새로움의 장으로 다시 연결하고, 좁디좁은 에고의 세계에서 벗어나게 하는 핵심이기 때문이다. 지금부터 장벽에 부딪칠 때마다 호들갑을 떨지 않고 새롭고 활짝 열린 공간으로 계속해서 다시 돌아오려 할 것이다. 왜냐하면 바로 지금 아주 혼란스러운 상황으로 들어가려 하기 때문이다.

이 혼란스러운 상황을 불교에서는 클레샤klesha(번뇌)라고 하는데, '독毒'이라는 뜻이다. 간단하게 설명하면 크게 세 가지 독이 있다. 삼독은 욕망, 공격성, 무지로 갈애, 혐오, 무관심이라고 표현할 수도 있다. 과감하게 끊어야 한다고 생각하면서도 계속해서 원하고 또 원하는 온갖 종류의 중독 행위는 갈애의 범주에 들어간다. 혐오는 폭력, 분노, 증오, 짜증 같은 온갖 부정적인 마음을 모두 포괄한다. 그렇다면 무지는 무엇일까? 요즘은 주로 부정否定(denial)이라는 말로 부른다.

모든 불교의 가르침, 특히 로종의 가르침에서 가장 핵심적인 지침은 당신이 무엇을 하든 원치 않는 느낌을 사라지게 하려고 애쓰지 말라는 것이다. 우리의 상식적인 생각과는 분명 다르다. 싫은 느낌을 계속 머물게 하는 것은 우리의 습성과는 배치된다. 우리는 습관적으로 원치 않는 느낌을 사라지게 하려고 애쓰니 말이다.

삶에서 마주하는 사람들이나 상황은 언제나 우리의 욕망, 공격성, 무지를 자극한다. 좋아하는 커피 한 잔이 갈망을 자극하기도 한다. 커피에 중독된 사람들에게 커피는 위안을 주고, 삶의 모든 좋은 것을 대신해준다. 그래서 커피를 마시지 못하면 삶이 만신창이가 되는 사람들이다. 반면 어떤 사람은 커피가 왜 몸에 나쁜지에 대해 구구절절한 논리를 가지고 있다. 커피에 대해 혐오감을 느끼며 비슷한 성향들끼리 모임도 갖는다. 그리고 그밖에 많은 사람들은 커피에 대해 아무 관심도 두지 않는다. 그들에게 커피는 별다른 의미를 갖지 못한다.

모티머Mortimer(불편한 감정이나 생각을 일으키는 사람)라는 사람이 있다고 하자. 명상을 할 때 바로 내 옆에 앉았던 사람일 수도 있고, 함께 일하는 직장 동료일 수도 있다. 어떤 사람들에게는 모티머가 갈망을 일으키기도 한다. 이를 테면, 모티머가 아주 멋진 사람으로 보여 머릿속이 온통 모티머와 함께 해보고 싶은 일로 가득하다. 반면 어떤 사람들은 모티머를 싫어한다. 아직 말 한마디 건넨적도 없으면서 모티머를 처음 본 순간부터 혐오감을 느낀다. 또어떤 이들은 모티머가 누구인지 아예 관심이 없어서 알아보지도못한다. 몇 년 후 모티머가 그들과 함께 있었다고 말하면 깜짝 놀랄 것이다.

이 세 가지 유형이 경구에서 말하는 '세 가지 대상'이다. 첫째는좋아하는 대상, 둘째는 싫어하는 대상, 셋째는 좋아하지도 싫어하지도 않는 대상이다. 우리는 좋아하는 대상에 대해서는 갈애渴愛하고, 싫어하는 대상에 대해서는 혐오하며, 좋아하지도 싫어하지도않는 대상에 대해서는 무관심하다. 이러한 갈애, 혐오, 무관심을세 가지 독이라 한다.

삶 속에서 이 세 가지 독이 생겨 점점 커질수록 우리를 더욱 미치게 만든다. 각자의 경험에 비추어 '세 가지 대상, 세 가지 독, 엄청난 고통' 혹은 '세 가지 대상, 세 가지 독, 세 가지 씨앗(혼란, 당혹, 고통)'이라 할 수도 있다. 세 가지 독은 세상을 있는 그대로 보지 못하게 방해한다. 우리 눈을 멀게 하고, 귀를 먹게 하며, 벙어리로 만들어버린다. 환상의 아이처럼 삶을 주도할 수 있는 광활한 공간속에 있다고 느끼는 대신 삼독이 지어낸 이야기 속에 빠져 있으면세상은 스스로 말하지 않는다. 우리가 세상이 스스로 말할 기회를박탈해버린 것이다. 계속 자신에게만 말을 건네기 때문에 그 무엇도 당신에게 말을 걸 수 없는 것이다.

세 가지 독은 항상 모종의 방식으로 당신의 발목을 붙잡는다. 당신을 가둬서 당신의 세계를 협소하게 만들어버린다. 갈애를 느낀다면, 그랜드캐니언 협곡에 앉아 있어도 눈에 보이는 것은 지금 당신에게 간절한 초콜릿 케이크 한 조각이다. 혐오감에 가득 차 있다면, 아무리 그랜드캐니언 협곡에 앉아 있어도 귀에 들리는 소리라고는 십 년 전에 누군가에게 퍼부었던 분노의 말뿐이다. 무관심에 둘러싸여 있으면, 그랜드캐니언 절벽 끝에 앉아 있어도 마치 종이봉지를 머리에 뒤집어쓰고 있는 것처럼 몽롱하다. 세 가지 독은 우리 마음을 온통 사로잡을 만큼 강력해서 눈앞에 빤히 존재하고 있는 것조차도 인식하지 못하게 한다.

'세 가지 대상은 세 가지 독이자 세 가지 공덕의 씨앗이다'는 사실 독특한 생각이라 할 수 있다. 기존의 관습적인 생각을 예상 밖의 비관습적인 방식으로 뒤집은 것이기 때문이다. 따라서 이 경구는 세 가지 독이 어떻게 환상의 아이가 되는 씨앗이 될 수 있는지, 에고라는 고착된 좁은 세계에서 어떻게 벗어날 수 있는지, 터널시야의 세계에서 어떻게 발을 뺄 수 있는지를 일러준다. 하지만 이 경구는 이러한 개념이 어떻게 작동하는지를 보여주는 시작에 불과하다. 통렌 명상이 로종의 논리, 다시 말해 대승적인 논리(bigheart logic)가 작동하는 법을 분명하게 보여줄 것이다.

우리가 느끼는 욕망, 공격성, 무관심은 그 자체가 크게 잘못된 것은 아니다. 하지만 세 가지 독을 지나치게 개인적인 것으로 받아들여 그보다 소중한 것들을 잃는다면 문제가 된다. 공작새는 독을 먹어서 꼬리가 그토록 아름다운 빛깔을 낸다고 한다. 로종 명상에 대한 전통적 이미지도 '독이 아름다움과 기쁨의 원천'이다. 독이 곧 약이 되는 것이다.

뭘 하든 독이 사라지게 만들려고 애쓰지 마라. 자신이 가진 것을 잃을 뿐 아니라 신경증에 걸릴 수도 있기 때문이다. 눈앞에 벌어지는 모든 혼란스러운 일들은 그것 자체로 당신이 가진 풍요로움이다. 이 말만으로 충분히 납득하기는 어렵겠지만 적어도 이 가르침에 대해 호기심은 생길 것이다. 이 가르침이 진실인지 아닌지 궁금해서 스스로 알아보겠다는 마음을 불러일으킬 수도 있다.

모티머가 우리 곁을 지나칠 때 갈망, 혐오, 무관심, 질투, 오만, 무가치한 느낌 등의 감정이 올라오는 것은 머릿속에서 작은 종이 울리거나 전구에 불이 켜지는 것과 비슷하다. 바로 우리의 본성을 일깨울 수 있는 기회인 것이다. 보리심을 더 숙성시키고, 마음의 여린 부분과 다시 만날 수 있는 기회이기도 하다. 독이 있어야 방패가 생겨나기 때문이다. 우리는 마음에 갑옷을 꽁꽁 싸고서야 독에 반응한다.

독이 생기면 주로 두 가지 전략으로 대응한다. 1단계로 모티머가 지나간다. 2단계로 클레샤(번뇌)가 일어난다.(사실 이 두 단계는 매우 밀착해 있어서 분리시키기가 어렵다.) 3단계는 독을 겉으로 드러내거나 또는 안으로 억압한다. 다시 말해 신체적, 정신적으로 모티머를 공격하거나 아니면 그가 얼마나 쓰레기 같은 인간인지 속으로 속삭이면서 어떻게 앙갚음할까 궁리한다. 이도저도 아니면 그저 그런 느낌을 자기 안에 가둔다.

마음속에 일어난 독을 행동을 통해 겉으로 표출하거나 속으로 억압하는 것은 마음을 방어하기 위해 주로 사용하는 방법이다. 하지만 둘 다 상처받기 쉬운 마음, 자비심, 열린 마음, 나라는 존재의 새로운 차원으로 연결되지 못하게 만든다. 겉으로 표출하든지 속으로 억압하든지 고통이나 당황스러움, 혼란을 더 강화시키기 때문이다.

모든 비난을 모티머에게 돌려라. 언젠가 누군가가 "모든 비난을 자신에게 돌리라"라는 경구를 듣고 '모든 비난을 후안에게 돌려라'라는 뜻으로 해석했다. 비난을 돌릴 대상을 후안Juan(불쾌감을 일으키는 남자 이름)이라 부르든, 후아니타(불쾌감을 일으키는 여자 이름)라 부르든, 모티머라 부르든 우리가 주로 사용하는 전략은 그 사람에 대한 감정을 겉으로 표출하든 속으로 억압하든 둘 중 하나다. 모티머나 후안이 당신 곁을 지나가는데 갈망이 일면 그(그녀)에게 추파를 던지며 접근해 데이트를 하려고 할 것이다. 혐오감이 일면 앙갚음하고 싶은 마음이 일어날 것이다. 어느 경우가 됐든 당신은 있는 그대로의 자기감정에 머물지 못하고 있다. 자기 자리를 지키지 못하고 한 걸음 나아가 행동으로 표출하고 있다.

억압은 무관심의 범주에 속한다. 후안과 후아니타, 모티머를 본 당신은 마음의 문을 닫아버린다. 그들을 보면 떠오르는 무엇과도 대면하고 싶지 않기 때문이다. 흔히 관찰되는 또 다른 형태의 억압이 있는데 죄책감과 관련된다. 후안이 걸어가고 있다. 혐오감이 일어난다. 당신은 그 혐오감을 행동으로 표출한다. 그러면서 자신에게 죄책감을 느낀다. 자기를 후안을 미워하는 '나쁜 사람'이라고 생각한다. 그래서 이런 생각을 속으로 눌러버린다.

우리가 사마타-위빠사나 명상이나 통렌 명상에서 다루는 것은 겉으로 표출하는 것과 내면으로 억압하는 것 사이의 '중간지대'다. 그곳에 자리를 잡고 앉아서 원하는 것이든 원하지 않은 것이든 자기가 지어낸 이야기 속에 무엇이 있는지 온전히 느껴볼 수 있다.

'세 가지 대상은 세 가지 독이자 세 가지 공덕의 씨앗'이라는 관점에서는 독이 생길 때 자기 마음대로 지어낸 이야기를 내려놓아야 한다. 마음에서 일어난 독을 겉으로 표출하거나 속으로 억압하는 대신, 그 상황을 자신의 가슴을 느끼고 자신의 상처를 느껴보는 기회로 삼아라. 자신의 여린 마음과 만나는 기회로 삼아라. 갈망, 혐오, 질투, 만신창이가 되었다는 느낌 아래에 부드러운 마음이 존재하고 있다. 가망 없음, 절망, 우울함 아래에 여리고 여린 마음이 존재하고 있다. 그것을 보리심이라 한다.

갈망, 혐오, 질투 등이 일어나거든 지나치게 과장하지 말고 천천히 부드럽게 다스려라. 자기 마음대로 지어낸 이야기 아래에 무엇이 있는지 있는 그대로 느껴보라. 중독, 자기혐오, 분노 아래에 자리 잡고 있는 자신의 상처 입은 가슴을 느껴보라. 누군가 당신 가슴을 향해 화살을 쐈다면, 그 자리에 서서 그 사람을 욕하는 것은 소용없는 짓이다. 그보다 자신의 가슴에 화살이 박혀 있다는 사실에 주의를 기울이고, 상처를 돌보는 것이 더 바람직하다.

　그렇게 할 때, 세 가지 독은 세 가지 씨앗이 된다. 그 씨앗은 자기 자신을 친구로 삼는 방법이다. 세 가지 독은 인내와 친절을 연습할 기회, 자신을 포기하지 않을 기회, 감정을 행동으로 표출하거나 안으로 억압하지 않는 법을 익힐 기회를 준다. 또 지금까지 만들어온 습관을 새롭게 변화시킬 수 있는 기회를 준다. 세 가지 독은 자신과 타인 모두에게 도움이 된다. 원치 않는 상황을 깨달음의 길로 변화시키는 방법을 일러준다. 이 방법을 따르면 대개는 밀쳐내고 마는 우리에게 일어난 모든 혼란스러운 일들을 깨달음에 이르는 과정으로 변화시킬 수 있다. 여리고 부드러운 가슴, 명료함, 열린 마음에 다시 연결하는 것이다.

여섯

━━➤

지금 있는 곳에서 시작하라

지금 있는 곳에서부터 시작하라.

지금보다 좋아질 것 같은 내일이나

지금보다 좋았던 어제가 아니라

바로 지금!

통렌 명상과 함께하는 두 개의 경구가 있다. 하나는 "내보내고 받아들이는 과정을 번갈아서 수행하되, 두 가지 모두에 호흡을 실어라"로, 실제 통렌 명상의 방법을 설명한 것이다. 나머지 하나는 "내보내고 받아들이는 과정을 자기 자신에서부터 시작하라"이다.

'내보내고 받아들이는 과정을 자기 자신에서부터 시작하라'는 가르침은 자비심이 자기 자신과 친구가 되는 것, 특히 자신이 가지고 있는 독(자신의 엉망진창인 부분)과 친구가 되는 것에서 시작됨을 의미한다. 자신을 내보내고 받아들이는 통렌 명상을 하고, 로종 경구를 묵상하는 동안 우리 모두가 서로 연결된 존재라는 사실이 점차 드러날 것이다. 지금은 남아프리카의 강이 오염되거나 알래스카의 공기가 오염되면 그 영향력이 전 세계에 미친다는 사실을 사람들이 알고 있다. 이처럼 우리 자신을 포함하여 모든 것이 서로 연결되어 있기 때문에 자기 자신과 친구가 되는 것은 매우 중요하다. 자신과 친구가 되는 것이야말로 지구를 제정신이게 만들고, 자비심 가득한 행성으로 만드는 열쇠이기도 하다.

자신을 친절하고 온화한 태도로 대하는가? 정직하고 투명한 시선으로 바라보는가? 자기 자신을 대하는 태도는 세상을 경험하는 방식에 영향을 미친다. 실제로 세상을 경험하는 방식을 완전히 바꿔놓을 수도 있다. 자신을 대하는 것이 곧 타인을 대하는 것이고, 타인을 대하는 것이 곧 자기 자신을 대하는 것이다. 통렌 명상을 하면서 자신과 타인을 맞바꿔 보면 '저기 바깥'과 '여기 안'의 경계가 점차 불분명해진다.

당신이 지금 몹시 화가 났다고 하자. 정당한 이유로 화를 내며 다른 사람에게 비난을 퍼붓는다. 그런데 이때 정말로 고통스러운 사람은 바로 당신이다. 다른 사람과 주변도 고통스럽지만 당신의 고통이 더 크다. 당신의 내면이 화에게 완전히 잡아먹혀서 자기 자신을 점점 더 미워하게 되기 때문이다.

화가 났을 때, 우리가 화를 겉으로 표출하는 이유는 역설적이게도 그렇게 하면 조금이라도 위안이 될 것 같아서다. 그것이 행복이라 여기는 것이다. 간혹 순간적인 위안이 찾아올 때도 있다. 그런데 이는 중독 상태에 있는 사람에게 중독 물질을 투여했을 때 순간적으로 마음이 편해지는 것과 다를 게 없다. 얼마 지나면 악몽 같은 시간이 다시 찾아오기 때문이다. 공격성도 마찬가지다. 다른 사람에게 버럭 화를 내고 나면 잠시 동안은 마음이 후련할지 모른다. 그러나 자신의 분노와 증오가 정당하다는 생각이 점점 커지면서 결국 해를 입는 것은 당신이다. 시뻘겋게 달아오른 석탄을 맨손으로 집어서 원수에게 던지는 꼴이다. 석탄에 맞으면 상대는 크게 다칠 것이다. 그러나 먼저 불에 데는 사람은 분명 당신 자신이다.

반면에 자신을 온전히 내려놓는다면, 자기 마음대로 지어낸 거짓 이야기를 내려놓고 그 이야기 이면의 혼란스러운 모든 상황이 어떻게 느껴지는지 그대로 경험할 수 있다면, 우리는 보리심을 발견할 수 있다. 온갖 가혹한 마음 아래에 자리 잡고 있는 연약하고 부드러운 마음 말이다. 자신에게 친절해야 타인에게도 친절할 수 있다. 타인에게 친절함으로써, 즉 적절한 이해 속에서 적절한 방식으로 친절을 베풂으로써 상대도 나도 모두가 득을 본다. 출발점은 우리 모두가 서로 연결된 존재들이란 사실을 이해하는 것이다. 타인을 상대하는 것은 곧 자신을 대하는 것이며, 자신을 대하는 것은 곧 타인을 상대하는 것이다.

지금 있는 곳에서 시작하라. 매우 중요한 말이다. 통렌 명상을 비롯한 모든 명상 수행은 준비를 완벽하게 갖추고서 시작하는 게 아니다. 당신이 존경받을 만한 사람이 되어야 할 수 있는 것도 아니다. 설령 세상에서 가장 난폭한 사람이라도 지금 그 상태에서 통렌 명상을 시작할 수 있다. 자신에게 추악하고 엉망진창인 면이 있다는 것은 오히려 명상을 시작하기에 더 없이 좋은 조건이다. 세상에서 가장 깊은 우울의 나락에 빠져 있다 해도, 가장 깊은 중독의 구렁에 빠져 있다 해도, 가장 시기심 많은 사람이라 해도 그것과 상관없이 명상을 시작할 수 있다. 어쩌면 세상에서 당신만큼 자기를 미워하는 사람이 없다고 생각할지도 모른다. 그래도 상관

없다. 그럼에도 불구하고 당신은 명상을 시작할 수 있다. 이 모든 것이 명상을 시작하기에 더할 나위 없이 좋은 조건이다. 지금 당신이 있는 바로 그곳에서 시작하면 된다.

호흡에 주의를 기울이며 생각이 일 때마다 '생각'이라 이름을 붙이는 사마타-위빠사나 명상을 하다보면 생각에 저항하거나 생각을 억압하지 않고 내려놓는 것이 얼마나 심오한 경험인지를 차츰차츰 깨닫게 된다. 난폭한 생각, 미움으로 가득한 생각, 갈구하거나 혐오하는 것에 대한 생각, 빈곤에 대한 생각 등 어떤 생각이든 그것을 단순하게 인정하는 것이 얼마나 심오한 경험인지 알게 된다. 우리는 그 모든 것을 그저 '생각'으로 바라보고, 생각이 스스로 일어났다 사라지게 내버려둘 수 있다. 그리고 생각이 일어났다 사라진 뒤에 무엇이 남아 있는지를 느낄 수 있다. 스스로 지어낸 이야기 아래에 존재하고 있는 기본적인 느낌, 이를 테면 가슴, 몸, 목, 머리, 위장의 에너지를 느껴볼 수도 있다. 생각과 직접적으로 연결 지을 수 있으면 그때부터는 그 모든 것이 명상의 재료가 된다. 행동으로 드러내거나 안으로 억압하지 않을 때 우리가 지닌 욕망이나 공격성, 무관심은 재산이 된다. 독이 아니라 약이 되는 것이다. 무언가를 애써 변형시킬 필요가 없다. 그저 스스로 지어낸 이야기를 내려놓으면 된다. 물론 쉬운 일은 아니다. 일어난 생각을 그저 가볍게 알아차린 다음 내려놓는 것은 자기 내면의 자원(source)과 연결하는 열쇠다. 아무리 뒤죽박죽 엉망진창이라 해도 지금 있는 곳에서부터 시작하라. 지금보다 좋아질 것 같은 내일이

나 지금보다 좋았던 어제가 아니라 바로 지금, 시작하는 것이다. 지금 있는 그대로 시작하라.

밀라레파Milarepa는 티베트불교 카규파의 법맥을 이은 성자다. 그는 영웅 중에서도 아주 용감하고, 미쳤다 싶을 만큼 별난 범상치 않은 영웅이다. 오랜 시간 혼자 동굴에 살면서 명상 수행에만 전적으로 매진했다. 몇 년 동안 먹을 것이 없어 쐐기풀만 뜯어먹고 살면서도 수행을 멈추지 않을 만큼 수행을 향한 의지가 확고했다.

어느 날 저녁, 밀라레파가 장작을 모아 동굴로 돌아와 보니 악마들이 득실대고 있었다. 악마들은 그의 음식을 훔쳐 먹고, 그의 책을 읽고, 심지어 침대에서 잠을 자기도 했다. 마치 자기들 집인 양 밀라레파의 동굴을 점거했다. 밀라레파는 나와 타인이 둘이 아님을 알고 있었지만 이 악마들을 어떻게 몰아내야 할지 난감했다. 이 악마들이 자신의 마음, 특히 원치 않는 자기의 일부라는 것을 알았지만 이 악마들을 어떻게 처리해야 할지 막막했다.

그래서 처음에는 악마들에게 다르마를 가르쳤다. 악마보다 높은 자리에 앉아 우리가 모두 하나라는 사실에 대해 이야기했다. 자비심에 대해, 공空에 대해, 독이 곧 약이라는 사실에 대해 이야기했다. 하지만 아무런 변화도 일어나지 않았다. 악마들은 물러가지 않고 계속 죽치고 있었다. 인내심을 잃은 밀라레파가 화를 냈지만 악마들은 그저 비웃을 뿐이었다. 마침내 밀라레파는 모든 것을 포기하고 바닥에 앉아서는 이렇게 말했다. "나는 여기서 나가지 않을 것이다. 보아 하니 너희들도 그럴 것 같으니, 우리 여기서 함께 지내자."

그 순간, 한 녀석만 남기고 악마가 모두 사라졌다. '오, 이놈은 아주 독한 녀석이군.' (알다시피 이 독한 녀석은 하나가 아니라 여럿일 때도 있고, 독한 녀석들밖에 없는 것처럼 느껴지는 때도 있다.) 밀라레파는 이 녀석을 어떻게 해야 할지 몰라 더욱 자포자기하는 심정이 되었다. 악마에게 다가가 녀석의 입속에 자신을 밀어 넣으며 말했다. "그냥 나를 잡아먹어라!" 그러자 이 악마도 사라졌다. 이 이야기의 교훈은 간단하다. 우리가 저항을 멈춰야 마음속 악마가 사라진다는 것이다.

저항이 사라지면 마음속 악마도 사라진다는 것은 통렌 명상과 로종 명상의 기본 논리다. 우리가 살아가면서 어떤 상황이나 사람들을 마주했을 때 온화하고 편안하게 대하는 법, 자신을 내려놓는 법을 익힐 수 있는 화두인 셈이다.

이제부터는 통렌 명상에 대해 이야기를 해보겠다. 사람들이 대체로 통렌 명상의 가르침을 잘 이해한다고 생각했는데 실제 수행을 하고서는 이렇게 말한다. "오, 멋져요. 그런 의미인지 정말 몰랐어요." 본질적으로 통렌 명상은 고통스럽고 불쾌한 어떤 것이라도 들숨과 함께 자기 안으로 받아들인다. 달리 말하면 고통스럽고 불쾌한 것에 저항하지 않는다. 모든 것을 내려놓고 자신의 본래 모습과 만나며 그런 자신을 존중한다. 원치 않는 느낌이나 감정이 올라오더라도 그것을 숨과 함께 자기 안으로 받아들인 다음, 인간이라면 누구나 느끼는 보편적인 감정과 연결한다. 다양한 모습으로 나타나는 고통에 대해 우리 모두는 어떤 느낌인지 잘 알고 있다.

원치 않는 느낌과 감정을 호흡을 통해 자기 안으로 받아들이는 것은 개인적이고 실제적인 경험이라는 점에서 자신을 위한 수행이다. 동시에 모든 살아 있는 존재들과의 연대감을 높이는 것이다. 자기 안에 존재하는 감정을 제대로 알 수 있다면 그런 감정이 모두의 내면에도 있음을 미루어 짐작할 수 있다. 질투 섞인 분노에 사로잡혀 있을 때 다른 누군가를 비난하기보다 그저 호흡과 함께 분노를 자기 안으로 받아들인다면, 자기 가슴에 박힌 화살을 어루만질 수 있다면, 지구상에 지금 당신이 느끼는 것과 같은 감정을 느끼는 사람들이 있음을 어렵지 않게 알 수 있을 것이다. 이 명상은 문화, 경제력, 지능, 인종, 종교 등을 초월한다. 사람들은 어디에 살든 질투심, 분노, 소외감, 외로움 같은 고통을 느낀다. 당신이 느끼는 것과 똑같은 방식으로 느낀다. 구체적인 사연이야 사람마다 다르겠지만, 그 밑바닥에 깔린 느낌은 모두 같다.

마찬가지로 당신이 기쁘다고 느낀다면, 뭔가에 고취되어 있거나 마음이 활짝 열려 있거나 안도감을 느낀다거나 긴장을 풀고 편안한 상태라면 그것을 날숨과 함께 당신 밖으로 내보낸다. 당신 이외의 모든 사람을 향해 내보내는 것이다. 당신이 느끼는 기쁨, 더 큰 차원과 연결된 느낌, 편안함은 역시 지극히 개인적인 일이다. 그런데 만일 당신이 자신에 국한된 이야기를 잠시 내려놓을 수만 있다면, 다른 모든 사람이 느끼는 것을 똑같이 느낄 수 있다. 우리 모두가 다 같이 공유하는 느낌말이다. 이런 식으로 자기에서 출발하여 모든 존재와 연결되는 방식으로 수행을 해나간다면 모든 존재와의 연대감을 일깨울 수 있다.

또 하나 매우 중요한 것은 무조건적 보리심이다. 통렌 명상을 시작하기에 앞서 우리는 먼저 무조건적 보리심에 대한 토대를 다졌다. 괴로운 감정을 들숨과 함께 자기 안으로 받아들여 고통의 생생함, 실재성과 연결하려면 어느 정도 마음의 공간이 있어야 하기 때문이다. 광활하고 부드러우며 텅 빈 마음인 보리심이 있어야 한다. 마음이 깨어나야 한다. 또한 고통 안에도 비어 있는 커다란 공간, 열린 마음이 존재한다. 단, 우리 자신을 힘들게 하는 것들을 피하지 않고 직접적으로 대면해야 그 공간과 만날 수 있다. 뒤죽박죽 엉망진창인 자신의 모습과 만날 때야 비로소 꽉 움켜쥐고 있던 단단한 에고의 끈을 놓기 때문이다.

우리는 낡은 갑옷으로 마음을 방어하고 있다. 낡은 갑옷이란 괴로움을 밀어내고 즐거움에 집착하는 오랜 습관을 말한다. 고통을 밀어내는 대신 자기 안으로 받아들인다면 자신이 원치 않는 것에도 마음을 열 수 있다. 이렇게 자기 삶에서 일어나는 원치 않는 일들과 직접적으로 연결할 수 있다면 빈 틈 없이 단단한 에고의 공간에 신선한 공기가 스며들기 시작한다. 마찬가지로 꽉 움켜쥐고 있던 마음을 활짝 열고 좋은 것들도 모두 내려놓을 수 있다면, 다시 말해 좋은 것들을 외부로 방출하여 타인과 나눌 수 있다면 이 것 역시 에고의 논리를 완전히 뒤집는 것이다. 고통의 논리를 뒤집는 것이기도 하다. 로종 명상은 추한 모습도 고결한 모습도 초월한다. 괴로움과 기쁨도 넘어선다. 로종 명상은 우선 마음의 공간을 활짝 열어서 자신을 둘러싼 껍데기 속으로, 여태껏 웅크리고 있었던 껍데기 속으로 새로운 공기가 스며들게 한다. 이는 숨을 들이마시든 내쉬든 상관없이 마음을 여는 과정이자 보리심을 일깨우는 과정이다.

이제 구체적인 통렌 명상을 하는 방법에 대해 알아보자. 통렌 명상은 크게 네 가지 단계로 이루어진다.

1단계에서는 순간적으로 마음을 활짝 열어젖힌다. 무조건적 보리심을 키우는 단계로, 앞서 말한 '알라야의 본성에 머물라'는 경구는 이렇게 순간적으로 활짝 열어젖힌 마음에 머물라는 것이다. 아주 순식간에 일어나는데, 그 순간 고요함과 마음의 공간이 자연스럽게 일어난다. 아주 단순하다.

2단계에서는 호흡의 질감을 조정한다. 숨을 들이마실 때는 어둡고 무겁고 뜨거운 것을 들이마신다고 상상한다. 한편 숨을 내쉴 때는 밝고 가볍고 시원한 것을 내쉰다고 상상한다. 이때 숨과 함께 우리 안으로 받아들이는 대상은 본질적으로 동일하다. 그것은 바로 고통의 근원인 에고의 과도한 집착이다.

화가 나거나 가난에 쪼들리거나 질투심을 느낄 때, 그에 대한 집착이 검고 뜨겁고 단단하고 무겁게 느껴진다는 것을 경험하게 된다. 실제로 독이 지닌 질감이고, 신경증과 집착의 고유한 질감이다. 또한 자기 자신에 사로잡혀 있다가도 대조되는 어떤 것 또는 틈(gap)이 생긴다는 것도 알게 된다. 그 틈은 꽤 널찍하다. 보이는 현상에 집착하지 않는 마음, 활짝 열린 마음을 경험한 것이다. 이런 열린 마음은 대개 가볍고 환하고 신선하고 깨끗하며 시원한 느낌이다.

통렌 명상의 두 번째 단계에서는 이처럼 자기 경험의 질감을 조정한다. 온몸의 모공으로 검고 무겁고 뜨거운 것을 숨과 함께 들이마신 다음, 역시 모공으로 밝고 가볍고 시원한 것을 날숨과 함께 바깥으로 온 사방을 향해 내보낸다. 호흡이 자연스러운 리듬을 탈 때까지 자기 경험의 질감을 조정해 나간다. 호흡을 매개로 검고 무겁고 뜨거운 것이 당신 안으로 들어온 다음, 밝고 가볍고 시원한 것이 되어 밖으로 나간다.

3단계에서는 특정 대상의 괴로움에 대해 다룬다. 특정인이나 도움을 주고 싶은 동물의 고통을 들숨과 함께 자기 안으로 받아들인다. 그리고 숨을 내쉴 때 열린 마음이나 친절, 또는 든든한 식사 한 끼나 커피 한 잔을 그 사람을 향해 내보낸다. 고통을 조금이라도 가볍게 할 수 있는 것이라면 무엇이라도 좋다. 이 수행은 누구라도 대상이 될 수 있다. 길에서 본 노숙인 미혼모, 자살 충동에 시달리는 삼촌, 아니면 당신 자신이나 그 순간 당신이 느낀 고통 등 어떤 대상에 대해서도 할 수 있다. 중요한 것은 그 고통을 이론이 아니라 아주 실제적인 것으로 느끼는 것이다. 고통이 손에 잡힐 듯 생생하고 솔직하게 진심으로 느껴야 한다.

4단계에서는 고통을 덜어주려는 바람을 더 넓게 확장한다. 전 단계에서는 길에서 본 노숙인 미혼모라는 특정 대상에서 시작했다면 이번에는 그녀와 비슷한 고통을 당하고 있는 모든 존재를 향해 확장한다. 자살 충동에 시달리는 삼촌에서 자살 충동을 느끼는 모든 사람을 향해, 질투심이나 집착 또는 모멸감에서 벗어나고자 하는 자신에게서 당신과 비슷한 감정을 느끼는 모든 사람을 향해 고통을 덜어주고자 하는 바람을 확장한다. 비참하고 고통스러운 특정 사례를 사람이나 동물이 어디에서나 겪을 수 있는 보편적 고통을 이해하는 발판으로 삼는 것이다. 삼촌의 고통을 자기 안으로 받아들이는 동시에 삼촌처럼 절망감과 외로움에 빠져 있는 수많은 사람들의 고통도 함께 받아들인다. 동시에 넓고 여유로운 마음, 활기, 꽃다발 등을 삼촌을 향해, 같은 고통을 느끼는 모든 사람을 향해 내보낸다. 고통을 치유할 수 있는 것이라면 뭐라도 좋다. 이처럼 고통을 덜어주려는 대상을 특정한 한 사람에서 모든 사람으로 확장시킬 수 있다.

세 번째 단계와 네 번째 단계는 함께 해나가야 한다. 한 사람에게 닥친 고통과 살아 있는 모든 존재가 겪는 보편적 고통을 다 덜어주고자 바라야 한다. 모든 존재의 고통을 덜어주는 방향으로만 마음을 낸다면 지나치게 추상적으로 흐를 수 있다. 반대로 자신 혹은 특정인의 고통만 덜어주고자 한다면 보편성을 상실해서 지나치게 협소해질 수 있다. 두 경우를 모두 고려해야 실제적이면서 진실한 명상, 세상 모든 사람을 아우르는 보편성 있는 명상이 된다.

또 자신의 업보(Karma) 가운데 아직 해결하지 못한 부분을 대상으로 할 수도 있다. 사실 그 부분을 적극적으로 수행 대상으로 삼아야 한다. 예를 들어, 당신이 지금 누군가와 끔찍한 관계에 놓여 있다고 하자. 그를 생각할 때마다 화가 치밀어 오를 것이다. 이런 상황은 통렌 명상을 하는 데 아주 유용하다. 아니면 당신이 매우 우울한 상태라고 하자. 오늘 아침에도 간신히 일어나 겨우 침대를 빠져나왔다. 너무너무 우울해서 평생을 그저 침대에 처박혀 살고 싶은 심정이다. 침대 밑으로 숨을까도 생각해봤다. 이런 상황도 역시 통렌 명상을 하기에 아주 좋다. 당신이 붙들고 있는 집착이 실제적일수록 통렌 명상의 좋은 재료가 된다.

또 다른 예를 들어보겠다. 통렌 명상을 하고 있거나 앉아서 커피를 마시고 있는데, 모티머가 다가온다. 모티머란 격정, 공격성, 무관심을 일으키는 사람이다. 당신은 그를 한 대 치고 싶다거나, 품에 안고 싶다거나, 그가 아예 그 자리에 없었으면 하고 바란다.

아무튼 당신이 화가 나 있다고 하자. 화의 대상은 모티머이고, 분노라는 독이 생겨난다. 당신은 숨을 들이마시며 그 분노를 받아들인다. 자신이 느끼는 혼란스러움에 대한 연민을 키우기 위해서다. 이때 모티머를 비난해서는 안 된다. 자신을 비난해서도 안 된다. 대신 뜨겁고 검고 무거운 질감의 분노가 스스로 풀려나게 해야 한다. 그 과정을 가능한 한 온전히 경험하라.

이제 들숨과 함께 분노를 받아들인다. 그러면서 분노의 대상을 마음에서 지운다. 그에 대해 더 이상 생각하지 않는다. 사실, 당신이 생각하는 분노의 대상은 촉매제였을 뿐이다. 이제 당신이 느끼는 분노를 완전히 자신의 것으로 만들었다. 이제 모든 비난을 자신에게로 돌린다. 큰 용기가 필요한 일이다. 사실 에고의 입장에서는 엄청나게 모욕적으로 느껴질 수 있다. 아닌 게 아니라 에고의 작동방식을 근본에서부터 무너뜨리기 때문이다. 그러니 자기 안에 일어나는 어떠한 부정적 감정이라도 들숨과 함께 받아들여야 한다.

그런 다음 날숨과 함께 자비심, 편안함, 마음의 여유 같은 것을 바깥으로 내보낸다. 좁고 어두운 공간에 갇혀 있는 대신 이런 감정들에 널찍한 공간을 마련해 주는 것이다. 날숨과 함께 모든 것에 신선한 공기를 불어넣어 환기시킨다. 숨을 내쉬는 것은 두 팔을 활짝 벌린 채 모든 것을 있는 그대로 내버려두는 것과 같다. 그런 다음 다시 들숨과 함께 분노를 받아들인다. 어둡고 무거운 분노의 열기를 받아들인 다음, 다시 날숨과 함께 모든 것에 신선한 공기를 불어넣으며 많은 공간이 생길 수 있게 허용한다.

이 과정은 당신 자신을 향해 친절한 마음을 기르는 것과 같다. 방법은 아주 간단하다. 깊이 생각할 필요도 없고, 심각해질 필요도 없다. 들숨과 함께 아주 생생한 독(klesha)를 들이마시기만 하면 된다. 완전히 자기 것으로 만든 다음 숨을 내쉬면서 넓은 공간을 만들어 공기를 불어넣어준다. 더 나아가지 않더라도 이것 자체로 훌륭한 명상이다. 이 차원에서 자기 자신에 대한 작업을 계속 수행하고 있기 때문이다. 물론 이 수행의 참된 의미는 자기 자신에서 시작하여 자기 바깥으로 확장시키는 데 있다.

가식이 아닌 진심으로 당신이 느끼는 분노를 약 20억 명의 존재들이 똑같이 느끼고 있다는 사실을 받아들인다. 실제로 그들이 경험하고 있는 분노와 당신이 지금 느끼는 분노는 같다. 물론 분노의 대상은 다를 수 있다. 하지만 여기서 중요한 것은 분노의 대상이 아니라 '분노' 자체다. 당신은 살아 있는 모든 존재들이 느끼는 분노를 들숨과 함께 자신 안으로 받아들인다. 그들이 더 이상 분노를 느끼지 않도록 말이다. 그렇다고 당신의 분노가 더 커지는 것은 아니다. 그저 분노일 뿐이다. 그토록 많은 고통을 일으키는 분노에 대한 집착일 뿐이다.

때로는 살아 있는 존재들이 느끼는 분노를 자기 안으로 받아들이는 순간, 이 세상에 왜 살인과 강간이 존재하는지, 왜 전쟁이 일어나는지, 왜 사람들이 건물을 불태우고 왜 세상에 그토록 많은 고통이 존재하는지 언뜻 알게 된다. 이 모든 비극적 상황은 우리가 분노를 자기 안으로 받아들여 신선한 공기를 불어넣어주지 못하고 그저 행동으로 표출해서 생긴 것이다. 분노가 증오와 불행으로 이어져 세상을 오염시키고, 고통과 절망의 악순환을 되풀이하게 만든 것이다. 분노를 느낀 사람이 바로 '당신'이므로 분노의 불쏘시개를 쥐고 있는 사람도 당신이다. 모든 살아 있는 존재들이 느끼는 분노와의 연결고리를 쥐고 있는 이도 바로 당신이다. 그러니 자신이 갖고 있는 클레샤(번뇌)를 먼저 해결한 뒤에 다른 존재들의 클레샤를 들숨과 함께 자기 안에 받아들인다.

그때 받아들인 분노는 더 이상 당신 혼자 짊어진 짐이 아니다.

그저 당신을 포함한 모든 살아 있는 존재가 느끼는 분노일 뿐이다. 당신은 들숨과 함께 분노를 받아들인 다음, 모든 존재가 경험할 수 있도록 날숨과 함께 신선한 공기를 내보낸다. 분노뿐 아니라 당신을 불편하게 만드는 어떤 감정에도 적용할 수 있다. 불편하면 불편할수록 통렌 명상을 통해 더 선명하게 깨어날 수 있다.

우리를 화나게 하는 대상들은 그 안에 엄청난 에너지를 가지고 있다. 그들을 두려워하는 이유도 바로 그 에너지 때문이다. 어쩌면 당신의 소심함 때문일 수도 있다. 당신은 너무 소심해서 누군가에게 다가가 눈을 마주치며 인사조차 건네지 못한다. 그렇게 하려면 큰 에너지가 필요하기 때문이다. 자신을 유지하는 방식인 것이다. 그런데 통렌 명상을 통해 분노나 소심함을 완전히 자기 것으로 만들 기회를 갖게 된다면, 누구도 비난하지 않고 날숨과 함께 분노나 소심함에 새로운 공기를 불어넣을 수 있다면, 지금 당신과 함께 있는 누군가가 왜 그토록 침울한 표정을 짓고 있는지 더 잘 이해하게 될 것이다. 그가 당신을 미워하기 때문이 아니라 그도 당신처럼 상대방의 얼굴을 똑바로 바라보지 못하는 아주 소심한 사람이기 때문이라는 것을 말이다. 이처럼 통렌 명상은 자기 자신과 친구가 되는 수행인 동시에 다른 존재에 대한 자비심을 키우는 수행이기도 하다.

이런 방식의 수행을 통해 타인에 대한 자비심을 키울 수 있을 뿐 아니라 그들을 더 잘 이해할 수 있게 된다. 자기 자신의 고통이 발판이 된 셈이다. 마음이 점점 더 커지면 누군가가 자신에게 욕을 퍼부어도 전체 상황을 올바르게 파악할 수 있다. 사람들이 왜 그렇게 행동하는지 잘 알기 때문이다. 또 타인의 고통을 들숨과 함께 자기 안에 받아들여 새로운 공기를 불어넣은 다음 날숨과 함께 밖으로 내보내는 것이, 실제로도 도움이 된다는 것을 깨닫게 된다. 이처럼 통렌 명상은 당신 혹은 누군가의 특정한 고통과 직접적으로 관계를 맺는 데서 시작한다. 이러한 고통은 보편적인 것, 우리 모두가 공유하는 고통이라는 사실도 깨닫게 된다.

대부분의 사람들은 사랑하는 사람을 떠올리면서 통렌 명상을 처음 시작한다. 남편이나 아내, 부모보다는 자녀를 떠올리는 것이 더 수월할 수 있다. 어른들의 관계는 아이들과의 관계보다 복잡하기 때문이다. 가족이나 연인이 아니더라도 아무 이유 없이 사랑하는 사람들도 있을 것이다. 노인들, 환자들, 어린 아이들 혹은 당신에게 친절하게 대해줬던 사람들 등등.

트룽파 린포체는 여덟 살 때 사람들이 조롱하면서 던진 돌에 맞아 낑낑대며 죽어가는 개를 봤는데, 그날 이후로 통렌 명상이 아주 쉬웠다고 한다. 비참하게 죽어간 그 개를 떠올리는 것만으로 자신의 가슴이 즉각적으로 열렸다는 것이다. 복잡할 게 없었다. 그저 들숨과 함께 개의 고통을 자기 안에 받아들인 다음, 편안하게 이완된 마음을 날숨과 함께 바깥으로 내보내기만 했다. 이처럼 통렌 명상은 자신의 가슴을 움직이는 대상에서부터 시작하면 된다.

돌에 맞아 고통스럽게 죽어간 강아지를 떠올리며 숨을 들이마신다. 이때 강아지는 그냥 강아지가 아니다. 그 강아지처럼 부당한 죽음을 당한 강아지나 사람들의 고통이 세상 곳곳에 존재하고 있다는 사실을 깨달았기 때문이다. 곧이어 대상을 확대하여 그 강아지처럼 고통당하고 있는 모든 사람의 고통을 들숨과 함께 받아들인다.

강아지나 삼촌, 또는 자기 자신에서부터 시작하여 점점 더 멀리 확장시키는 방법도 가능하다. 만일 당신 언니가 겪고 있는 우울증을 덜어주고자 하는 바람에서 출발했다면 그 대상을 더 확장시켜 당신과 무관한 사람들, 당신과 가깝지 않기 때문에 두려움이나 분노를 일으키지 않는 사람들이 겪는 우울증을 들숨과 함께 당신 안으로 받아들일 수 있다. 그들의 우울증을 들숨과 함께 받아들인 당신은 이제 그 무관한 사람들 모두에게 날숨과 함께 편안하게 이완된 마음을 내보낸다. 그런 다음 점차 자신이 미워하는 사람들에게로 옮겨간다. 원수라고 생각하는 사람들, 혹은 실제로 당신에게 해를 입힌 사람들을 대상으로 통렌 명상을 한다. 명상의 대상이 점점 더 늘어날 것이다. 거짓으로 꾸며내서는 안 되기 때문에 자신의 가슴에 가장 와 닿는 사람이나 동물을 우선해서 수행의 대상으로 삼는다.

통렌 수행을 다음 네 단계로 기억해두면 좋다.

1 순간적으로 마음을 활짝 열어젖힌다.
2 호흡의 질감을 조정한다. 어둡고 무겁고 뜨거운 기운을 들숨과 함께 들이마신 다음, 밝고 가볍고 시원한 기운을 날숨과

함께 내뱉는다.

3 자신에게 특별히 와 닿는 누군가의 고통을 덜어주려는 마음
을 낸다.

4 그 마음을 모든 사람과 존재를 향해 확장한다.

중요한 것은 자기 안에 있는 집착, 자기 안에서 작동하고 있는 클
레샤(번뇌)의 힘과 생생하게 접촉하는 것이다. 그랬을 때 다른 사람
이 처한 상황을 더 쉽게 이해할 수 있다. 타인이 처한 상황이 자신
에게 실제적이고 생생하게 다가오거든 반드시 바깥으로 확장시키
라. 세상 사람들을 향한 마음을 키우는 데 자신의 개인적 경험을
발판으로 삼아라.

일곱

---➤

마주치는 모든 것을 깨달음의 연료로 사용하라

어떻게 해야

'우리'와 분리된 '그들'로 존재하지 않고

'우리'와 '그들'이 하나로 존재할 수 있을까?

오늘의 경구는 "온 세상이 재앙으로 가득 차 있을 때, 고난을 통해 보리에 이르는 길로 나아가라"이다. '보리bodhi'란 깨달음을 말한다. 로종의 기본적인 지침은 우리 삶에서 일어나는 원치 않는 상황들을 깨달음의 연료로 사용하라는 것이다. 로종의 가르침이 주는 소중한 선물로, 우리에게 어떤 일이 일어나더라도 방해물이나 장애로 여기지 말고 깨달음에 이르는 방편으로 생각하라는 것이다. 힘든 세상을 정신없이 바쁘게 살아가는 우리들에게 딱 들어맞는 경구다. 세상을 살아가는 데 아무런 어려움도 존재하지 않는다면 로종이니 통렌이니 하는 명상도 필요 없을 것이다.

이렇게 용기와 자비심을 키우며 보리심을 일깨우는 데 온 마음을 다해 수행하는 이들을 보살(bodhisattva) 혹은 깨어난 전사라고 한다. 위 경구의 핵심은 그 무엇도 전사나 보살이 되는 길을 방해하지 못한다는 것이다. 보살의 길에서 평온함도 경험하지만 혼란을 경험하기도 한다. 우리는 일이 잘 풀릴 때는 기분이 좋다. 창밖에 내리는 아름다운 눈을 보며, 또 바닥에 부딪쳐 반사되는 빛을 보며 기쁨을 느낀다. 감사함 같은 것도 느낀다. 그러다 화재 경보음이 울리거나 혼란스러운 일이 발생하면 안절부절못하고 불안해한다. 이 모두가 우리가 수행할 수 있는 기회이다. 좋은 일이든 안좋은 일이든 수행에 방해되는 일이란 없다.

우리는 모든 것이 제자리에 그대로 있어야 제대로 되었다고 생각한다. 수행 중에 마음이 틀어지거나 혼란스러워질 때는 자신이뭔가 잘못한 거라고 생각한다. 대개는 '다른 누군가가' 우리의 소중한 명상을 방해하고 있다고 생각한다. 시끄럽게 떠들며 으스대는 여자에 대해 "저 여자, 내 신성한 공간에서 대체 뭘 하고 있는거야?"라고 누군가가 말한 것처럼 말이다.

위 경구는 정직하게 있는 그대로 명확하게 보는 힘을 기르는 것도 보리심을 일깨우는 일부라는 핵심을 전한다. 때로 사람들은 로종의 가르침에서 다른 사람을 비난하지 말고 자신의 이면에 있는감정과 연결하라는 의미를, 다른 사람이 당신에게 해를 입혔어도그걸 말하면 안 된다고 받아들이는 것 같다. 그러나 정직하고 솔직하게 있는 그대로 명확하게 본다는 것은 당신이 해를 입었다는 사실을 그대로 인정하는 것이다. 부처의 고귀한 가르침 중 첫 번째는'인생은 고苦'라는 것이다. 고통은 인간 경험의 일부로서 확실히 존재한다. 사람들이 서로에게 해를 입히는 것은 엄연한 현실이다. 내가 타인에게 해를 입히기도 하고, 타인이 나에게 해를 입히기도 한다. 이것을 아는 것이 있는 그대로 명확하게 보는 것이다.

까다로운 문제이긴 하다. 자신이 해를 입었음을 명확하게 보는 것과 상대를 비난하는 것은 어떤 차이가 있을까? 우리는 상대를 손가락질하며 비난하기보다는 다음과 같은 질문을 던져야 한다. "내가 피해를 입은 지금 상황에서 상대와 어떻게 의사소통해야 할까? 서로에게 입힌 피해를 어떻게 해결해야 할까? 어떻게 하면 상대가 자신의 지혜와 다정함, 유머감각을 발견하도록 도울 수 있을까?" 이렇게 질문하는 것은 무작정 상대를 비난하고 미워하며 행동으로 보여주는 것보다 훨씬 큰 도전이다.

어떻게 해야 서로를 도울 수 있을까? 방법은, 미워하는 마음이나 어쩔 줄 모르겠는 자신의 느낌과 친구가 되는 것이다. 그래야 타인이 느끼는 감정을 받아들일 수 있다. 이런 연습을 통해 다른 모든 존재가 느끼는 감정까지도 받아들일 수 있다. 그때, '우리'와 분리된 '그들'로 존재하지 않고 '우리'와 '그들'은 하나로 존재한다.

예전에는 자녀를 신체적으로 학대하는 부모에 대한 기사를 읽을 때마다 분노가 치밀어 올랐다. 내가 느끼는 분노가 당연하다고 생각했다. 내가 엄마가 되기 전까지는 그랬다. 어느 날, 6개월 된 아들 녀석이 고함을 치고 울면서 죽을 엎었다. 2년 6개월 된 딸아이는 나를 잡아끌더니 식탁 위에 있는 것들을 모조리 넘어뜨렸다. 그 순간 이런 생각이 들었다. "이래서 엄마들이 자기 자식을 때리는구나. 그 심정을 충분히 알겠어. 내가 아이를 때리지 않는 건, 그런 집안에서 자랐기 때문인 거야. 하지만 지금 이 순간만큼은 아무리 사랑하는 자식이라도 실컷 패주고 싶은 마음뿐이라고."

그렇다고 통렌 명상을 할 때, 큰 혼란에 빠져 있는 상대에게 뭔가 베푸는 듯한 태도로 임해서는 안 된다. 무엇보다 당신 안의 자비심을 일으키는 수행임을 기억해야 한다. 화, 질투심, 외로움 같은 것이 어떤 느낌인지 당신도 이미 경험해봤기 때문이다. 그리고 때로는 자신이 쉽게 납득되지 않는 행동을 한다는 것도 알고 있다. 폭언을 내뱉었던 것은 당신이 무척이나 외롭기 때문이었고, 누군가를 욕했던 것도 그 사람이 당신을 알아주고 좋아하기를 원했기 때문이었다. 상대방이 어떤 상황에 처해 있는지 알면(당신도 경험해 보았기 때문에) 상대와 입장을 바꿔서 생각할 수 있다. 하지만 상대보다 자신이 우월한 존재라고 생각하면 입장을 바꿔 생각할 수가 없다. 우리 인간은 동일한 감정을 공유하고 있기 때문에 자신의 감정에 대해 잘 알수록 타인에 대한 이해도 그만큼 깊어질 수 있다.

세상이 재앙으로 가득 차 있는데 어떻게 원하지 않는 상황을 깨달음의 길로 변화시킬 수 있을까? 그 한 가지 방법이 무조건적 보리심(보리심의 절대적 측면)을 일으키는 것이다. 사실 대부분의 명상 기법은 보리심의 상대적 측면을 일깨우는 것이다. 무조건적 보리심을 일으키기 위해서는 자신이 좋아하는 것뿐 아니라 힘들고 참기 힘든 일을 통해서도 자기 안의 여린 부분과 다시 연결되어야 한다.

사람들이 화를 내는 이유는 무척 많다. 이 사실을 인정해야 한다. 살면서 수시로 화를 내지만 상대를 비난하는 것으로는 어떤 문제도 해결할 수 없다.

앞에서 말한 아메리카 원주민 이시Ishi 역시도 화를 낼 이유가 수도 없이 많았다. 부족 사람들이 한 사람씩 차례로 학살당했다. 부족 전체가 학살당해 오직 자신만이 살아남았지만 그는 누구를 향해서도 화를 내지 않았다. 그를 통해 배울 수 있는 교훈은, 어떤 일이 벌어지더라도 우리가 느끼는 분노 아래에 있는 여린 부분과 연결할 수 있다면 아무리 적이라 해도 입장을 바꿔놓고 생각할 수 있다는 것이다. 적과 마음을 열고 소통하는 것이야말로 상황을 변화시킬 수 있는 유일한 방법이다. 계속해서 적을 미워하는 한 나도, 적도, 세상도 고통에서 벗어나지 못한다.

진정한 변화를 일으키는 유일한 방법은 증오를 없애는 것이다. 마틴 루터 킹, 세자르 차베스(미국의 인권운동가), 테레사 수녀가 전하는 메시지도 증오를 없애는 것이다. 수족Sioux(아메리카 원주민의 한 종족) 원로인 내 친구 제럴드 레드 엘크가 말하기를, 자신이 젊었을 때는 자기 부족이 받는 부당한 대우 때문에 엄청난 분노로 가득 차 있었다고 했다. 분노 때문에 알코올 중독에 빠졌고 비참하게 지냈다고 한다. 그는 제2차 세계대전 당시 유럽에 있었는데, 그때 내면에서 뭔가 변화가 일어났다고 했다. 자신이 증오심이라는 독에 취해 있음을 알게 된 것이다. 전쟁에서 돌아온 후 그는 자신의 남은 일생을 부족 젊은이들이 영혼과 자부심, 위엄을 회복하는 데 헌신했다. 그가 전하고자 한 메시지는 서로 미워하지 말고 모든 존재와 소통하는 법을 익히라는 것이었다.

또 다른 경구는 이렇게 말한다. "모든 진리는 하나로 귀결된다." 사마타-위빠사나든, 로종이든, 평온과 건강에 대한 어떤 지혜로운 가르침이든 하나로 귀결되는 지점이 있다. 바로 자신에 대한 집착을 내려놓는 것이다. 자신에 대한 집착을 내려놓으면 우리가 사는 세계가 마치 내 집처럼 느껴진다. 이 말은 에고가 죄라는 의미가 아니다. 에고는 죄도 아니고, 없애버려야 하는 것도 아니다. 에고는 우리가 알아야 하는 것, 우리가 느끼는 모든 감정을 겉으로 표출하거나 억압하지 않음으로써 친구가 되어야 하는 것이다.

얽히고설킨 국제 상황이든 힘겨운 국내 상황이든 고통은 에고에 집착한 결과다. 자신이 원하는 방식대로 일이 되었으면 하고 바란 결과이자, '나의 승리'만을 원한 결과다.

에고를 자신의 방이라고도 할 수 있다. 그 방은 좋아하는 경치가 보이고, 적정한 온도를 유지하고 있으며, 좋은 향기가 나고, 평소 즐겨 듣는 음악이 흐른다. 누구나 자기 방을 자신의 취향에 맞게 꾸미고 싶어 한다. 그저 그 방에서 작은 평화, 소소한 행복을 얻고 싶은 것이다. "나를 좀 내버려 둬!"의 의미다.

하지만 이런 식으로 생각할수록, 삶을 늘 자신에 맞게 재단하려 할수록 당신 이외의 다른 사람들과 당신의 방 바깥에 존재하는 것들에 대한 두려움이 커진다. 편안하게 이완하지 못하고 창문 커튼을 내리고 방문을 걸어 잠근다. 외출했을 때 더 불안하고 불쾌함을 느낀다. 점점 더 민감하고 두려워하며 예전보다 안절부절못하게 된다. 당신 방식대로 하려고 애쓸수록 더 불편해진다.

자신과 타인에 대한 자비심을 키우기 위해서는 걸어 잠근 방문부터 열어야 한다. 달갑지 않은 누군가가 방에 들어오는 것이 아직도 두렵다면 우선 그 두려움부터 해결해야 한다. 그런 다음 편안한 마음으로 두려움이 익숙해지면 그때 방문을 열면 된다. 물론 문을 열면 당신이 좋아하지 않는 음악과 냄새가 방 안으로 흘러들 것이다. 누군가 무례하게 불쑥 들어와서는 당신에게 다른 종교로 개종하라고 할지도 모른다. 또 당신이 좋아하지 않는 사람에게 투표해야 한다고, 당신이 원치 않는 곳에 돈을 기부해야 한다고 말할지도 모른다.

이제 당신은 일어나는 감정들과 관계를 맺기 시작한다. 자기 안의 여린 지점과 연결하면서 자비심을 키운다. 자신을 견고하게 방어하지 않았을 때 일어나는 감정과도 관계를 맺기 시작한다. 앞에 소개한 이시처럼 점점 그 감정들을 두려워하기보다 호기심을 갖는다. 두려움이 없다는 것은 단지 두려움을 이겨내는 것만을 의미하지 않는다. 두려움이 지닌 성질을 올바로 이해하는 것이다. 마음의 문을 열면 열수록 모든 살아 있는 존재를 당신의 손님으로 초대할 수 있다.

넬슨 만델라나 테레사 수녀와 같은 사람들은 세계 곳곳에 존재한다. 그들은 창문과 문을 꽉 닫은 방에 있는 것이 어떤 느낌인지 알고 있다. 분노, 질투, 외로움도 알고 있다. 그들은 자신과 친구가 되었고, 그렇게 세상과 친구가 된 사람들이다. 또 자기 안의 불안함, 연약함, 두려움과도 용감하게 관계 맺을 줄 아는 사람이다.

그래서 바깥세상 때문에 그러한 감정이 일어나도 더 이상 두려워하지 않는 사람들이다.

이런 식으로 수행할 때 자신의 느낌에 더 없이 정직해지면서 타인의 느낌에 대해서도 더 깊이 이해할 수 있다. 로종 명상회가 있던 어느 주말, 한 젊은이가 토론 중에 자기 이야기를 들려주었다.

젊은이는 당구를 치기 위해 로스앤젤레스에 있는 바에 갔다. 당구를 치기 전에 입고 있던 새 가죽재킷을 벗어 의자에 걸쳐 놓았다. 그런데 당구를 다 치고 와보니 가죽재킷이 보이지 않았다. 바에 앉아 있던 네 남자가 의기양양한 미소를 지으며 그를 바라보고 있었다. 덩치가 아주 컸다. 그는 자신이 너무 왜소하고 무력하게 느껴졌다. 그들이 자신의 재킷을 가져간 게 분명했지만 맞서지 않는 편이 낫다고 생각했다. 자신은 덩치도 더 작고 수적으로도 상대가 되지 않았기 때문이다. 그는 이 일로 수치심과 무력감을 느꼈다.

그런데 통렌 명상을 한 뒤로 종교나 피부색, 성별, 성적 취향, 국적 등 다양한 이유로 자신처럼 세상의 비웃음을 당하는 사람들과 공감할 수 있겠다는 생각이 들었다고 한다. 시대를 불문하고 자신처럼 수치스러운 상황에 처한 모든 사람에게 공감하고 있는 자신을 발견했다. 그에게는 아주 심오한 경험이었다. 그렇다고 그가 가죽재킷을 되찾은 것은 아니다. 실제로 해결된 문제는 하나도 없다. 그러나 그전까지 경험을 공유하리라 생각한 적이 한 번도 없었던 많은 사람에게 자신의 마음을 열 수 있게 되었다.

이 지점이 바로 통렌 명상으로 마음이 깨어나고, 삶에 대한 감사의 마음이 생겨나는 곳이다. 이런 식으로 우리도 역사적으로 용감한 마음을 계발한 수많은 사람들의 대열에 합류할 수 있다. 그들은 큰 시련과 고통스러운 상황에도 열린 마음을 유지했던 사람들이다. 그리고 시련과 고통을 깨달음의 길로 승화시킨 사람들이다. 우리는 앞으로도 계속 넘어질 것이고, 자신이 부적절한 존재라고 느끼기도 할 것이다. 하지만 이제는 그 경험들을 우리의 마음을 일깨우는 데 사용할 수 있다. 넬슨 만델라나 마더 테레사가 했던 것처럼 말이다. 로종의 가르침은 과거로부터 면면히 이어져온 온화한 전사적 기질과 그 기질에 내재한 힘에 접속하는 방법을 전해준다.

Start Where You Are

여덟

──────►

모든 비난을 자신에게 돌려라

내 생각이라는 것, 내 기분이라는 것,

찰나적이지만 매우 생생하고 설득력 있어 보이는

모든 것들이 허상이다.

"모든 비난을 자신에게 돌리라"라는 경구에 대해 이야기하겠다. 앞에 소개한 경구에서 '온 세상이 재앙으로 가득 차 있을 때'는 '세상이 에고의 집착으로 가득 차 있을 때'라는 의미다. 세상이 에고의 집착 또는 특정 결과에 대한 집착으로 가득할 때 수많은 고통이 생겨난다. 그러나 이 고통스러운 상황도 깨달음에 이르는 길로 변화시킬 수 있다. 그 한 가지 방법이 모든 비난을 자신에게 돌리는 것이다. 이것이 어떻게 작용하는지 보기 위해 타인을 비난했을 때의 결과를 살펴보자.

타인을 비난하면 어떤 결과가 따르는지 알아보기 위해 누군가에게 일요일자 〈뉴욕타임스〉를 한 부 사달라고 부탁했다. 신문을 보니 유고슬라비아에서 매우 고통스러운 상황이 벌어지고 있었다. 크로아티아인과 세르비아인이 서로 죽이고 겁탈하며 아이들과 노인을 학살하고 있었다. 만일 둘 중 어느 편에라도 자신들이 지금 무엇을 원하는지 물어봤다면, 아마도 행복하기를 원한다고 대답했을 것이다. 세르비아인들은 단지 행복해지기를 원하는 것뿐이다. 그런데 그들은 상대를 적으로 간주하면서 자신들이 행복해질 수 있는 유일한 방법은 지금의 비참한 상황을 일으킨 근본 원인을 제거하는 것이라고 생각한다. 우리는 누구나 이런 식으로 생각한다. 상대편에게 물어봐도 역시 똑같은 것을 원한다고 할 것이다. 아랍인과 유대인이 갈등하고 있는 이스라엘도 마찬가지다. 프로테스탄트와 가톨릭이 대립하고 있는 북아일랜드도 다르지 않다. 이 같은 상황은 어디에서나 볼 수 있다. 게다가 대립과 갈등의 상황은 점점 악화되고 있다. 세계 곳곳이 비슷한 상황이다.

우리가 이런 식으로 세상을 바라볼 때 알게 되는 사실이 있다. 우리 중 누구도 자신의 내면 깊은 곳에 있는 불안함과 초조함, 연약한 부분을 느끼려고 용기내지 않았다는 것이다. 그래서 타인을 비난하는 것을 자신이 할 수 있는 전부라 여긴다. 신문만 읽어봐도 타인을 비난하는 것으로는 상황이 나아지지 않는다는 것을 알 수 있는데 말이다.

우리 삶을 한번 들여다보자. 삶에 등장하는 후안과 후아니타를 어떻게 대하고 있는가? 그들은 대개 우리와 가장 친밀한 관계에 있는 사람들이다. 그들과의 관계가 힘든 이유는 다른 동네로 이사를 가거나 버스 좌석을 바꾼다고 해서 관계가 정리되지 않기 때문이다. 그렇다고 그냥 얼굴만 알고 지내는 사람처럼 대할 수도 없기 때문이다.

당신을 불편하게 하는 사람을 대하는 방식과 북아일랜드나 유고슬라비아, 중동, 소말리아의 상황을 대하는 방식이 다르다면 그건 잘못 생각한 것이다. 원주민이 백인에 대해 느끼는 것과 백인이 흑인이나 지구상의 어떤 상황에 대해 느끼는 것이 다르다는 것도 잘못된 것이다. 우리는 자기 자신에서부터 시작해야 한다. 지구상의 모든 사람이 자기 자신에서부터 시작한다면 엄청난 참사를 일으키는 에너지에 큰 변화를 일으킬 수 있을 것이다.

'모든 비난을 자신에게 돌리라'는 '비난을 스스로 감당하라'는 표현으로 바꿔도 좋다. 그렇다고 스스로를 학대하라는 의미는 아니다. "나를 마구 때려! 퇴비더미에 나를 묻어버려! 나를 아무렇게나 막 대해도 돼!"라는 의미처럼 들릴지도 모르겠지만, 그런 뜻이 아님을 곧 알게 될 것이다.

'모든 비난을 자신에게 돌리라'는 경구를 화두로 삼아 수행하는 방법은 누군가를 비난할 때 자기에게 어떤 느낌이 드는지 살펴보는 것이다. 상대방이 틀렸다고 주장하는 그 모든 말과 대화의 이면에 실제로 무엇이 존재하고 있는가? 상대방을 비난할 때 위장의 느낌이 어떤가? 상대방을 비난하는 자신의 행위를 가만히 살펴보는 것은 자비심이나 정직뿐 아니라 용기를 기르는 것이다. 그리고 해결되지 않은 삶의 문제들이 표면으로 올라오더라도 더 이상 거기서 도망치지 않고 호기심을 가지고 열린 태도를 취하는 것이다.

'모든 비난을 자신에게 돌리라'는 경구는 건강하고 자비로운 가르침으로 타인을 비난하려는 과도한 성향을 차단해준다. 그렇다고 타인을 비난하는 대신 자신을 비난하라는 뜻은 아니다. 비난하는 행위 자체가 자신에게 어떤 느낌으로 다가오는지를 느껴보라는 의미다. 자신을 방어하거나 타인을 밀쳐내는 대신 그 모든 갑옷 속에 존재하는 매우 여리고 부드러운 지점과 접촉하라는 의미다. 비난이야말로 우리가 두르고 있는 가장 견고한 갑옷인지도 모른다.

이 경구를 비난뿐 아니라 뭔가 잘못된 것 같은 일반적인 감각에도 적용시켜 볼 수 있다. 무언가가 잘못되었다고 느껴질 때는 단지 그 이야기가 흘러가도록 내버려 둔 다음, 그 아래에 존재하는 무엇에 접촉하려고 하라. 이야기가 흘러가도록 내려놓을 때, 자신에게 이야기하는 것을 멈출 때, 거기에는 아주 부드러운 무언가가 남아 있다. 처음에는 강렬하고 선명하게 느껴지더라도 물러서지 말고 계속해서 가슴을 연다면 모든 두려움 밑에 미세하게 흔들리는 부드러움이 존재하고 있음을 알게 될 것이다.

아무리 다양한 가르침과 수행법이 있다 해도 우리는 각자 자기만의 길을 찾아가야 한다. 마음을 활짝 연다는 것은 진정으로 무엇을 의미하는 걸까? 저항하지 않는다는 것은 어떤 의미일까? 우리는 평생에 걸쳐 이런 질문들에 대해 스스로 답을 찾아가야 한다. 로종의 가르침과 수행에는 당신을 도와줄 수 있는 여러 방법이 있다.

비난의 대상, 잘못되었다고 생각하는 대상을 내려놓는 시도를 해보라. 다른 사람을 향해 눈덩이를 던지는 대신 눈덩이를 내려놓고 당신이 느끼는 분노에 대해 머리가 아닌 가슴으로 관계를 맺으라. '정당한' 분노, 싫증, 진절머리를 개념이 아니라 느낌으로 관계를 맺으라. 모티머나 후안이나 후아니타가 지나는 것을 봤다면 이후 나흘 내내 그들에 대해 이야기를 지어대는 대신, 자신에게 떠벌이고 있는 이야기를 멈출 수도 있다. 가르침대로 나에게 말을 걸고 있는 자신을 관찰한 뒤 내려놓는다. 이처럼 대상을 내려놓는 것은 사마타-위빠사나 명상의 기본이다. 그런 다음에야 비로소 통렌 명상을 할 수 있다.

자신에게 말을 걸면서 분노와 탐욕의 불길을 계속 키우지 않으면 연료는 동이 난다. 분노의 불길은 정점에 이른 뒤 서서히 꺼진다. 모든 것에는 시작과 중간, 끝이 있게 마련이다. 그런데 누군가를 비난하고, 말을 마구 지어내며 자신에게 지껄이는 것은 시작과 중간은 있지만 끝이 없다.

희한하게도, 우리는 다른 사람을 비난할 때 분노의 대상에게 지나치게 많은 에너지를 쏟아 붓는다. 자신이 느끼는 분노나 슬픔, 외로움이 영원히 지속될까봐 두렵기 때문이다. 그래서 자신의 슬픔, 외로움, 분노와 직접적으로 관계를 맺는 대신 그런 감정을 종식시킬 방법을 찾는다. 그 방법이 누군가를 비난하는 것이다. 그저 속으로 떠드는 경우도 있고, 실제로 분노의 대상을 때리거나 해고하거나 고함을 지르는 경우도 있다. 몸을 사용하든 말을 사용하든 마음을 사용하든, 세 가지를 모두 사용하든 그렇게 하면 괴로움이 사라질 거라고 착각한다. 하지만 행동으로 표출하는 것이 오히려 괴로움을 지속시킨다.

'모든 비난을 자신에게 돌리라'는 가르침은 타인을 비난하는 대신 비난의 느낌이나 분노, 외로움을 '자기 것으로' 만들고 친구가 되라는 의미다. 통렌 명상을 활용하면 분노, 두려움, 외로움을 자애의 요람에 놓는 법을 배울 수 있다. 어떻게 하면 그러한 고통에 온화한 태도를 취할 수 있는지 배울 수 있다. 온화해지기 위해, 자기 자신에 대해 자비심을 갖도록 분위기를 만들기 위해 시시비비를 가리겠다며 자신에게 떠들어대는 이야기를 멈출 필요가 있다.

실제로 통렌 명상을 하면서 자신의 감정에 들어 있는 독의 강도가 줄어드는지 살펴보라. 그런 효과가 실제로 나타나는지 나도 직접 실험을 해봤다. 실험을 하면서도 사실일 리 없다고 생각했다. 의심이 너무 강했던 터라 한동안은 감정의 강도가 줄어드는 것 같지 않았다. 그러나 점점 신뢰하게 되었고, 실제로 그런 일이 일어난다는 것도 알게 됐다. 클레샤(번뇌, 독)의 강도가 줄어들었으며, 지속 시간도 짧아졌다. 에고에 신선한 공기가 들어가서 일어난 현상이다. 처음에는 약간 불편하더라도 상대방을 비난하는 대신 그 느낌을 온전히 자기 것으로 만든다면 이 커다랗고 단단한 나('나에게 문제가 있어! 나는 외로워! 나는 화가 나! 나는 중독되었어!'라고 생각하는 나)에게 신선한 공기를 불어넣을 수 있다.

'모든 비난을 자신에게 돌리라'라고 할 때 '자신'은 자기를 단단히 방어하고자 하는 성향, 즉 에고의 집착이라고 할 수 있다. 자신의 느낌을 온전히 자기 것으로 만들고 그것을 충분히 느낌으로써 모든 비난을 에고의 성향으로 돌려라. 그러면 획일적이고 고집스러웠던 자신이 점점 가벼워지기 시작할 것이다. 내 생각이라는 것, 내 기분이라는 것, 찰나적이지만 매우 생생하고 설득력 있어 보이는 모든 것들이 허상이기 때문이다.

로스앤젤레스에서 온 열다섯 살 먹은 히스패닉계 소년을 알고 있다. 소년은 폭력이 난무하는 지역에서 성장했고, 열세 살 때부터 폭력조직에 가담하고 있었다. 매우 총명한 그 소년의 이름이 신기하게도 '후안'이었다. 그는 정말로 사납게 굴었다. 거친 태도로 으르렁댔으며 어깨에 잔뜩 힘을 주고 다녔다. 만나는 사람마다 그런 느낌을 받았다. 소년은 세상에서 가장 못되고 비열한 사람처럼 행동하는 것이 이 험악한 세계에서 살아남는 유일한 방법이라고 생각했다.

소년은 모든 비난을 다른 사람에게 돌렸다. 아주 간단한 질문에도 꺼지라는 말로 대꾸했다. 누군가를 곤경에 빠트리는 일이라면 무엇이든 했다. 어떤 면에서 그 소년은 아주 골칫거리였다. 하지만 다른 면에서 보면 재주도 있었고 남다른 장점도 있었다. 그 두 가지가 항상 뒤섞여 있었다. 사람들은 그를 미워하면서도 동시에 좋아했다. 재기 발랄하고 재미있는 사람인 동시에 비열한 사람이었기 때문이다. 소년은 사람들을 때리고 난폭하게 다뤘다. 이 정도는 집에서 하는 행동에 비하면 아무것도 아니었다. 집에서는 서로가 서로를 죽일 듯 으르렁거리는 상황이 일상적으로 벌어졌다.

소년을 콜로라도 주의 보울더로 보냈다. 로키산맥에서 멋진 여름휴가를 보내게 하기 위해서였다. 소년의 어머니를 비롯한 주변 사람들은 소년이 올바른 교육을 받을 수 있도록 힘썼다. 소년이 태어나고 자란 악몽 같은 세상에서 벗어날 수 있도록 도와주려고 애썼다. 그와 함께 지내던 사람들은 불교 동호회 사람들이었는데, 나도 그 인연으로 소년을 알게 된 것이다. 어느 날 소년이 트룽파 린포체가 주재하는 모임에 참석했다. 모임이 끝나갈 무렵 트룽파 린포체가 샴발라(불국정토) 찬가를 불렀다. 그런데 그의 찬가는 그 자리에 있던 우리 모두에게 아주 끔찍한 경험이었다. 무슨 이유에서인지 트룽파 린포체가 아주 높은 톤의 꽥꽥거리는 목소리로 샴발라 찬가를 불렀기 때문이었다.

모임이 야외에서 진행되었는데, 린포체가 마이크에 대고 노래를 부르자 노랫소리가 평원을 가로질러 수 마일을 퍼져나갔다. 그러자 소년이 감정을 주체하지 못하고 울음을 터뜨렸다. 그 자리에 있던 모두가 당황해서 어쩔 줄 몰랐지만 소년은 아랑곳하지 않고 펑펑 울었다. 나중에 말하기를, 자신이 울었던 이유는 그토록 용감한 사람을 한 번도 본 적이 없기 때문이라고 했다. 소년이 말했다. "저 사람은 바보가 되는 것을 두려워하지 않았어요." 그것이 소년의 삶에 중요한 전환점이 되었다. 자기도 바보가 되는 것을 두려워할 필요가 없다는 사실을 깨달은 것이다. 그제야 마음의 여린 지점을 방어하고 있던 모든 가면(페르소나)과 어깨에 들어간 힘을 내려놓을 수 있었다. 소년은 아주 총명해서 그 메시지를 즉각 받아들였다. 그의 삶은 완전히 바뀌었다. 지금은 교육을 받고 다시 로스앤젤레스로 돌아와 어린아이들을 돕고 있다.

우리는 모든 비난을 후안에게 몰아가는 경향이 있다는 것이 핵심이다. 후안은 우리에게 몹시 불쾌감을 안기는 사람이기 때문이다. 우리는 자신이 내뱉는 증오와 탐욕, 질투의 언어 아래에 존재하고 있는 것과 연결되도록 교육받지 못했다. 그저 반복해서 행동으로 표출해왔을 뿐이다. 만일 우리가 이 경구를 연습하면서 모든 비난을 '자기 자신에게로' 몰아갈 수 있다면 우리가 두르고 있는 에고의 집착이라는 갑옷이 느슨해지면서 마음의 여린 지점이 드러날 것이다. 바보처럼 여겨질지도 모르겠지만 그것을 두려워하지 마라. 자기 자신과 친구가 될 수 있는 방법이다.

Start Where You Are

아홉

만나는 모든 이가 스승이다

정답을 찾을 수 없는 질문이야말로

우리의 인생에서 가장 위대한 스승이다.

"모든 이에게 감사하라." 이 경구는 지금껏 탐탁지 않게 여기던 자신의 모습과 화해하라는 말이다. 그렇게 함으로써 자신이 평소 싫어하던 사람과도 화해할 수 있기 때문이다. 실제로 싫어하는 사람 곁에 있는 것이 자기 자신과 친구가 되고 자신을 더 잘 아는 데 도움이 된다. 그러기에 '모든 이에게 감사하라'고 하는 것이다.

밉살스러운 사람, 겁주는 사람, 경멸스러운 사람 등 당신이 좋아하지 않는 사람들의 목록을 만들어보라. 그러면 당신이 마주하고 싶지 않은 모습이 어떤 것인지 알 수 있다. 내 삶에서 말썽을 일으키는 사람들에 대해 내가 뭐라고 이야기하는지 살펴보면, 그것이 나의 싫은 모습에 대한 이야기와 별반 다르지 않다는 사실을 알게 된다. 우리는 자신의 싫은 모습을 외부 세계에 그대로 투사하기 때문이다. 당신에게 혐오감을 주는 사람들이 사실은 당신의 싫은 모습을 비춰주는 거울이라고 할 수 있다. 그들이 없다면 우리 자신의 싫은 모습을 제대로 비춰볼 수 없을 것이다. 전통적인 로종의 가르침에서는 '나 스스로 해결하지 못한 카르마(업)를 다른 사람이 건드려주는 것'이라고 말한다. 스스로 해결하지 못한 카르마를 거울처럼 비춰준다. 그리고 무거운 돌이 가득한 배낭을 평생 짊어지고도 미처 몰랐던 자신의 모습을 알 수 있는 기회를 준다.

특히 깨어있는 의식으로 '모든 이에게 감사하라'라는 경구를 수행한다면, 우리는 어떠한 상황에서도 교훈을 얻을 수 있다. 우리 삶에 등장하는 사람이나 상황들은 우리가 신경증에 걸려 있을 때 그것을 신경증이라고 알아볼 수 있게 상기시켜 주는 존재들이다. 자기만의 방으로 숨어들어 커튼을 치고 방문을 걸어 잠근 채 꼼짝하지 않을 때조차도 자신의 그런 모습을 제대로 볼 수 있게 해준다.

우리가 모든 것에서 배울 수 있는 것은 우리 안에 기본적인 지혜와 지성, 선함이 갖추어져 있기 때문이다. 용기를 내서 가슴을 열고 마음을 연다면, 본래부터 타고난 지혜와 자비심에 자신을 열수 있다. 그렇게 우리가 이미 지니고 있는 근원에 다가갈 수 있다. 살아가면서 마주하는 모든 일을 스승으로 삼기 위해 자신의 눈과 가슴, 마음을 열겠다는 의지이기도 하다. 그렇게 깨어 있으면 자신이 무엇 때문에 고통스럽고, 또 무엇 때문에 행복한지 스스로 알아차릴 수 있다.

'모든 이에게 감사하라'는 태도를 완전히 바꾸는 것을 의미한다. 이 경구는 우유부단하고 나약한 구호가 아니다. 길에서 강도를 당하고도 아무 일 없었던 것처럼 태연히 웃으며 "아, 이 상황도 감사해야지"라고 말하라는 것이 아니다. 이 경구는 회피하려는 마음이 우리를 얼마나 완벽하게 무지하게 만드는지를 보여준다. 독을 먹고 있으면서도, 마음에 방어막을 한 겹 더 씌우고 있으면서도 그것을 알아차리지 못하는 문제의 본질을 꿰뚫고 있다.

'모든 이에게 감사하라'는 말은 우리는 모든 상황에서 배울 수 있는데, 특히 가장 어려운 상황에서 가장 잘 배울 수 있음을 뜻한다. 우리 주변에는 우리를 화나게 하는 사람이 한 명쯤은 꼭 있다. 그 사람을 후안이나 후아니타라고 하자. 어머니, 남편, 아내, 연인, 자녀일 수도 있고 매일 함께 일하는 동료일 수 있다 보니 그 상황에서 쉽게 벗어날 수가 없다.

이런 문제를 손쉽게 해결할 수 있는 방법은 없기 때문에 우리는 상황을 겪으며 배운다. 살면서 끊임없이 힘든 상황들을 만나게 될 것이다. 늘 도전을 받고, 갈등이 일어날 것이다. 그런 순간 무엇을 어떻게 해야 하는지 콕 집어 말해줄 수 있는 사람은 자신 외에는 없다. 지금 어디가 아픈지, 후안이나 후아니타와의 관계에서 무엇이 문제인지 아는 사람은 자기 자신뿐이기 때문이다. 다른 사람은 알지 못한다. 당신이 언제 더 다정하게 굴어야 하는지, 언제 분명하게 의사표현을 해야 하는지, 언제 조용히 있어야 하고 언제 말을 해야 하는지 다른 사람들은 모른다.

자신의 마음의 문을 열기 위한 열쇠가 무엇인지는 자신만이 알고 있다. 어떤 사람은 말을 해야 마음의 문이 열리고, 또 어떤 사람은 가만히 침묵해야 마음의 문이 열린다. 꽉 막힌 곤란한 상황에서 보이는 습관적인 반응과 상황을 진정시키고 태도를 바꾸게 하는 요소는 사람마다 다르기 때문이다. 우리에게 이런 딜레마나 도전을 선사하는 이가 바로 후안과 후아니타 같은 사람들이다.

기본적으로 나를 화나게 하는 후안이나 후아니타와 소통하는 유일한 방법은 누구의 이야기도 곧이곧대로 믿지 않고, 상황이 주는 가르침과 수행을 받아들이는 것이다. 이미 내 안에 지혜가 있으므로 그 문을 여는 법을 스스로 찾아낼 수 있기 때문이다. 후안이나 후아니타 같은 존재가 내 삶에서 사라졌으면, 제발 나 좀 그냥 내버려뒀으면 하고 바라도 그들은 결코 사라지지 않는다. 간신히 노력해서 없앤다 해도 머지않아 또 다른 이름과 얼굴로 우리 앞에 다시 모습을 드러낼 것이다. 그렇게 그들은 우리가 가장 막혀 있는 부분을 건드린다.

'모든 이에게 감사하라'는 것은 어떤 경구나 명상 수련, 가르침을 통해 얻은 교훈도 최종적인 해결책이 아니라는 것을 깨닫는 것이다. 우리는 계속해서 변화하는 존재들이기에 이 깨달음은 매우 중요하다. 우리는 점점 더 많은 것을 배우고 있고, 점점 더 마음을 열어가고 있는 중이기 때문이다.

매번 닥치는 일들이 새롭게 다가오도록 마음을 활짝 열어둬야 한다. 한 번도 경험해본 적 없었던 것처럼 매번 완전히 새로운 마음가짐을 갖는 것이다. 이런 방법에도 함정은 있다. 당신이 명상 지도자라고 하자. 명상 제자를 면담하는데, 열린 마음으로 상대방에 주의를 기울이자 마법과 같은 일이 일어났다. 두 사람 사이에 진정한 소통이 일어난 것이다. 당신은 자신이 그에게 도움을 줬다는 것, 당신 가슴에서 그의 가슴으로 무언가가 전해졌다는 것을 알고 있다. 그가 돌아간 뒤, 기분이 날아갈 듯 좋았다. "와! 내가 대단한 일을 해냈어. 분명히 느낄 수 있었어."

다음 사람이 들어왔다. 그런데 이번에는 새로운 마음가짐을 그만 놓쳐버렸다. 방금 전 면담에서의 성취감에 들떠 있었기 때문이다. 새로 들어온 사람이 의자에 앉아 이야기를 시작한다. 하지만 당신은 조금 전 사람에게 했던 말을 똑같이 되풀이한다. 이 사람의 반응은 차가울 수밖에 없다. 당신이 해주는 조언이 하나도 귀에 들어오지 않기 때문이다. 그제야 단 하나의 해결책으로 모든 문제를 풀 수 없음을 겸허한 마음으로 받아들인다. 자신이나 타인을 돕는다는 것은 내 마음을 열고 그저 그곳에 함께 있어주는 것이다. 그러면 사람과 사람 사이에서 무언가가 일어나게 되어 있다. 한 번으로 끝나는 것이 아니라 이 과정은 끊임없이 계속된다. 배움의 과정도 그러하다. 단 한 번 마음을 여는 것으로 모든 것이 해결되지 않는다.

살아가면서 마주치는 후안과 후아니타로부터 뭔가를 배웠다. 그렇다고 그 뭔가에 특허 상표를 붙여 어떤 상황에서도 효과를 발휘할 거라고 장담해서는 안 된다. 그렇게 되지 않는다. 이런 종류의 배움은 끊임없는 각성의 여정이다.

나와 함께 명상했던 학생 중에 댄이라는 친구가 있었다. 댄은 심각한 알코올 중독과 약물 중독이었다. 댄은 중독에서 벗어나는가 싶더니 다시 심각한 상태로 돌아가는 일을 되풀이하고 있었다. 이 사실을 알게 된 날, 우연히 트룽파 린포체를 접견할 기회가 있었다. 댄이 다시 중독 상태에 빠진 일 때문에 내가 얼마나 마음이 상한지 무심결에 린포체에게 털어놓았다. 나는 정말로 크게 낙담하고 있었다. 린포체는 크게 화를 냈고, 그 순간 정신이 번쩍 들었다. 린포체는 댄이 다시 중독에 빠진 것에 대해 내가 낙담한다면 그것은 댄의 문제가 아니라 바로 내 문제라고 했다. "다른 사람에게 어떤 기대를 가져서는 안 됩니다. 그저 그들에게 친절하세요." 라고도 했다. 그저 친절한 마음으로 댄이 한걸음씩 앞으로 나아가도록 곁에서 도와주면 된다는 것이다. 예를 들어 같이 저녁을 먹는다거나, 작은 선물을 주는 등 그에게 작은 기쁨이라도 줄 수 있다면 뭐라도 하는 것이다. 린포체는 다른 사람을 위해 목표를 세우는 것이 그 사람에게 공격이 될 수 있다고 했다. 실제로는 그가 아닌 나를 위해 '성공 스토리'를 원하는 것이나 다름없기 때문이다. 다른 사람을 위한 목표를 세우는 것은 우리 생각대로 그를 살게 하려는 것이다. 그렇게 하는 대신 그저 친절하면 된다.

'모든 이에게 감사하라'는 말은 당신을 돌게 만드는 주범인 후안과 후아니타를 빨리 떼어내고 싶어 한다는 사실을 드러내준다. 솔직히 당신은 그들에게 감사하고 싶지 않다. 그저 문제를 해결해서 그들 때문에 더 이상 아프지 않고 싶을 뿐이다. 그런데 후안은 당신을 당황스럽게 만들고 비참하게 만든다. 이용당했다는 느낌마저 들게 한다. 그가 당신을 대하는 방식에서 몹시 마음이 상해 그저 이 상황에서 벗어나고만 싶다.

'모든 이에게 감사하라'는 경구는 당신이 맞닥뜨린 적수가 곧 당신의 스승이라는 사실을 깨닫게 해준다. 그렇다고 해서 아무런 대응도 하지 않은 채 가만히 있으라거나, 그저 조용히 숨을 들이마시고 내쉬기만 하라는 뜻이 아니다. 통렌 명상은 그보다 더 심오하다. 통렌 명상은 모욕적이고 고통스러운 모든 상황에서도 마음을 열고 후안과 후아니타의 선한 마음과 당신이 가지고 있는 본래의 선한 마음이 서로 교류하도록 이끌어준다.

감정을 억누르는 것과 겉으로 드러내는 것 사이에 존재하는 뭔가가 필요하다. 이는 상황에 따라 매번 다르지만 우리에게는 그게 무엇인지 찾을 수 있는 지혜가 있다. 후안이나 후아니타도, 그리고 당신도 가지고 있다. 우리 모두가 태어날 때부터 지니고 있는 것이다. 에고에 사로잡히지 않은 '깨달음의 길'이란, 싸워서 이기기보다는 서로가 조화롭기 위해 상황을 있는 그대로 받아들이는 것이다.

자비로운 행동과 자비로운 말은 단 한 번의 승부가 아니다. 평생에 걸쳐 해야 하는 일이다. 후안과 후아니타가 다가와 모든 버튼을 마구 눌러대며 화를 돋울 때, 기꺼이 몸을 내주면서 "좋아, 나를 공격해"라며 말하는 것이 생각처럼 간단하지가 않다. 마찬가지로 "감히 내게 덤비다니, 가만두지 않을 거야!"라고 말하는 것도 쉽지 않다. 그것은 도전이다. 이것이 하루하루 우리의 일상에서 화두가 작동하는 방식이다. 정답을 찾을 수 없는 질문이야말로 우리의 인생에서 가장 위대한 스승이다.

인도의 위대한 불교 지도자 아티샤Artisha가 티베트에 갔을 때의 일이다. 그는 그곳에 얼마간 머무르며 로종 수행을 했다. 다른 수행자들이 그렇듯, 자신에게도 스스로 모르던 맹점이 있다는 느낌을 받았다. 그리고 이러한 느낌 때문에 불편한 기분이 가시지 않았다. 자신이 막혀 있는 부분이 어디인지 스스로 알아차리기란 어렵다. 그래서 아티샤는 후안과 후아니타가 자신의 인생에서 엄청난 의미를 가진다고 평가했다. 그들만이 자신이 모르던 맹점이 무엇인지를 발견할 수 있도록 도와주기 때문이다. 그들을 통해 아티샤의 에고는 점점 작아졌고 자비심은 점점 커졌다.

아티샤는 티베트 사람들이 성품이 착하고 소박하며 유연하고 개방적이라는 말을 들어서 티베트 사람들은 마음을 일어나게 하는 자극을 주지 못하겠다고 생각했다. 그래서 티베트에 갈 때 벵골에서 온 성질이 나쁘고 고집이 센 시종 아이를 데리고 갔다. 그래야만 마음이 늘 깨어 있을 수 있다고 생각했다. 막상 티베트에 도착해보니 굳이 시종 아이를 데려올 필요가 없었다는 생각이 들었다. 티베트 사람들은 전해 들었던 것만큼 그렇게 성격이 좋지 않았던 것이다.

우리의 삶에도 이 시종 같은 사람들이 있다. 그는 대문을 열어주면 한달음에 지하실까지 달려가서는 그다지 보여주고 싶지 않은 물건들을 꺼내 들고는 이렇게 묻는다. "이거 당신 거요?"

이런 사람들은 습관적 대응 방식이 문제없이 작동하고 있을 때, 그리고 모두가 당신에게 동의하고 있을 때 불쑥 이렇게 내뱉는다.

"당신이 요구한 대로 절대로 할 수 없어요. 그건 어리석은 짓이에요." 그렇다면 '이제 어떻게 해야 하나?'라는 생각이 들 것이다. 대개는 이런 경우 사람들을 자기편으로 끌어모은다. 그리고 둘러앉아서 자신에게 대든 그 사람이 얼마나 형편없는 인간인지에 대해 이야기한다. 이런 갈등이 정치나 이즘ism에 관련되어 있으면 내가 얼마나 옳고, 상대방이 얼마나 틀렸는지 플래카드에 적어서 내걸려고 할 것이다. 이쯤이면 상대방도 가만있지 않고 단체를 만들어 활동을 개시한다. 인종폭동이나 3차 세계대전은 이렇게 해서 일어나는 것이다. 의로운 분노가 이제는 반드시 지켜야 하는 신념이 되어버린다. 이제는 누가 옳고 누가 그른지 가리는 조직적인 운동으로 규모가 커진다. 전쟁은 이렇게 발발한다. 먼저 마음에 입은 상처를 있는 그대로 느낀 뒤에 옳은 말과 행동이 무엇인지 알아낼 수 있게 격려해주는 사람은 아무도 없다.

20세기 초에 구르지예프라는 상식을 뛰어넘는 지혜(crazy wisdom)를 지닌 스승이 있었다. 그는 '모든 이에게 감사하라'는 경구의 의미를 잘 알고 있었다. 파리 근교에 위치한 장원에 살면서, 그곳에서 제자들을 가르쳤다. 그의 주된 가르침 중 하나는 제자들이 얼마나 수행에 진전을 보이는가에 상관없이 항상 깨어 있으라는 것이었다. 그는 제자들을 곤경에 빠뜨리기로 유명했다. 늘 제자들이 하기 싫어하는 과제를 내주었다. 대학교수가 되기를 바라는 제자에게 자동차 세일즈맨이 되라고 하는 식이었다.

구르지예프의 수행 공동체에는 성미가 고약한 제자가 한 명 있었다. 그는 모든 이들에게 '후안'과 같은 존재였다. 사람들을 너무 성가시게 해서 아무도 그를 참아내지 못할 지경이었다. 그는 아주 사소한 일에도 울컥해서 화부터 냈다. 무엇하나 그냥 넘어가는 법이 없었다. 그는 끊임없이 불평을 늘어놓았고, 사람들은 그의 주변에만 가면 무슨 일이라도 벌어질까 조심조심 행동했다. 사람들은 그저 그가 사라지기만을 바랄 뿐이었다.

그러던 어느 날, 구르지예프는 40여 명의 제자들에게 마당의 잔디를 조금씩 떠서 다른 땅으로 옮겨 심는 일을 시켰다. 아무런 이유도 목적도 없는 일이었다. 이처럼 구르지예프는 제자들에게 아무 짝에도 쓸모없는 일을 시키기를 좋아했다. 당연히 성격 나쁜 그 사람은 도저히 참을 수가 없었다. 그는 화가 나서 날뛰더니 차를 타고 공동체를 떠나버렸다. 너무나 자연스럽게 이루어진 축복이었다. 그가 떠나자 사람들은 뛸 듯이 좋아했다. 그런데 이 이야기를 전해들은 구르지예프는 "오, 안 돼!" 하고 비명을 지르고는 차를 몰고 그를 뒤쫓았다.

사흘 뒤, 구르지예프는 그 성격 나쁜 제자를 데리고 돌아왔다. 그날 밤 구르지예프의 제자가 저녁 시중을 들면서 조심스럽게 물었다. "스승님, 그를 왜 다시 데려오셨나요?" 구르지예프는 목소리를 낮추며 대답했다. "다른 사람에게는 절대 말하지 말게. 실은 그에게 제발 이곳에 있어달라고 하면서 거액을 지불했거든."

명상센터에서 이 이야기를 들려주면 사람들은 나중에 이런 편지를 보냈다. "두 사람이 일할 땐 서로 사이좋게 일을 잘 했어요.

그런데 네 사람이 되자 문제가 생기기 시작했어요. '당신에게 여기 있으라고 월급 주는 사람이 누굽니까?' 우리는 매일 서로에게 묻는답니다."

Start Where You Are

열

⟶

관념의 틀을 깨뜨려라

생각이라는 것은 실체가 없다.

그런데도 아주 대단한 것인 양 만들어버리는 것은

바로 우리 마음이다.

언젠가 제자를 면담하는데, 제자는 이렇게 말문을 열었다. "모든 게 너무 우울하게 느껴져요. 우리가 여기서 하는 일들은 왠지 암울하고 맥 빠지게 하는 것 같아요. 기쁨은 대체 어디에 있는 걸까요? 활기찬 에너지는 다 어디로 간 걸까요?" 우리는 한참 동안 이야기를 나눴다. 면담이 끝날 때쯤, 제자는 스스로 통찰을 얻었다. "현실을 똑바로 바라보는 데서 기쁨이 생겨난다는 걸 알았어요."

이 일은 나에게 충격으로 다가왔다. 삶의 참된 슬픔에 연결하든 엉망진창인 부분에 접속하든 비전이나 확장, 열린 마음에 연결하든 실재하는 모든 것에는 행복이 깃들어 있다. 기쁨은 모든 것에 들어 있다. 기쁨은 고통에 반대되는 즐거움도 아니고, 슬픔에 반대되는 활기도 아니다. 기쁨은 모든 것을 포함한다.

"자기연민에 빠지지 마라." 통렌 명상을 하면서 많이 우는 사람이 기억해두면 좋은 경구이다. 통렌 명상은 자기연민에 쉽게 빠져들게 한다. 자기연민을 지속시키려면 자기 자신과 엄청나게 많은 이야기를 나누어야 한다. 이 경구의 의미는 자신에게 들려주는 이야기 밑에 깔려 있는 자기연민이 어떤 느낌인지 실제로 느껴보라는 것이다. 이런 훈련을 통해서 다양한 인간 경험의 총체와 진실하고, 다정하고, 지혜로운 관계를 맺을 수 있다.

사람이란 참 재미있는 존재다. 많이 우는 사람은 그렇게 울어서는 안 된다고 생각하고, 울지 않는 사람은 울어야 한다고 생각한다. 어떤 남성이 자신은 통렌 명상을 할 때 아무 느낌도 안 들어서 명상을 그만둬야겠다고 했다. 자신이 제대로 하고 있는지 확신이 없다는 것이다. 따뜻한 마음도 느껴지지 않고, 그냥 무감각한 상태라는 것이다. 그래서 그 무감각한 느낌도 인간으로서 가질 수 있는 참된 경험이라고 일러줬다.

어떤 것이라도 마음을 깨우는 재료가 될 수 있다. 무감각이든, 지나친 감상이든, 심지어 자기연민이든 문제가 되지 않는다. 자신에게 들려주는 이야기 속으로 깊이 들어갈 수 있다면 얼마든지 마음을 일깨우는 재료로 삼을 수 있다. 바로 그 지점이 사람됨과 연결되는 지점이고, 기쁨과 행복이 생기는 지점이다. 스스로 참된 실재가 되는 느낌에서, 타인에게서 그러한 실재를 확인하는 데서 기쁨과 행복이 생기는 것이다.

이 경구는 '모든 비난을 자신에게 돌리라', '모든 이에게 감사하라'에 이어 세상이 악으로 가득하고, 당신이 원치 않는 것들로 가득하더라도 그것을 깨달음의 길로 변화시킬 수 있다고 말한다. 견고하지 않은 속성, 다시 말해 공空이나 무조건적 보리심을 일으켜 언뜻 장애물로 보이는 대상이라도 마음을 깨우는 재료로 삼을 수 있다는 것이다.

이번 경구는 '공空'이라는 주제와 관련되는데 꽤 어렵다. "혼란스러운 마음 자체를 네 가지의 '카야kaya'로 여기라. 이것이야말로 공空에서 벗어나지 않는 최상의 방어책이다." 혼란스러운 마음이야 우리에게 익숙한 경험이지만 경구의 나머지 부분은 설명이 더 필요하다.

'카야'란 몸을 의미한다. 네 가지 카야란 다르마 카야dharmakaya, 삼보가 카야sambhogakaya, 니르마나 카야nirmanakaya, 스와바위카 카야svabhavikakaya를 말한다. 이 네 가지 카야는 공이 자신을 드러내는 방식, 즉 우리가 공을 체험하는 방식이다.

우선 법신法身이라고도 하는 '다르마 카야'는 텅 빈 공간에 대한 기본적인 감각을 말한다. 아침 염불에서는 이렇게 말한다. "생각의 본질은 다르마 카야다. 거기서 아무것도 생기지 않는 동시에 모든 것이 생겨난다." 다르마 카야는 모든 것이 생겨나는 바탕이 되는 텅 빈 공간이다. 그래서 본질적으로 비어 있고, 고정되어 있지 않으며, 투박하지 않다.

보신報身이라고도 하는 '삼보가 카야'는 빈 공간이 실제로는 완전히 비어 있지 않다는 것을 말한다. 빈 공간에 에너지, 색깔, 움직임이 존재하는데 무지개, 거품, 거울에 비친 얼굴처럼 진동하는 성질을 지녔다. 생생하지만 동시에 고정된 실체가 없다. 삼보가 카야는 이러한 에너지적인 성질, 비어 있지만 실은 유동적이며 생생한 것을 가리킨다. 소리를 삼보가 카야의 이미지로 볼 수도 있다. 눈으로 보거나 손으로 잡을 수는 없지만 소리에는 진동과 에너지, 움직임이 있기 때문이다.

응신應身 또는 현신現身이라고 하는 '니르마나 카야'는 공이 형태로 드러나는 것을 가리킨다. 니르마나 카야는 타인과의 의사소통 수단이다. 《반야심경》에서 말하는 '색즉시공 공즉시색色卽是空空卽是色'은 현상이 실제로 모습을 드러내는 니르마나 카야를 가리킨다. 나무, 유리, 건물, 자동차, 우리 모두, 이 세계는 모두 실제로 그 모습을 드러내고 있다. 이것이 우리가 공을 경험할 수 있는 유일한 방법이다. 모습과 공, 소리와 공은 별개의 것이 아니라 동시에 일어나는 현상이다. 현상으로 나타나는 것이 무엇이든 공의 관점에서 볼 때는 생생하게 비실재적이다. 공은 우리가 생각하는 것처럼 아무것도 없이 비어 있는 것이 아니다. 진동하고 있으며 일정한 형태로 그 모습을 드러내고 있다. 우리가 눈으로 보는 일상적인 것들은 모두 공이 구체적 형태로 모습을 드러낸 것이다. 우리는 그것을, 우리 자신을, 우리 눈에 보이는 모든 사물을 변하지 않는 견고한 실체라고 여긴다. 그래서 모든 것을 무찌를 대상 아니면 유혹의 대상으로 만들어버리는 드라마에 꼼짝없이 갇히는 것이다.

네 번째 카야는 '스와바위카 카야'이다. 스와바위카라는 말은 앞의 세 가지가 동시에 일어난다는 의미다. 앞의 세 가지는 서로 별개의 것이 아니다. 텅 빈 공간, 에너지, 형태가 함께 일어난다.

'혼란스러운 마음(장애물, 우리가 원치 않는 것들, 방해받는 느낌) 자체를 네 가지의 '카야'로 여기라. 이것이야말로 공에서 벗어나지 않는 최상의 방어책이다.' 공이 최상의 방어책인 이유는 우리 자신을 포함한 모든 것을 구체적이고 개별적인 실체로 만들어버리는 생각의 견고함, 관념의 틀을 깨뜨리기 때문이다. 공은 우리는 '여기에', 그리고 그 밖의 모든 것은 '저기 바깥에' 따로 존재한다는 망상을 깨뜨린다.

혼란스러운 일이 벌어지더라도 그것을 마음을 깨우는 방법으로 활용할 수 있다. 어쩌면 혼란스러운 일이 흥미진진하고 풍부한 경험을 제공해줄 수도 있다. 장애물을 만난 느낌 그 자체가 우리에게 가르침을 줄 수도 있다. 이런 장애물은 통렌 혹은 로종 명상을 하는 데 반드시 필요하다. 이 경구는 마음이 혼란스러워질 때 통렌 명상을 통해 자신의 가슴과 연결할 수 있을 뿐 아니라 언제라도 현상이 견고하지 않다는 사실을 떠올릴 수 있다고 말한다. 다시 말해, 당신은 언제든 혼란스러운 상황을 그냥 내려놓을 수 있다. 우리는 내려놓는 것이 어떤 의미인지 잘 알고 있다. 아무 이유 없이 그냥 툭 내려놓으면 된다.

예를 들어, 명상수련회에서 아침식사로 국수가 나오는데 처음에는 재미있게 여길 수도 있다. 하지만 반쯤 먹다 보면 마음이 음식이나 쥐고 있는 젓가락, 함께 식사하는 사람들, 여기서 받은 훌륭한 가르침에 있지 않고 저만치 달아나 있다. 아마도 좋은 아침식사란 어떠해야 하며, 브루클린 집에서 어머니가 만들어 주시던 맛있는 아침을 먹었으면 좋겠다는 생각을 떠올리고 있을 것이다. 명상수련회에서 주는 아침식사는 맛초볼 수프, 토르티야, 콩 또는 햄, 계란 같은 것인데 집에서 엄마가 만들어 주던 구운 베이컨 같은 더 좋은 식사를 기대하는 것이다. 그러자 먹고 있던 국수가 싫어진다.

이때 어떤 특별한 노력을 기울이기보다는 그냥 생각을 놓아버려라. 그러면 놀랍게도 다른 큰 세계가 열린다. 앞에 놓인 반들반들한 빈 그릇에 빛이 반사되어 반짝이는 것이 보이고, 얼굴에 슬픔이 가득한 사람도 눈에 들어온다. 앞에 앉은 남자의 표정을 보니 그도 아침식사가 마음에 들지 않는 것 같다. 방금 전 자신의 모습 같아서 피식 웃음이 나온다.

조금 전과 다른 완전히 새로운 세상이 열리고 지금 여기에서 벌어지고 있는 일에 온전히 현존하게 된 것이다. 견고했던 생각이 허물어지고 자연스럽게 자기 안의 빈 공간, 순야타(空)와 연결된다. 이처럼 우리는 자신이 지어낸 이야기를 내려놓는 능력, 스스로를 일깨우는 능력을 가지고 있다.

우리는 일상에서 공을 경험한다. 원하지 않는 일이 일어났을 때 이 수행을 할 수 있다면 수행이 한 단계 발전한 것이다. 상황은 어찌 해볼 수 없게 너무 견고하고 당신은 자기연민에 푹 빠져 있는데 누군가가 "그냥 내려놓아"라고 조언한다면, 아무리 친절하고 따뜻한 목소리라 해도 얼굴을 한 대 쳐주고 싶을 것이다. 그냥 분노와 자기연민에 빠진 채로 있고 싶은 것이다.

로종 명상의 핵심은 지금 있는 곳에서 시작하는 것이다. "깨달음에 뭔가 결실이 있기를 바라지 마라"는 경구도 지금 있는 그곳에 있으라고 격려한다. 충격이 너무 커서 마비될 지경이든 분노가 치솟든 어떤 상황에서라도 말이다. 그저 지금 있는 곳에서 시작하라. 그렇게 수행을 하다보면 지난주보다 이번 주에 조금 더 수월하게 내려놓을 수 있고, 작년보다 올해 좀더 쉬워졌다는 것을 알게 된다. 시간이 지날수록 더 자연스럽게 내려놓을 수 있을 것이다.

자비심에 대해서도 마찬가지다. 우리는 누구나 자비심을 지니고 있다. 특정한 대상을 기억에 떠올리거나 눈으로 직접 볼 때는 애써 노력을 기울이지 않아도 마음을 열 수 있다. 그런 다음, 로종에서는 우리 삶에 등장하는 후안이나 모티머 같은 사람들, 우리가 정말로 미워하는 사람들에게까지 자비심을 지니라고 한다. 이는 만만치 않은 고급 수련이다. 그러나 로종 명상을 통해, 그리고 결실에 대한 기대를 내려놓는 수행을 통해, 지금 있는 그대로의 자신과 자신의 솔직한 느낌을 연결하는 작업을 통해 자비심의 범주가 점점 넓어지는 것을 알 수 있다. 그러면 더 힘든 상황에서도 자비심을 느낄 수 있다.

자비심은 그러한 수행을 하고자 열망할 때, 자신의 고통이나 기쁨에 더 많이 접촉할 때 생긴다. 있는 그대로를 기꺼이 받아들일 때 생겨난다. 자비심은 꾸며낼 수도 억지로 만들어낼 수도 없다. 하지만 우리가 바로 지금 어떻게 해야 자비심이 일어나는지는 알고 있다. 그렇게 했을 때 모든 것을 내려놓는 동시에 활기를 잃지 않는 능력, 자신의 마음을 여는 능력이 스스로 자라기 시작한다.

'혼란스러운 마음 자체를 네 가지의 카야kaya로 여기라. 이것이 야말로 공에서 벗어나지 않는 최상의 방어책이다'라는 경구는 지나치게 야단법석 떨지 말라고도 조언한다. 우리는 적어도 나 자신이 무언가를 내려놓을 수 있다는 생각은 품을 수 있다. 내려놓을 때 어떤 느낌인지, 어떻게 세계가 열리는지 기억할 수도 있다. 그리고 에고에 묶인 작은 세계 바깥에 큰 세계가 있다는 것도 알 수 있다.

이 경구는 원래 명상을 위한 가르침이었다. 방석을 깔고 앉아서 정식으로 명상을 해야만 이 경구를 제대로 이해할 수 있다고들 하지만 나는 공식적인 명상이 끝난 뒤에도 당신이 로종과 통렌 명상을 하기를 바란다. 어쩌면 공식 수련 이후의 시간에 하는 로종과 통렌 명상이 더 강력하고 실제적이며 가슴으로 느껴질 것이다. 하루의 일과 속에서 당신의 마음을 건드리는 그 무엇, 당신을 두렵게 하거나 긴장하게 하거나 화나게 만드는 무언가를 느낄 때 바로 그 자리에서 숨을 들이마시고 내쉬는 수련을 할 수 있다. 이런 수행은 꼭 필요하고 많은 도움을 준다. 공식 명상을 끝낸 뒤에 하는 수행은 매우 실제적으로 느껴질 것이다. 명상실에서 느끼던 것보다 훨씬 더 생생할 것이다.

네 가지 카야에 대한 이 경구는 사마타-위빠사나 명상을 통해 사물의 비실체적 성질을 통찰할 수 있음을 보여준다. 사마타-위빠사나 명상에서 생각이 일어날 때 '생각'이라고 이름을 붙이는 것 말이다. 당신은 지금 자기 생각 속에 완전히 빠져 있다. 마음은 이미 뉴욕으로 건너가 엄마가 차려준 맛있는 아침을 먹고 있고, 또 생각 속에서 분노도 느끼고 기쁨도 느낀다. 그러다 어떤 노력을 기울이지 않아도 깨어난다. 억지로 돌아오려 애쓰지 않아도 우리에게 일어나는 일이다. 자신을 관찰하다가 순간 생각에 빠진 자신을 알아차렸을 때, 그때 '생각'이라고 말하면 된다.

'생각'이라고 이름 붙이는 것은 생각이 만들어낸 모든 드라마에는 명확한 실체가 없다는 것을 인정하는 첫 단계다. 어디서 생겨난 건지 알 수 없는 이 드라마는 언뜻 보면 아주 생생하다. 드라마의 줄거리가 지나고 난 뒤에도 그 에너지와 움직임이 남는다. 테이블이나 의자, 사람, 동물 같은 형태로 모습을 분명하게 드러낸다. 손에 잡힐 듯 너무나 생생하다. 그러나 '생각'이라고 말하는 순간, 우리는 그 모든 드라마가 그저 마음속의 생각이라는 것을 알아차린다. 순야타(空) 또는 비어 있음을 알게 되는 순간이다. 그 순간이 자신을 얼마나 자유롭게 해주는지에 대한 경험들이 있을 것이다.

어떤 생각이 일어날 때, 도대체 어떻게 해서 이런 생각을 하고 있는지 궁금해질 때가 있다. 이 생각은 어디서 왔을까? 하지만 그것은 어디에서도 오지 않았다. 호흡을 충실하게 따라 가고 있다가 어느 순간 쾅! 당신은 지금 하와이에서 서핑을 하고 있다. 이 생각은 어디서 와서 어디로 가는 것일까? 정말이지 대단한 드라마가 펼쳐지고 있다. 오전 9시30분. "왜 이렇게 막히는 거야!" 자동차 경적이 마구 울리는 순간, 이 드라마에서 깨어난다. 그리고 다른 새로운 드라마 속으로 빨려들어 간다.

예전에 생각에 대한 명상을 배운 적이 있다. 꼬박 두 달 동안 생각의 본질에 대해 깊이 탐구했다. 내가 직접 체험해보고 내린 결론은 '생각의 본질은 결코 찾을 수 없다'는 것이다. 생각이라는 것은 실체가 없다. 그런데도 아주 대단한 것인 양 만들어버리는 것은 바로 우리 마음이다.

또 다른 경구에서는 다음과 같이 말한다. "모든 행위를 할 때, 오직 한 가지 의도를 가지고 행하라." 숨을 들이마시고 내쉬든, 분노나 행복을 느끼든, 모든 것을 내려놓든 내려놓지 못하든, 음식을 먹든 이를 닦든, 걷든 앉든 우리가 무슨 일을 하더라도 단 하나의 의도를 가지고 행해야 한다. 깨어나겠다는, 자비심을 무르익게 하겠다는, 내려놓는 힘을 더 키우겠다는 의도 말이다. 삶에서 마주하는 모든 것은 우리를 깨울 수도, 잠들게 할 수도 있다. 깨어날 수 있는가 없는가는 기본적으로 우리 자신에게 달려 있다.

Start Where You Are

열하나

분노와 번뇌를 억누르지 마라

원치 않는 상황에 저항하면 할수록

그 상황을 더 지속시킬 뿐이다.

"네 가지 수행이 최고의 방편이다." 이 경구는 상대적 보리심과 무조건적 보리심을 모두 수행하도록 도와주는 네 가지 방법에 대한 것이다. 첫째는 공덕 쌓기, 둘째는 부정적인 행동 정화하기(부정적 행동을 고백하기), 셋째는 귀신 대접하기(자신의 부정적인 면을 기꺼이 수용하기), 넷째는 수호신에게 기원하기(수호신에게 수행을 도와달라고 부탁하기)다.

네 가지 수행은 우리를 원하지 않는 느낌이나 감정, 상황의 핵심으로 데려간다. 앞에서 혼란이 가진 텅 빈 속성, 꿈과 같은 성질을 통찰하는 것이 최상의 방어책이라는 것을 알았다. 혼란을 네 개의 카야로 파악하는 것은 무조건적 보리심 차원에서 행하는 수행이다. 한편 네 가지 수행은 의식과 의례의 관점에서 그리고 상대적 차원에서 행하는 실제적인 수행이기도 하다.

뭐라고 해도 말하고자 하는 핵심은 저항감을 극복하는 것이다. 이 네 가지 수행은 밀라레파가 자신의 동굴에서 악마들을 몰아내는 데 사용했던 방법이기도 하다. 이야기의 절정은 저항이 사라지자 악마들이 물러갔다는 대목이다. 원치 않는 상황에 저항하면 그 상황을 오히려 더 지속시킬 뿐이다.

공덕 쌓기

네 가지 수행 중 첫 번째는 공덕을 쌓는 것이다. 공덕을 쌓는 방법은 기꺼이 주고자 하고, 마음을 열고자 하고, 멈칫거리지 않는 것이다. 자신에 대한 집착을 내려놓는 것, 에고에 대한 강한 집착을 내려놓는 것이기도 하다. 자신을 위해 무언가를 계속 모으는 대신 마음을 열고 사람들에게 나눠주라.

이렇게 마음을 연 결과, 더 우호적인 세상을 경험하기 시작한다. 이것이 공덕이다. 다르마 수행도 수월해지고, 클레샤가 줄어들어 주변 환경도 우호적으로 바뀐다. 다르마 수행을 할 수 있는 상황을 만드는 목적이 오래된 습관을 바꾸기 위한 것이라고 생각할 수도 있다. 그러나 공덕을 쌓는 참뜻은 마음을 열고, 자신이 가진 것을 내주면서 그 행위에 머뭇거림이 없고자 하는 데 있다. 갑옷 같은 보호막으로 자신을 둘러싸는 대신, 방패로 자신의 가슴을 방어하는 대신 마음의 문을 열고 모든 것이 그저 사라지게 내버려두는 것, 이것이 공덕을 쌓는 것이다.

미얀마, 티베트, 중국 같은 불교 국가에서는 선한 행위를 통해 공덕을 쌓을 수 있다고 여긴다. 예를 들어, 사원이나 수행센터 건립을 위해 보시하는 것처럼 말이다. 홍콩이나 대만에서도 수행센터나 사원을 짓는 데 필요한 돈을 기부하는 것으로 공덕을 쌓을 수 있다고 생각한다. 자신이 가진 것을 가치 있는 일에 사용하기 위해 내주는 것이 특별한 대가를 바라지 않는 참된 마음의 표현이라면, 분명 공덕을 쌓은 것이다.

보살 서원을 하는 것도 다른 사람들에게 선물을 주는 것이다. 자신이 가진 것을 내주는 순간, 우리는 서원에 대한 징표를 받는다. 다른 사람에게 뭔가를 주고자 할 때는 남에게 주기 아까운 것, 주고 나서 상실감을 느낄 만한 것을 주는 게 좋다. 돈이라면 당신이 주려고 했던 액수보다 더 많은 액수라야 한다.

공덕을 쌓는 방법이야 다양하지만 그 숨은 참뜻은 자신이 지금 처한 상황에 용감하게 자신을 온전히 여는 것이다. 이때 사용하는 주문이 있는데, 기대나 두려움을 내려놓게 한다. "아픈 것이 낫다면 그렇게 되게 하라. 회복되는 것이 낫다면 또한 그렇게 되게 두라. 만일 내가 죽는 것이 낫다면 역시 그렇게 되도록 하라." 이 주문으로 수행하면 최고의 공덕이 된다고 한다. 좀 다르게 표현할 수도 있다. "내가 아파야 한다면 아플 수 있는 축복을 내려 주소서. 내가 나아야 한다면 나을 수 있는 축복을 내리소서." 이 주문은 축복을 받기 위해 자기보다 더 높은 힘에 부탁하는 게 아니라, "일어날 일이라면 일어나게 내버려두라"는 의미를 담고 있다.

상황에 온전히 자신을 내맡기는 것, 자신이 소유한 것을 내려놓는 것, 완전한 무집착의 상태에 있는 것 이 모두가 공덕을 쌓는 것이다. 공덕을 쌓는 목적은 자신의 마음이 닫히지 않게 활짝 열기 위해서다.

부정적인 행동 고백하기

네 가지 수행 중 두 번째는 부정적인 행동에 대해 고백하는 것, 또는 신경증적 행동을 내려놓는 것이다. 불교 사원에서는 보름달이나 초승달이 뜨는 날 의례적으로 이 수행을 한다. 자신의 신경증적 행동에 대해 고백하는 과정은 네 부분으로 이뤄진다. 1단계는 자신이 행한 행위에 대해 후회하기, 2단계는 다시는 그런 행동을 하지 않도록 삼가기, 3단계는 바즈라사트바Vajrasattva 주문 같은 치유 행위를 하거나 삼보三寶(불佛, 법法, 승僧)에 귀의하거나 아니면 통렌 명상하기, 4단계는 이 네 과정을 앞으로도 계속 할 것이며 신경질적으로 행동하지 않겠다는 확고한 의지를 표명하기다. 다시 정리하면 자신의 신경증을 내려놓는 네 가지 과정은 후회하기, 삼가기, 교정하기, 다짐하기로 이루어진다.

좋지 않은 상황이 일어나더라도 우리는 자신이 그것을 변화시킬 수 있음을 알고 있다. 최선의 방법은 모든 것을 솔직하게 털어놓는 것임을 기억하라. 우선은 누구에게도 고백하지 마라. 개인적인 문제이니 당신 스스로 자신의 행동과 그 행동에 대해 이 네 가지 과정을 거치며 살펴보라. 당신을 용서할 자격을 가진 사람은 아무도 없다. 당신은 지금 죄를 고백하는 것이 아니다. 유대-기독교 문화에서 가르치는 것처럼 죄를 지은 것이 아니다.

부정적(신경증적) 행동이라는 것은 언제라도 접속할 수 있는 무한하고 영원한 공간을 두고 끊임없이 터널시야 상태에서 자신을 좁은 방 안에 가두고는 거기에 빗장을 지르는 것을 의미한다. 그토록 광활한 공간이 존재하는데 왜 우리는 자신을 캄캄한 유리로 씌우고, 귀마개를 쓰며, 갑옷으로 둘러싸는 걸까?

부정적인 행동을 고백한다는 것은 자신의 행동을 정직하게 바라본다는 의미다. 캄캄한 유리를 걷어내고 귀마개를 뽑으며 둘러친 갑옷을 벗은 뒤 세상을 온전하게 경험하는 것이다. 움켜쥔 것을 내려놓는 방법, 자신의 닫힌 마음을 활짝 여는 방법이기도 하다.

1. 후회하기

가장 먼저 할 일은 후회하기다. 수행을 통해 알아차림과 자기 행위에 대한 통찰이 생기면 자신으로부터 숨는 일이 점점 어려워진다. 아주 바람직한 일이며 이래야 신경증을 '신경증'이라고 알아볼 수 있다. 후회한다는 것은 자신을 책망하는 것이 아닌 오히려 자신을 위하는 행위다. 이제 자신을 갑옷으로 둘러싸는 데 지쳤다는 뜻이자 독을 먹거나 위협을 느낄 때마다 상대에게 고함지르는 데 싫증이 났다는 뜻이다. 이제는 누군가가 당신 마음에 들지 않는 행동을 할 때마다 몇 시간이고 마음속에서 떠들어대는 일에도 지쳤다. 끊임없이 불평하는 것이 지긋지긋하다. 이때 당신을 힘들게 하는 것은 다른 사람이 아니다. 아무도 당신에게 어떻게 행동하라고 말하지 않는다. 눈을 뜨고 있으면 스스로 자신의 신경증에 지쳐 싫증나게 되어 있다. 이 때문에 후회하는 것이다.

언젠가 크게 후회할 만한 행동을 한 제자가 스승에게 찾아가 상황을 이야기했다. 스승이 말했다. "후회하는 것은 좋은 일이다. 자신이 한 행동을 인식하고 인정할 수 있어야 한다. 누군가에게 해를 입혔다면 그 사실을 숨기는 것보다 솔직하게 인정하는 것이 더 바람직하다. 그러나 후회는 딱 2분 동안만 해라." 2분을 넘기면 "이런, 이런!" 하며 자신을 채찍질하게 될지도 모르니 이 말을 기억하라.

2. 삼가기

신경증적 행동을 고백하는 두 번째 단계는 삼가는 것이다. 어떤 것에도 아랑곳하지 않고 지속되는 신경증을 지켜보는 것은 고통스럽다. 신경증은 낡은 신발처럼 저절로 헤져 사라지기도 한다. 자신에게 지나치게 권위적인 목소리를 내지 않는다면 삼가는 태도는 아주 도움이 된다. 삼가는 것은 새해 다짐 같은 것이 아니다. '나는 내가 어떤 행동을 하는지 알고 있으니까 다음에는 절대 그렇게 하지 않을 거야'라며 다음 실패를 예견하는 것과도 다르다. 그러고는 30분도 채 안 돼 같은 행동을 하고 있는 자신에게 크게 실망하는 그런 게 아니다.

자신의 신경증적 행동이 어떻게 작동하는지 보면 자연스럽게 삼가게 된다. "아직까진 괜찮은 것 같아. 재미있을 것 같아." 자신에게 이렇게 말할 수도 있다. 그런데도 행동을 삼가는 이유는 행동이 불러올 끔찍한 연쇄반응에 대해 이미 알고 있기 때문이다. 딱 한 번 베어 물거나 마시면, 혹은 단 한 차례 거친 말을 내뱉으면 그 순간은 기분이 좋아질 수도 있으나 곧이어 비참한 연쇄 반응이 뒤따른다. 이런 상황을 한 번이 아니라 수천 번도 더 경험해 봤을 것이다. 삼가는 태도는 우리 안에 기본적인 지혜를 가지고 있다는 사실에서 자연스럽게 나오는 것이다. 삼간다는 것이 자신에게 고함을 지르거나 자신이 원하지 않는 것을 하도록 강제하는 거친 행동이 아니라는 점을 기억해야 한다.

3. 교정하기

자신의 신경증적 행동을 고백하는 세 번째 단계는 교정하기다. 지금 자신이 처한 전체 상황에 대해 무언가 조치를 취하는 것이다. 예를 들어, 지혜의 씨앗에 물을 주거나 지혜의 씨앗이 잘 자랄 수 있도록 적당한 수분을 공급하는 수행을 하는 것이다. 신경증을 '신경증'이라고 알아보고 그 행동에 대해 후회하면서 삼가는 수행을 하는 것이 전체 상황을 정화하는 데 도움이 된다. 전통적인 방법으로는 삼보(佛法僧)에 귀의하는 것이다.

부처(佛)에 귀의하는 것은 집착을 완전히 놓은 사람에게 귀의하는 것이다. 물론 당신도 할 수 있다. 다르마(法)에 귀의하는 것은 영감을 주고, 집착을 내려놓는 타고난 능력을 키워주는 모든 가르침에 귀의하는 것이다. 승가(僧)에 귀의하는 것은 서원을 함께 공유하고 자신을 방패로 둘러싸지 않고 마음을 활짝 연 사람들의 공동체에 귀의하는 것이다. 수행자로서 서로에게 주는 도움이란, 끼리끼리 무리를 이룬 다음 무리 밖의 다른 사람들을 경원시하는 세상에서 보편적으로 행하는 그런 도움이 아니다. 스스로의 힘으로 완전히 홀로 서는 것에 더 가깝다. 이 모든 과정을 거쳐 가는 사람이 마흔 명쯤 더 있다는 사실을 아는 것은 도움이 될 것이다. 도반의 존재를 통해 자신의 수행을 자극하고 격려할 수 있으니 말이다. 다른 사람들이 당신에게 도움을 줄 수 있다 해도 이 수행은 근본적으로 다른 사람에게 의존하기보다 스스로 성장해가는 과정이다.

4. 다짐하기

자신의 부정적인 행위를 내려놓기 위한 네 번째 단계는 다시는 반복하지 않겠다고 다짐하는 것이다. 자칫 오해의 소지가 있을 수 있는데, 핵심은 자신을 가혹하게 대하지 않는 것이다. '다시 한 번 또 그러면 양말에 시뻘건 석탄 덩어리를 집어넣겠어!'라고 내면의 권위적인 목소리가 말하지 않도록 하라.

네 가지 과정은 모두 우리의 근본적 선함에 대한 확신에서 나온 것이다. 네 과정은 모두 자신을 향한 온화함과 부드러움에서 온다. 거기에는 이미 감사의 마음이 자리하고 있다. 자신의 신경증에 대해 후회하면서 마음을 열 수 있다. 다시는 그런 행위를 하지 않겠다고 다짐할 수 있다. 더 이상 자신을 해치고 싶지 않기 때문이다. 우리가 수행을 할 수 있는 것은 자신에 대한 근본적인 존중감이 있기 때문이다. 우리는 자신에게 어떤 확신과 전사의 정신을 키워주고 싶지 가난에 쪼들리거나 단절되었다고 느끼게 하고 싶지 않다. 그래서 부정적인 행위를 다시 하지 않겠다고 다짐하는 것은 자신을 온전히 상황에 내맡기며 자신을 더 크게 여는 단계로, 네 가지의 마지막 단계가 되는 것이다.

귀신 대접하기

최고의 방편이 되는 네 가지 수행 중에서 두 가지 수행에 대해 이야기했다. 공덕을 쌓고 자신의 부정적인 행위(신경증)에 대해 고백하는 것, 네 과정을 통해 정화하는 것이었다. 세 번째 수행인 귀신을 대접하는 것은 당신 자신의 부정적인 면을 기꺼이 수용하라는 것이다. 전통적인 방법으로는 토르마torma라고 하는 작은 케이크를 만들어서 귀신을 대접한다. 의식을 거행하는 동안도 좋고, 그냥 매일 아침마다 대문 밖에 내놓아도 된다. 어떻게 하든 귀신, 즉 자신의 부정적인 면에 물질적인 무언가를 제공해야 한다.

트룽파 린포체는 '귀신 대접하기'에 대해 말하면서 어딘지 모를 곳에서 한 순간 솟아오르는 변덕스러움에 대해 얘기한 적이 있다. 느닷없이 주체할 수 없는 슬픔에 빠져드는 때가 있는가 하면, 특별한 이유 없이 분노를 터뜨리면서 무너뜨리고 싶어지는 때가 있다. 트룽파 린포체는 이에 대해 "마치 아내의 얼굴에 주먹을 들이대는 것과 같다"라고 묘사했다. 얼마나 절묘한 표현인가! 어떤 예고도 없이 변덕은 갑자기 '짠!' 하고 모습을 드러낸다. 아침에 일어나자마자 터무니없는 변덕이 제일 먼저 모습을 드러내는 날이면 온종일 짜증이 나고 화가 치민다. 슬픔이나 울화통이어도 마찬가지다.

이처럼 갑작스럽게 일어나는 변덕스러운 감정을 '된dön'이라고 한다. 이 감정이 당신을 엄습하면 제거하려 들기보다는 그 상태가 최선이라고 여겨라. 겉으로는 '된'에게 케이크를 주고, 내면에서는 '된'이 어떻게 생겨나고 이 모든 것을 조종하는지 관찰하라. 그러면 더 이상 당신은 누군가의 눈앞에 주먹을 들이대지 않는다. '된'을 행동으로 드러내는 것도, 안으로 억압하는 것도 삼가는 것이다. 대신 중도中道를 선택해 '된'이 지닌 힘을 온전히 지닌 채 그대로 존재하고자 한다. 그럴 때 스스로를 정화할 힘을 갖는다. 바로 백 퍼센트 깨어 있는 것이다.

희망과 두려움을 넘어 '있는 그대로 두라'고 하며 공덕을 쌓아가는 것과 마찬가지로 '된'에 대해서도 그저 있는 그대로 존재하게 두면 된다. 심지어 이런 주문呪文도 있다. "된, 나는 네가 사라지기를 원하지 않아. 네가 좋다면 언제든 다시 돌아와도 좋아. 자, 케이크나 먹으렴."

개인적으로 이 주문을 들으면 약간 소름이 돋는다. 주석서에서는 '된'을 다시 초대하는 것은 당신이 깨어 있지 않음을 '된'이 알려주기 때문이라고 말한다. 당신이 '된'을 다시 초대하는 이유는 얼이 빠져 있는 자신을 깨우기 위함이라는 뜻이다. '된'은 당신을 깨운다. 또 당신이 깨어 있는 한 '된'은 일어나지 않는다. '된'은 아주 냉혹한 세균이나 바이러스처럼 조금이라도 틈이 보이면 '펑!' 하고 그곳을 비집고 나타난다. 당신의 마음이 깨어 있고 열려 있는 한 '된'은 다시 돌아오라고 초대해도 거절할 것이다. 하지만 당신의 마음이 닫히는 순간, '된'은 기꺼이 초대를 받아들며 언제든 케이크를 먹어치울 것이다. 이것이 최고의 방편이 되어주는 세 번째 수행, '귀신 대접하기'이다.

수호신에게 기원하기

네 번째 수행은 수호신에게 기원하는 것, 또는 수행을 도와달라고 요청하는 것이다. 수호신은 깨달음의 원리를 수호하는 존재로 우리의 타고난 지혜와 자비심을 수호한다. 티베트의 두루마리 서화인 탕카스thangkas를 보면 수호신들은 거대한 이빨과 앞발을 가지고 있고, 목에는 해골 목걸이를 걸고 있으며, 몸에서 불을 뿜어 내는 분노에 찬 모습으로 묘사되어 있다. 이 수호신들은 불친절함, 지혜롭지 못한 과오, 난폭함이나 옹졸함, 근본적인 어리석음으로부터 우리를 보호한다. 격노한 표정은 이런 것들을 받아들이지 않겠다는 의지다. 그렇다면 실제로 받아들이지 않는 주체는 누구일까? 바로 우리 자신의 지혜다.

　이 경구의 이면에는 위대한 'No'의 진가를 알아보는 법에 대한 가르침이 있다. 이 '아니오'는 자신에 대한 존중, 자신에 대한 자애, 자신의 근본적인 선함에 대한 확신에서 나온다. 마음의 문을 닫기 시작할 때, 기본적으로 위대한 '아니오'가 돌발적으로 일어난다. 이때 자신이 아닌 다른 사람이 당신을 벌하는 것은 아무런 권위가 없다. 자기 자신을, 스스로를 격려했을 때라야 신경증적 행동으로 파생되지 않는다.

분노를 비롯한 클레샤가 일어날 때 기본적인 에너지는 어떤 신경증이라도 깨부술 만큼 강력하고 분명하며 날카롭다. 그러나 대개 거기서 멈추지 않는다. 치졸함, 후회, 공격성, 정당한 분노 같은 부정적 부정성(negative negativity)을 파생시킨다. 그러면 자신의 근본적인 지혜를 보호하려는 마음속 수호자가 활활 타오르는 머리를 치켜세우고는 'No!'라고 말한다. 위대한 'No'에 대한 가르침은 자신에 대한 자비심에서 비롯한 것이다. 후회하기, 삼가기, 삼보에 귀의하기, 다시는 그런 행동을 하지 않겠다고 다짐하기와 비슷하다.

당신이 무척 화가 났다고 하자. 누군가에게 소리를 질러대자 상대도 당신에게 맞받아치는 상황이다. 싸움이 커지자 당신이 문을 꽝 닫는다. 그런데 그만 거기에 손가락이 끼고 만다. 수호신 원리의 핵심은 바로 정신이 번쩍 들도록 깨우는 것이다.

수호자, 즉 지혜의 원리에게 먹이를 주는 것은 외적인 수행이다. 전통적으로는 케이크를 바친다. 내면 차원에서는 그 원리가 우리 안에 생생하게 살아 있게 해야 한다. 그래서 자신이 어느 때 깨어나고 잠드는지 알기 위해, 현재의 순간에 깨어 있을 수 있게 자신을 되돌릴 수 있기 위해 기꺼이 수행하는 것이다.

로종의 가르침은 깨달음의 길에서 원치 않는 상황을 이용하는 최상의 방법은 저항하지 않고 오히려 그것에 기대는 것이라고 말한다. 자기감정과 친구가 되거나 자신의 부정적인 면에 대한 자비심을 키워나가면, 죄스럽고 나쁘다고 생각했던 것도 자신을 깨우는 훌륭한 재료가 될 수 있다. 이 네 가지 수행법은 저항을 극복하는 최고의 방법이자, 불리한 상황을 깨달음의 길로 변화시키는 최고의 방법이다.

Start Where You Are

열둘

'빈 배'의 가르침

어떤 일이 자신의 마음을 일시 정지시킬 때

그 찰나의 순간,

커다란 공간이 생기는 그 순간을 붙잡아라.

도저히 명상을 못 하겠다고 호소하는 여성이 있었다. 실생활의 문제 때문이라고 했다. 하지만 명상을 해보면 실생활의 문제야말로 깨어남을 위한 재료가 될 수 있음을, 그 문제가 명상을 멈추는 이유가 될 수 없음을 더 확실히 깨닫게 된다.

오늘의 경구는 "예상치 못한 상황에 맞닥뜨릴 때마다, 그것을 명상의 재료로 활용하라"이다. 매우 흥미로운 제안으로, 우리는 무엇을 통해서든 보리심을 일깨울 수 있다는 사실, 그 무엇도 우리의 영적 여정에 방해가 될 수 없다는 사실을 일러준다. 이 경구는 방해물이 우리를 어떻게 일깨우는지, 다시 말해 마른하늘에 날벼락처럼 예상치 못했던 사건이 어떻게 무조건적 보리심과 상대적 보리심을 경험하게 하는지 보여준다. 열린 마음, 광활한 마음, 따뜻한 가슴이 어떻게 깨어나는지도 보여준다.

이 경구는 삶에서 벌어지는 놀라운 일들이 우리에게 주어진 선물이라는 의미를 담고 있다. 놀라운 일이란 즐거운 일일 수도 불쾌한 일일 수도 있다. 중요한 것은 그 사건들이 우리의 마음을 일시적으로 멈추게 한다는 사실이다. 길을 걷고 있는데 갑자기 눈덩이

하나가 당신 머리를 때린다. 순간 당신의 마음은 일시 정지한다.

'알라야의 본성, 즉 우주의 근원에서 쉬어라'는 경구도 비슷하다. 대개 방석에 정좌하고 이 경구들을 화두로 삼아 명상하는데, 이때 우리는 마음을 자연스럽고 치우치지 않은 상태에 머물게 할 수 있다. 그러나 실은 굳이 방석에 앉아서 정좌하지 않아도, 명상하기 위한 어떤 노력 없이도 우리 마음은 알라야의 본성에 머물 수 있다.

어느 날 차를 몰고 가는데 뒤차가 시끄럽게 경적을 울려댔다. 그 차가 옆으로 바짝 붙었다. 운전자는 붉으락푸르락한 얼굴로 나에게 주먹을 휘둘렀다. 내가 창문을 내리자 그도 차창을 내렸다. 그가 소리쳤다. "집에 가서 솥뚜껑 운전이나 하라고!" 그 말만 생각하면 지금도 내 마음은 일시 정지되고 만다.

어떤 일이 자신의 마음을 일시 정지시킬 때 그 찰나의 순간, 커다란 공간이 생기는 그 순간을 붙잡아라. 당황해서 어리둥절한 그 순간, 입이 떡 벌어질 만큼 깜짝 놀란 그 순간에 보통 때보다 조금 더 오래 머물러라.

재미있게도 이는 '어떻게 죽을 것인가'에 대한 지침이기도 하다. 죽음의 순간은 분명 예기치 않은 중대한 사건이다. 사마디 samadhi(명상 삼매경)라는 말을 들어봤을 텐데, 죽음의 순간 우리는 사마디에 머문다. 우리 마음이 알라야의 본성에 머물 수 있다는 의미다. 죽음의 순간에 우리는 열린 마음에 머무르며, 새롭고 편견에 치우치지 않은 본성과 연결할 수 있다. 그런데 일상에서도 사마디에 머물 수 있다! 이 선물은 바로 경구에서 말한 예상치 못한 상황을 통해서 온다.

그 순간이 지나고, '아주 불쾌한 사람'이 됐든 '마음이 알라야의 본성에 머물 수 있게 해준 멋진 상황'이 됐든 생각이 다시 말을 걸기 시작했을 때, 우리는 생각을 멈추고 통렌 명상을 시작할 수 있다. 분노나 후회와 같은 원치 않는 부정적인 느낌이 들거나 마음이 초조해진다면, 통렌과 로종의 원리를 떠올리고 숨을 들이마시면서 자신의 느낌과 연결할 수 있다. 마음속에서 떠들어대는 이야기를 그대로 둔 채 연결한다. 얼마나 멋진 일이 방금 일어났는지 자신에게 이야기해줄 수 있다면, 당신은 그것을 기억해서 내쉬는 숨과 함께 바깥으로 내보낼 수 있다. 그리고 그 기쁨을 모두와 함께 나눌 수 있다.

보통은 자기 자신에게 과하게 사로잡혀 있기 때문에 자신을 흔들어 깨우고 마음을 일시 정지시키는 데 엄청난 힘이 필요하다. 트럭 한 대로도 모자랄 정도다. 그런데 명상을 하면 커튼을 살랑일 정도의 바람만 있어도 된다. 놀랍게도 주의를 이동시키는 정도의 아주 소소한 것일 수 있다. 이때는 무언가가 시선을 사로잡더라도 주의를 옮겨 알라야의 본성에 머물게 할 수 있다. 다시 생각이라는 놈이 말을 걸어온다면 이때는 통렌 명상을 하면 된다.

예상치 못한 상황은 기쁜 일로도 불쾌한 일로도 일어날 수 있다. 어떻게 일어나는지는 문제되지 않는다. 중요한 것은 그것이 불현듯 나타난다는 사실이다. 당신이 생각에 푹 빠져서 터널시야 상태로 걷고 있다고 하자. 이 순간 당신은 아무것도 알아차리지 못한다. 그런데 갑자기 까마귀가 '까악' 하고 운다. 이 소리에 놀라 아주 깊은 백일몽에서 깨어난다. 때로는 매우 분개하다가 깨어나기도 한다. 이번에는 갑자기 앞차가 매연을 내뿜자 그제야 잠시 고개를 들어 하늘도 보고 주변 사람들 얼굴도 본다. 그리고 지나가는 자동차와 나무를 쳐다본다. 무슨 일이 되었든 예상치 못한 상황이 일어나면, 그제야 당신은 푹 빠져 있던 터널시야 바깥의 큰 세상을 불현듯 알아본다.

나 역시 명상 수련회 기간에 나를 깜짝 놀라게 한 흥미로운 체험을 한 적이 있다. 아주 강력한 순야타, 완전한 공空을 경험했다. 막 저녁 수행을 마쳤을 때였다. 온종일 수행을 했던 터라 내 마음이 성인들처럼 아주 평온한 상태일 거라 짐작할 것이다. 수행실에서 나와 복도를 지나가는데 부엌에 지저분한 그릇이 잔뜩 널려 있는 것이 눈에 띄었다. 갑자기 화가 치밀었다.

그 명상원에서는 각자의 그릇에 이름을 적어두게 했다. 접시, 그릇, 머그컵, 나이프, 포크, 스푼에 주인의 이름이 적혀 있었다. 나는 대체 그게 누구의 그릇들인지 가까이 가서 살펴보기로 했다. 그러나 발을 옮기기도 전에 내 머릿속에서는 이미 그 접시의 주인이 누구인지 확신하고 있었다. 우리 여덟 사람 가운데 그럴 사람은 '그 여자'밖에 없었기 때문이다. 그녀는 항상 뭐든지 어지르고 다녔기 때문에 주변 사람들이 늘 그 뒤를 정리해줘야 했다. '대체 누구 보고 이 접시를 치우라는 거야. 우리가 자기 하녀인 줄 아나?' 화도 나고 마음이 심란했다. '오랫동안 수행을 했으면 뭐해? 설거지 하나도 제대로 못하면서 무슨 수행을 한다고. 주변 사람들을 전혀 배려하지 않잖아!'

하지만 싱크대로 다가가 접시를 들췄을 때 나는 깜짝 놀라고 말았다. 아주 선명한 글씨로 '페마'라고 적혀 있었기 때문이다. 컵에도, 포크에도, 나이프에도 모두 '페마'라고 적혀 있었다. 그릇들이 다 내 것이었다! 그 순간, 내 마음은 멈춰버렸다. 두말할 필요도 없이 내 망상을 완전히 끊어줬다.

禪에 대해 잘 알려진 일화가 있다. 땅거미 내려앉은 강에 배를 띄우고 홀로 경치를 즐기던 한 남자가 있었다. 그때 다른 배 한 척이 자신에게 다가오는 것이 보였다. 처음에는 자신처럼 한여름 밤, 강의 정취를 즐기는 사람이 있다는 사실에 기분이 들떴다. 그런데 그 배가 점점 빠르게 자신을 향해 다가오자 슬슬 걱정이 되어 소리를 질렀다. "이봐요, 조심해요! 방향을 틀어요!" 그러나 그 배는 아랑곳하지 않고 그를 향하여 점점 빠르게 다가왔다. 참다못해 자리에서 일어나 고함을 질렀다. 주먹을 휘두르며 으름장을 놓았지만 결국 두 배가 충돌하고 말았다. 그런데 부딪히고 보니 그 배는 사람이 타지 않은 빈 배였다.

우리가 처한 삶의 상황을 그대로 보여주는 고전적인 이야기이다. 우리 주변에는 빈 배들이 많이 있고, 우리는 늘 그 배를 향해 고함을 질러대고 주먹을 휘두른다. 그렇게 하는 대신 그 배가 우리의 마음을 일시 정지시키게 만들 수 있다. 단 일 초라도 순간적으로 우리의 마음을 정지시킬 수 있다면, 그 짧은 찰나에 머물 수 있다. 자신이 이야기를 지어내기 시작하거든 자신과 타인의 입장을 바꿔보는 통렌 명상을 하면 된다. 이렇게 우리가 마주하는 모든 일은 자비심을 키우고, 우리 마음을 광활하고 열린 타고난 본성과 다시 연결하는 잠재력을 지니고 있다.

Start Where You Are

열셋

삶과 죽음에 대한 가르침

영원히 지속되는 것은 아무것도 없다는 사실을
거부하지 마라.

다음 두 경구는 다섯 가지 힘에 대한 것이다. "마음공부에 대한 가르침을 압축한 다섯 가지 힘을 길러라." "죽음의 순간, 의식이 몸에서 떠나는 것에 대한 대승불교의 가르침이 다섯 가지 힘이다. 죽음의 순간에 자신을 인도하는 법을 아는 일은 매우 중요하다."

우리가 하는 모든 공부와 수행의 근본 핵심은 우리가 구하는 행복이 언제나 지금 여기에 존재하고 있으며, 언제라도 그것에 연결될 수 있다는 것이다. 우리가 구하는 행복은 우리의 타고난 권리다. 행복을 찾기 위해서는 자신에게 더 관대해야 하고, 자신과 세상에 대해서도 더 큰 자비심을 지녀야 한다. 행복은 움켜쥔다고 해서 잡을 수 없고, 사물에 대한 집착을 통해서도 얻을 수 없다. '이렇게 하면 행복을 가져다주겠지'라고 자신이 생각하는 방식으로 일이 펼쳐지기를 원한다고 해서 얻을 수 있는 것도 아니다. 우리는 늘 막대의 엉뚱한 쪽을 붙들고 있는지도 모른다. 핵심은 우리가 구하는 행복은 이미 지금 여기에 있다는 것, 그 행복은 구하려는 몸부림이 아니라 이완과 내려놓음을 통해서 찾을 수 있다는 것이다.

그렇다고 온종일 그냥 잠만 자도 좋다는 것일까? 아무것도 할 필요가 없다는 의미일까? 결코 그렇지 않다. 우리가 해야 하는 일들이 분명히 있다. 위 경구들은 우리가 다섯 가지 힘을 길러야 한다고 말한다. 다섯 가지 힘이란 확고한 결심, 익숙함, 공덕의 씨앗, 나무람, 그리고 염원의 힘이다. 이 다섯 가지 힘은 우리에게 필요한 것이 모두 우리 손안에 있다는 사실을 믿을 수 있게 영감을 준다.

다섯 가지 힘은 죽고 사는 문제, 생사生死에 대한 가슴의 가르침이다. 지난해, 나는 살날이 얼마 남지 않은 두 사람과 시간을 보냈다. 잭과 질 모두 죽마고우였다. 그런데 두 사람이 각자 죽음과 관계를 맺는 방식은 매우 달랐다. 두 사람은 자신이 죽어가고 있다는 사실을 몇 개월 전부터 이미 알고 있었다. 두 친구에게는 큰 선물이었다. 둘의 몸은 점점 쇠약해갔다. 기력이 떨어지면서 몸이 말을 듣지 않자 잭은 처음에 크게 분노했다. 그러나 다음 순간 무언가가 변화를 일으키기 시작하면서 편안해졌다. 모든 것이 스러지고 사라져가는 와중에도 그는 점점 더 행복해 보였다. 그는 모든 것을 내려놓은 것처럼 보였다. 잭은 이렇게 말하면서 웃었다. "반드시 해야 하는 일도, 꼭 바라는 일도 이제 없어." 하루가 다르게 쇠약해졌지만 그에게는 문제가 되지 않았다. 이렇게 쇠약해지는 과정이 그에게는 더 큰 자유를 향해 나아가는 과정이었다.

외적인 상황은 질도 마찬가지였다. 그러나 그녀는 두려움에 떨면서 자신에게 일어나는 모든 과정에 맞서 저항했다. 몸이 쇠약해지면서 의지할 만한 것이 점점 줄어들자 그녀는 이를 악물고 주먹을 단단히 쥐었다. 그럴수록 그녀는 더 암울하고 두려움도 커졌다. 깊은 심연과 마주한 그녀는 마치 강제로 그곳으로 떠밀려 가는 느낌이었다. 그럴 때마다 두려움에 떨면서 "안 돼! 안 돼! 안 돼!"라고 소리쳤다.

두 친구를 보면서 내가 왜 수행을 하는지 그 이유를 알 수 있었다. 살아가면서 내려놓기와 이완의 과정을 탐구하기 위한 것이다. 모든 것이 손가락 사이로 스르르 빠져나간다는 사실에 저항하지 않는 것, 변하지 않고 고정 불변하는 것은 애당초 없다는 사실에 더는 저항하지 않는 것, 사실은 이것이 삶의 방식이다. 영원히 지속되는 것은 아무것도 없다는 사실을 거부하지 않는 것이다. 그 사실에 절규하면서 저항하는 것이 아니라 편안하게 함께할 수 있다면 우리 마음에는 크고 많은 빈 공간이 생긴다.

다섯 가지 힘은 우리가 어떻게 살고 죽어야 하는가에 대한 가르침이다. 실제로 삶과 죽음은 서로 다르지 않다. 어떤 조언이라도 삶과 죽음 모두에 적용할 수 있다. 만일 당신이 어떻게 죽어야 하는지 안다면 어떻게 살아야 하는지도 알 것이고, 또 어떻게 살아야 하는지 안다면 어떻게 죽어야 하는지도 알 것이기 때문이다. 선사禪師 스즈키 로시Suzuki Roshi는 말했다. "언제든 죽을 수 있다는 각오를 거듭하라." 숨을 내쉴 때마다 그 순간의 마지막이자 동시에 새로운 순간의 시작이 되도록 하라. 생각이 일어나거든 '생각을 그저 바라보고 내려놓아라. 생각이 만들어낸 온갖 이야기가 저절로 사라지게 내버려두라. 그렇게 새로운 무언가를 위한 공간이 생겨나게 하라. 다섯 가지 힘은 붙잡을 수 없는 것을 계속해서 붙잡으려는 시도를 그치는 법에 대해 이야기한다. 또 언제나 존재하고 있는 텅 빈 공간으로 편안하게 들어가는 법에 대해서도 이야기한다. 그 다음에 우리는 무엇을 발견하게 될까? 그것이 핵심일 것이다. 그런데 우리는 그에 대해 알게 되는 것을 두려워한다.

확고한 결심

다섯 가지 힘 가운데 첫 번째는 확고한 결심이다. 억지로 밀어붙이는 것과는 다르다. 오히려 기쁨, 편안함, 믿음에 연결하는 것이다. 당신이 마주하게 될 모든 도전에서 물러서지 않고, 도전을 당신의 가슴을 열고 부드러워지게 하는 기회로 삼겠다는 결심이다. 이 힘을 기르는 쉬운 방법이 자신을 겁 없는 영혼으로 키우는 것이다. 이를 위해서는 너무 진지하지 않은 가벼운 마음이 필요하다. 아침에 일어나서 자신에게 이렇게 말하라. "오늘 무슨 일이 일어날지 너무 궁금해. 어쩌면 오늘이 내가 죽는 날인지도 몰라. 오늘이 이 모든 가르침이 무엇에 대한 것인지 깨닫는 날일지도 몰라." 아메리카 인디언들은 전투에 나가기 전에 이렇게 말한다고 한다. "오늘은 죽기에 참 좋은 날이군!" 당신 또한 이렇게 말할 수 있다. "오늘은 살기에 참 좋은 날이군!"

확고한 결심은 당신에게 필요한 모든 것을 당신이 이미 가졌다는 사실을, 가장 근원적인 행복이 바로 여기에서 당신을 기다리고 있다는 사실을 알려준다. 그 무엇도 자신의 가슴에서 밀어내지 않겠다고, 또 자신의 마음을 닫아버리지 않겠다고 굳게 결심하기 위해서는 유머감각과 깨닫고자 하는 욕구가 필요하다.

익숙함

두 번째 힘은 익숙함이다. 여기서 익숙함이란 다르마가 더 이상 낯선 실체로 느껴지지 않는 상태를 말한다. 이때는 당신의 처음 생각이 곧 다르마가 된다. 모든 가르침이 당신에 대한 것임을, 당신은 자신에 대해 공부하기 위해 여기에 있음을 깨닫는 것이다. 다르마는 사변적인 철학이 아니다. 다르마는 기본적으로 자기 자신을 어떻게 요리할지에 대해 알려주는 훌륭한 조리법 같은 것이다. 딱딱하고 질긴 고기를 부드럽게 만드는 법을 알려주는 조리법 말이다. 또 다르마는 더 이상 자신을 속이거나 강탈하지 않는 법, 있는 그대로의 진정한 자신을 찾는 법을 알려주는 훌륭한 지침이다. "이게 필요해!" "이걸 가질 거야!"처럼 협소한 의미의 지침이 아니다. '깨어 있음'이 습관이 되게, 모든 사물을 인지하는 방식이 되게 하는 것이다.

　우리는 깨달음을 대단한 성취인 듯 이야기하지만, 깨달음이란 기본적으로 자신이 이미 가지고 있는 무엇을 편안한 마음으로 알아가는 것이다. 그렇게 깨달은 상태의 '당신'은 어쩌면 당신이 익히 알던 당신과 다를 것이다. 머리에서 머리카락이 자라고, 혀에

맛봉오리가 돋고, 감기에 걸리면 콧물이 흐르는 것은 깨닫기 전후로 달라지지 않는다. 깨달은 당신이 깨닫기 전과 다르게 느끼는 것은 깨달은 후 자신이 좀더 열린 상태, 어쩌면 아주 활짝 열린 상태로 자기 자신을 경험한다는 점이다.

익숙함이란 당신이 더 이상 다른 것을 찾아 헤매지 않아도 좋다는 것, 그리고 당신이 그 사실을 알고 있다는 것을 의미한다. 모든 것이 '현존하는 즐거움' 속에 존재한다. 모든 것이 지금 당신이 머릿속에 떠올리는 두서없는 생각 속에, 당신을 통과해 흐르는 감정 속에 들어 있다. 모든 것이 그곳에 어떤 식으로든 존재하고 있다.

공덕의 씨앗

세 번째 힘은 공덕의 씨앗이다. 이는 불성 혹은 본래 타고난 선함과 다르지 않다. 마치 가장자리가 없는 수영장에서 영원히 헤엄치는 것과 같다. 어쩌면 당신 자체가 물로 되어 있는지 모른다. 불성이란 심장이식 수술처럼 다른 곳에서 가져와 취할 수 있는 것이 아니다. "만일 불성을 자신이 아닌 다른 곳에서 구하고자 한다면 그것은 마치 나무에게 말을 가르치는 것과 같다"라고 트룽파 린포체가 말했듯이, 불성은 그저 깨어나는 것, 혹은 편안히 이완해 들어가는 것이라고 할 수 있다. 당신 자신을 각성의 상태로 두라. 공덕의 씨앗이 가진 힘은 씨앗이 이미 그곳에 존재한다는 사실에서 나온다. 적절한 온도와 습도가 갖춰지면 씨앗이 싹을 틔워 땅 위로 모습을 드러낼 것이다. 당신은 자신에게서 수선화 같은 모습을 발견할지도 모른다. 아니면 스스로 수선화가 된 것처럼 느낄 수도 있다. 이 수행은 자신을 부드러워지게 하고 편안하게 이완하는 동시에 자신을 정확하고 분명하게 바라보게 한다. 어느 것도 자신의 바깥에서는 구할 수 없다. 행복도 밖에서 찾으려고 해서는 찾을 수 없다.

나무람

네 번째 힘은 나무람이다. 이 힘은 당신이 자신에게 이렇게 말하라고 한다. "에고야, 너는 오랫동안 나에게 문제만 일으켰지. 이제 내게 휴식을 주렴. 나는 더 이상 네 말을 믿지 않을 거야." 샤워를 하며 한번 말해보라. 언제라도 당당하게 자신에게 말할 수 있어야 한다. 경박한 생각이 날개를 펼칠 때는 자신에게 이렇게 말하라. "썩 꺼져버려, 이 말썽꾸러기 같으니!"

이런 접근은 다소 문제를 일으킬 수도 있다. 우리는 대개 본래의 자기와 자신의 에고를 구분하지 않기 때문이다. 부드럽게 접근할수록 자신에게 더 친숙함을 느낄 수 있고 자신과 나누는 대화는 더 유익해진다. 반면 자신에게 엄하게 대할수록 자기 비난을 키울 수도 있다.

그간 나는 훌륭한 스승들의 격려 덕분에 나 자신을 비난하거나 나 자신에게 고함을 지르지 않으면서도 스스로에게 다르마를 가르칠 수 있었다. 여기서 나무람은 자신의 비정상적인 점에 부정적으로 반응하는 것이 아니다. 비정상적인 점은 '비정상'으로, 신경증은 '신경증'으로, 그리고 생각이 뻗어나가는 것은 '생각의 확산'으로 있는 그대로 볼 줄 아는 것을 말한다. 이쯤 되면 자기 자신에게 다르마를 가르칠 수 있다.

이 조언을 일러준 사람은 트라구 린포체Thragu Rinpoche였다. 당시 나는 불안발작을 겪고 있었다. 그는 나에게 스스로에게 다르마를 가르쳐야 한다고 했다. 단순하고도 훌륭한 다르마를 말이다. 이제 나는 스스로에게 이렇게 말한다. "페마, 네가 지금 정말로 원하는 건 뭐지? 마음을 완전히 닫아걸고 감옥에 갇힌 것처럼 꼼짝달싹 못하기를 바라는 거니? 아니면 바로 이 자리에서 편안하게 죽게 내버려 두기를 원하니? 지금이 네가 뭔가를 진실로 깨달을 수 있는 기회야. 무언가에 걸리지 않을 수 있는 기회라고. 네가 정말로 원하는 게 뭐지? 언제나 네가 옳다고 주장하고 싶은 거니, 아니면 정말로 깨어나기를 원하는 거니?"

나무람은 대단한 힘을 발휘한다. 스스로 자신에게 자기의 언어로 가르치기 때문이다. 자신에게 사성제를 가르칠 수도 있고, 자신으로부터 도피하는 법을 가르칠 수도 있다. 윤회를 다시 일으키려고 하는 바로 그 순간에 대해 당신은 무엇이라도 자신에게 가르칠 수 있다. 마치 당신이 윤회를 발명이라도 한 것처럼 말이다. 앞으로 남은 삶을 바라보면서 그 삶이 어떻게 되기를 원하는지 스스로에게 물어보라.

매번 기꺼이 당신의 생각을 공空으로 바라보고, 그것을 떠나보내라. 호흡을 조절하면서 깨어 있음의 씨앗을 뿌리고, 마음의 본질을 볼 수 있는 씨앗을 뿌리고, 절대적인 공간에서 쉴 수 있도록 씨앗을 뿌려라. 물론 매번 이렇게 할 수 없다고 해서 문제가 되지는 않는다. 그저 그렇게 하고자 하는 의지와 강한 결심이 '공덕의 씨앗'이 되는 것이다. 그리고 시간이 흐르면 노력하지 않아도 좀더 자연스럽게 할 수 있다는 것을 알게 된다. 이것이 보리심을 만드는 씨앗이다. 당신은 자신이 진정 누구인지 알게 된다.

염원

마지막 힘인 염원 역시 매우 강력한 도구다. 가슴으로 느끼는 진정한 염원은 자신에 대한 부정적인 생각이나 자신에게 지워진 힘든 여정을 잘라버린다. 이때 염원이란, 깨달음을 향한 당신의 열망을 소리 내어 말하는 것이다. 당신은 자신에게, 자신을 위하여, 자신에 대해 스스로 이렇게 말한다. "나에 대한 자비심이 커지기를!" 자신에게 크게 낙담하거나 자신이 싫어졌을 때는 다음과 같은 진심어린 염원을 소리 내어 말할 수도 있다. "방해받고 있다는 느낌이 줄어들기를! 깨어나는 경험이 더 커지기를! 본래 타고난 근본적인 지혜를 경험할 수 있기를! 나보다 남을 먼저 생각하는 내가 되기를!" 염원하는 대상이 따로 존재하지 않는다는 점만 제외한다면 염원은 기도와 비슷하다.

다시 한 번 말하지만 염원은 자신에게 말을 거는 것, 자기만의 특별한 보살이 되고자 하는 것이다. 당신 자신에게 힘을 실어주는 방법이기도 하다. 사실 이 다섯 가지 힘 모두가 당신에게 힘을 실어준다. 불교는 당신이 원하는 것을 얻기 위한 수단이 아닌 그 자체로 당신에게 힘을 실어주는 것이다.

　다섯 가지 힘은 우리가 어떻게 살고 어떻게 죽을 것인가에 대한 핵심적인 가르침이다. 바로 지금이든 당신이 죽음을 맞이하는 순간이든, 우리에게 어떤 일이 일어나든 다섯 가지 힘을 통해 우리가 어떻게 깨어날 것인가에 대해 이야기한다.

Start Where You Are

열넷

자애와 자비의 길

내 마음이 언제 열리고 언제 닫히는지 아는 사람은

나밖에 없다.

"모든 다르마(진리)는 하나로 귀결된다." 모든 가르침과 수행은 단 한 가지에 대한 것이다. 바로 우리가 자신을 강하게 방어하면 할수록 고통이 더 커진다는 사실이다. 반대로 에고나 자신을 둘러싼 보호막이 가벼워지면 가벼워질수록 우리가 겪는 고통도 가벼워진다. 에고는 뚱뚱한 사람이 아주 좁은 문을 통과하려고 애쓰는 것과 같다. 에고가 강하면 자신에게 일어나는 모든 일들이 언제나 자신을 쥐어짜거나 찌르는 것처럼 불편하게 느껴진다. 자신을 쥐어짜거나 찌르거나 불편하지 않게 하는 일은 필사적으로 움켜쥐고자 하고, 그것이 영원히 지속되기를 바란다. 그렇게 자신에게 집착한 결과, 우리는 더 큰 고통을 겪는다.

에고를 마치 원죄와 같은 적으로 이야기한다고 생각할지도 모르겠다. 그러나 접근 방식이 매우 다르다. 원죄를 대하는 것보다 훨씬 부드러운 방식이다. 원죄로 보기보다는 타고난 '연약한 구석'이 있다고 본다. 자신의 엉망진창인 부분, 우리가 느끼는 세상의 폭력과 잔인함, 두려움 같은 것들은 실은 우리가 근본적으로 악한 존재이기 때문에 나타난 결과가 아니다. 오히려 우리 안에 보리심이라는 매우 부드럽고 여리고 따뜻한 가슴을 지니고 있기 때문이다. 우리는 본능적으로 아무도 그 연약한 부분을 건드리지 못하게 보호하려고 한다.

이 경구는 타고난 선함, 타고난 선한 가슴에서 비롯한 삶을 긍정하는 태도다. 문제는 우리가 계속해서 막대의 엉뚱한 쪽을 붙잡는다는 데 있다. 어떤 수행을 하더라도 우리는 불유쾌한 것은 피하려 하고 유쾌한 것은 붙잡으려 하는 기본적인 패턴을 보인다. 우리는 자신의 연약한 구석을 건드리는 어떤 것이라도 필사적으로 방어하려는 기본 패턴을 변화시켜야 한다. 통렌 명상이 바로 이 기본 패턴을 변화시키는 수행이다.

나는 앞에서 에고는 자기만의 방에 갇혀서 무엇이든 자기 식대로 되게 하려는 것과 같다고 했다. 방에서 나오게 하겠다고 대형 기계를 끌어들여 방 안의 모든 물건을 산산조각 낼 수는 없다. 그보다는 자기만의 속도로 지금 있는 그 자리에서 시작해서 문과 창문을 하나씩 열어가야 한다. 매우 부드러운 접근이지만 서서히 그 문을 열 수 있는 방법이다. 또한 당신이 원한다면 마음의 문을 닫아도 된다. 다만 그 속에 편하게 안주하겠다는 마음이어서는 안 된다. 궁극적으로는 용기와 유머감각, 문 여는 방법에 대한 보다 근본적인 호기심을 더욱 키우겠다는 목적을 지니고 문을 닫아야 한다. 그리고 마침내 당신은 그 문을 활짝 열고 살아 있는 모든 존재들을 손님으로 초대할 수 있어야 한다. 우리는 특별한 목적이나 이유 없이도 마음이 편안해질 수 있다.

이 수련을 비롯한 모든 수행에서 가장 중요한 것, '모든 다르마는 하나로 귀결된다'는 말은 지금 무엇이 열리고 또 닫히고 있는지 아는 유일한 사람이 바로 나 자신이라는 사실이다. "두 명의 목격자 중에서 주 목격자를 붙잡으라"는 경구는 다른 사람 모두가 목격자가 되어 당신에게 피드백과 의견을 준다 해도(물론 사람들이 하는 말에 어느 정도의 진실이 들어 있기 때문에 그들의 말도 귀 기울일 가치는 있다), 주 목격자는 바로 당신 자신이라는 사실을 일러준다. 당신 마음이 언제 열리고 언제 닫히는지 아는 사람은 당신밖에 없다. 자신을 방어하고 에고를 유지하기 위해 언제 상황을 이용하는지, 또 언제 마음을 열고 모든 것이 산산이 부서지도록 내버려두는지, 언제 세상에 맞서지 않고 세상을 있는 그대로 허용하는지 아는 사람은 당신밖에 없다. 이것을 아는 사람은 당신이 유일하다.

"신을 악마로 만들지 마라"는 경구가 있다. 어떤 좋은 일, 예를 들면 통렌 명상이나 로종의 가르침과 같은 생각을 받아들여 마음의 문을 닫는 데 사용하지 말라는 의미다.

어쩌면 당신도 내 제자처럼 통렌 명상을 하고 있는지 모르겠다. 제자가 다음과 같은 편지를 보냈다. "저는 아주 조심스럽게 수행을 했습니다. 아무것도 저를 해치거나 제 안에 들어오지 못하게 숨을 들이마시고, 내쉴 때도 '내가 통렌 명상을 하고 있구나'라고 확신할 만큼 내쉬어요. 하지만 변한 것은 아무것도 없습니다." 그는 단지 모든 것을 평온하게 만들고 좋은 느낌을 갖기 위해 통렌 명상을 하고 있다. 당신도 마치 자신이 '영웅'이 된 것처럼 느끼기 위한 방편으로 통렌 명상을 할 수도 있다. 숨을 들이마신 다음, 세상 모든 곳을 향해 숨을 내쉬기는 하지만 이 수행의 동기가 두렵고 거부하고 싶은 자신의 일면과 친숙해지고 그것을 관통하겠다는 데 있지 않다. 수행이 그저 당신의 자신감을 높여주기를, 또는 옳은 편에 서 있다거나 종교를 제대로 선택했다는 만족감을 키워주기를 바라는 것이다. "나는 옳은 편에 있고, 세상은 아무 문제가 없어"라고 생각한다. 어쩌면 자신이 현실과의 전쟁에서 늘 승리하고 있다고 느끼는지는 모르겠지만 이런 태도는 수행에 도움이 되지 않는다.

모든 가르침, 특히 로종의 가르침은 우리가 버둥거리며 고투하고 있을 때는 잠시 멈춰서 호기심을 가지고 숨을 들이마시면서 그 밑에 존재하고 있는 무언가를 느껴보라고 북돋는다. 불평불만이 가득할 때도 "내가 이렇게 고투하고 있다니, 나는 정말 나쁜 사람인가봐"라고 고백하라는 것이 아니다. 불평불만이 죄는 아니다. 숨을 들이마시고 내쉬면서 불평불만의 바탕에 무엇이 있는지 들여다보라는 것이다. 모든 보호막 밑에 놓여 있는 당신 마음의 약한 부분과 만나라.

카르마(업)는 어려운 주제다. 당신에게 일어나는 일에 대해 다른 사람을 비난하기보다 자신을 바라보라고 하는 이유는 당신에게 벌어진 일은 어떤 식으로든 당신의 이전 행동이 업으로 쌓여 나타난 결과이기 때문이다. 사실 업에 대한 가르침은 오해를 사기 쉽다. 사람들은 어떤 일이 잘못되면 자기가 이전에 저지른 나쁜 짓의 대가로 받는 벌이라고 생각하면서 무거운 죄책감에 시달린다. 이런 생각은 옳지 않다. 업의 가르침이 의도하는 것은 자신의 가슴을 여는 데 필요한 가르침을 계속적으로 얻을 수 있다는 사실이다. 당신은 지금껏 자신의 여린 구석을 방어하는 일을 어떻게 그만둬야 하는지, 자신의 가슴에 갑옷을 두르는 일을 어떻게 그만둬야 하는지 몰랐다. 이런 관점에서 당신은 자신의 마음을 여는 데 필요한 모든 것을 제공할 삶의 가르침을 선물로 받은 것이다.

내가 봤던 만화의 한 장면이다. 양상추가 채소밭에 앉아서 말한다. "오, 안 돼! 어쩌다 내가 채소밭에 다시 태어난 거지? 난 야생화가 되고 싶단 말이야!" 그 밑에 설명이 덧붙어 있다. "오스카가 또 다시 양상추로 태어난 것은 먹히는 것에 대한 두려움을 극복하기 위해서였다." 우리는 보상과 처벌보다 더 큰 관점에서 생각해야 한다. 자신의 삶을 마치 '평생학습'의 과정으로 여기는 것이다. 어떤 과목은 마음에 들고 어떤 과목은 마음에 들지 않을 것이다. 어떤 내용은 실생활에 도움이 되기도, 별 도움이 안 되기도 한다. 하지만 이 모두는 깨달음을 얻기 위한 커리큘럼이다. 문제는 어떻게 학습해나갈 것인가이다.

자신의 가슴과 만나기 시작할 때, 자신의 가슴이 건드려지도록 허용할 때, 당신의 가슴이 바닥이 안 보일 만큼 매우 깊고 뚜렷한 형체도 없다는 사실을 알게 된다. 거대하고, 광활하며, 한계가 없는 그 속에 따뜻함과 부드러움이 얼마나 존재하고 있는지 빈 공간이 얼마나 많은지 알게 된다. 이제 세상이 덜 견고하고, 빈 공간이 더 많고, 더 넓게 느껴질 것이다. 부담감도 가벼워진다. 처음에는 두려움을 동반한 슬픔이나 불안한 감정이 느껴질 수도 있지만, 그 두려움을 기꺼이 받아들여 친구로 삼겠다는 의지가 점점 커진다. 그리고 깊은 차원에서 자신에 대해 알아간다. 시간이 조금 지나면 이 느낌은 모든 장벽을 허물고 온전한 인간이 되겠다는 열망으로 변한다. 어떤 일이 일어나더라도 마음의 문을 닫지 않고 세상 속에서 살아가고자 하고, 고난에 처한 친구들을 위해 기꺼이 함께하고자 한다. 더 나아가 불쌍하고 아픈 지구를 돕고자 한다. 흥미롭게도 이 염원과 슬픔, 부드러움에는 무한하고 무조건적인 행복감이 자리하고 있다. 이 행복감은 당신이 유쾌하든 불쾌하든, 좋든 나쁘든, 희망적이든 두렵든, 수치스럽든 자랑스럽든 상관없다. 그저 당신이 가슴을 활짝 열어두면 자연스럽게 다가온다.

Start Where You Are

열다섯

—————▶

가벼워져라

지나치게 열심이거나, 지나치게 진지하거나,

내가 아니면 안 된다는 식의 목적 지향적 태도야말로

기쁨을 앗아가는 최대의 적이다.

"언제나 환희심만은 유지하라"와 "마음이 산란한 중에도 수행할 수 있다면, 수련을 잘하는 것이다"라는 두 경구는 서로 짝을 이룬다. 첫 번째 경구는 일어나는 모든 일을 자신의 마음을 일깨우는 재료로 여길 수 있다면 우리는 언제나 활기찬 상태를 유지할 수 있다는 말이다. 두 번째 경구는 살면서 부딪히는 모든 일을 자신을 잠재우는 것이 아니라 깨우는 데 활용할 수 있다면, 무슨 일이 일어나든 그렇게 할 수 있다면 제대로 수행하고 있다는 말이다.

자기 안에 갇혀서 미스터리한 시나리오를 마구 지어내고 있을 때, '마음이 산란한 중에도 수행할 수 있다면 수련을 잘하는 것이다'라는 경구를 화두삼아 통렌 명상을 시작할 수 있다. 즉, 자신에 대한 자비심을 키우고 다른 사람의 고통을 이해하는 방법으로 숨을 들이마시면서 불행과 고통도 함께 들이마시는 것이다. 그렇게 자신의 산란한 마음을 현재 순간으로 되돌릴 수 있다. 마치 말이 한쪽으로 몸이 기울면 재빨리 균형을 되찾는 것처럼, 스키 선수가 넘어지려는 순간 민첩하게 자신을 다잡는 것처럼 산란한 마음을 이용해 현재 순간으로 돌아올 수 있다. 수련을 잘한다는 것은 언제든 자신의 산란한 마음을 다잡아 현재로 돌아올 수 있다는 의미다.

일이 술술 잘 풀릴 때도 이 경구를 지금 이 순간으로 돌아오는 알람으로 활용할 수 있다. 당신에게 즐거움을 주는 것에 습관적으로 집착하는 대신, 날숨과 함께 즐거움을 내주며 다른 사람들에게 보낼 수도 있다. 이렇게 하면 환희심을 계속 유지할 수 있다. 또 평상시의 불행한 상황이나 사소한 짜증뿐 아니라 자신만의 개인적 행복을 지속시켜야 한다는 부담감도 덜어낼 수 있다.

사실 자신이 즐거워하는 일을 다른 사람을 위해 내놓는 것이 쉬운 일은 아니다. 누군가가 이렇게 말했다. "날숨을 쉬면서 내가 가진 것을 남들과 나누는 건 좋아요. 함께 나누는 건 정말 멋진 일이지만 거저 줘버린다? 그렇다면 나는 더 이상 가질 수 없다는 말이잖아요." 날숨과 함께 즐거움을 나누는 것이 위협처럼 느껴질 만큼 부담스러울 수도 있다.

당신이 가진 부담이 줄어들어야 환희심이 솟아난다. 그렇게 되려면 우선 불쾌한 것이면 뭐든지 두려워하고 저항하는 패턴을 바꿔야 한다. 실제로 분노나 질투보다 우리를 더 고통스럽게 하는 주범은 바로 저항감이다. 저항감이 줄어야 편안하게 마음의 문을 열고 축하할 수 있다.

조만간 외부 환경을 전혀 바꿀 수 없는 상황에 처할 수도 있다. 이때 가장 중요한 것은 자신에게 일어나는 일과 어떻게 관계를 맺느냐다. 계속해서 투쟁을 벌일 것인지 아니면 찬찬히 살펴보고 해결을 시도할 것인지 말이다. 이런 상황에서 '언제나 환희심만은 유지하라'는 말을 기억할 수 있다면 크게 도움이 될 것이다.

즐거움에 그토록 목매지 않고, 즐거움의 덧없음을 두려워하지 않게 하는 것은 무엇이든 도움이 된다. 우리가 세상 속에 튼튼하게 뿌리를 내리고 다른 사람을 도울 수 있게 해준다. 대중가요에 다음과 같은 가사가 있다. "자유란 더 이상 잃을 것이 없는 상태의 다른 표현이죠." 혹은 "나에겐 아무것도 없는 게 아주 많아. 나에게 충분한 건 아무것도 없는 거야." 이를 전통 티베트 경전에서는 '공空 체험에서 오는 지복至福'이라 한다. 우리의 개인적 체험과 다소 동떨어진 말처럼 들릴지 모르겠지만 이 말들이 의미하는 것은 한 가지다. 수행을 하는 목적도, 살아가는 이유도 마음을 편안하게 하고 마음의 부담을 덜어내기 위해서라는 것이다. 성공과 실패, 보상과 처벌 같은 우리에게 일어나는 모든 일들에 야단법석을 떨기 위한 게 아니라는 것이다.

당신의 주 목격자(두 명의 목격자 중에서 주 목격자를 붙잡으라는 경구)가 판단하기 좋아하는 권위적인 인물이라면 마음의 부담을 줄이기가 쉽지 않다. 당신이 명상을 하고 있는데 뒤에서 이렇게 이야기하는 또 다른 '당신'이 있다고 하자. "또 생각에 빠져 있군. 언제까지 생각에만 빠져 있을 것인가. 바보 같으니라고! 통렌 명상을 시작하라는 종이 울린 뒤, 너는 단 일 초도 제대로 하지 않았어! 멍청한 녀석!" 그러면 당신은 자신에게 이렇게 이야기한다. "난 소질이 없어. 구제불능이야. 다른 사람들은 다들 잘 하는 것 같은데 난 타고난 선함이란 게 하나도 없나 봐." 이렇게 자기 자신을 두들겨 패면서 관대함을 까맣게 잊어버린다. 혹 기억한다고 해도 다음과 같이 말한다. "넌 관대하지 않아! 바보 같으니라고!"

'언제나 환희심만은 유지하라'와 같은 경구를 들은 당신은 2주내내 자신의 머리를 내려치면서 한 번도 기뻐하지 않았다고 자책한다. 이런 목격자라면 무척 부담스럽다. 부담을 덜어내야 한다. 호들갑 떨지 마라. 당신의 몸과 마음, 감정에 편안하게 자리 잡는열쇠는 마음의 짐을 내려놓는 것이다. 자기 자신이 지구에 살아갈가치 있는 존재라고 느끼는 열쇠도 마음의 짐을 내려놓는 것이다. 지나치게 열심이거나, 수행을 포함해 우리 삶에 일어나는 모든 것에 대해 지나치게 진지하거나, 내가 아니면 안 된다는 식의 목적지향적 태도야말로 기쁨을 앗아가는 최대 적이다. 모든 일에 지나치게 엄숙하면 감사하는 마음이 잘 솟아나지 않는다. 반대로 아주일상적이고 편안한 상태에 있을 때 기쁨도 감사도 샘솟는다.

언젠가 집중수행 중에 지복至福과 특별한 체험에 대해 전하는 고대 경전을 읽고는 아주 비참해졌다. 경전에서 말하는 지복, 각성, 광명光明을 한 번도 체험한 적이 없었기에 나 스스로 위축됐던 것이다. 이렇게 찬란한 말들에 도달하지 못해서 우울했다. 다행히그 경전을 내려놓고 지금의 내 상태 그대로 시작할 수 있는 간단한 수행법을 생각해냈다. 특별할 것도 대단할 것도 없는 아주 평범한 방법이었다. 그냥 눈을 뜨고 귀를 열어둔 채 깨어 있는 것이다. 이 간단한 방법으로 나는 활기를 되찾았다. 이 정도라면 나도

할 수 있겠다는 생각이 들었기 때문이다.

그토록 마음의 짐을 내려놓고 싶다면 유머감각을 가져야 한다. 모든 것은 당신의 심각한 마음 상태에서 일어난다. 즐거운 마음을 갖기 위해서는 유머감각뿐 아니라 근본적인 호기심을 가지고 주변 세계에 흥미를 느껴야 한다. 그러기 위해 당신이 반드시 행복해야 하는 것은 아니다. 지나치게 따지지 않고 그저 호기심을 가진다면 그걸로 충분하다. 비판적인 태도로는 호기심을 유지할 수 없으니 당신이 비판적인 성향이라면 자신의 성향 그 자체에 호기심을 가져보려고 하라.

모든 것을 관찰하라. 평범하고 일상적인 것까지 모든 일에 감사하라. 기쁨과 활기를 일으키는 방법이다. 호기심은 활기를 북돋아준다. 평소와 다른 일을 시도해 보는 것도 좋다. 대개는 마음의 감옥(대단한 기쁨과 대단한 불행)에 꽉 붙들려 있으니 패턴에 변화를 주는 것이다. 일상의 어떤 것이라도 변화를 줄 수 있고, 통렌 명상이야말로 분명 평소와 다른 무엇이다. 통렌 명상을 통해 우리의 패턴을 다시 만들고, 기본 패턴이나 정형화하지 않은 부분에까지 변화를 줄 수 있다. 그저 창가에 다가가서 하늘을 쳐다봐도 좋고, 얼굴에 찬물을 끼얹거나 샤워를 하면서 노래를 흥얼거려도 좋다. 밖으로 나가 조깅을 해도 좋다. 일상의 패턴과 다른 것이라면 어떤 것이라도 좋다. 이런 시도가 마음의 감옥에서 벗어나는 출발점이다.

평생을 침울하게 살았던 한 여성의 이야기를 책에서 읽은 적이 있다. 그녀는 성장하면서 사소한 일에도 쉽게 짜증을 내는, 그래서 점점 다루기 어려운 사람이 되어갔다. 그 즈음 그녀는 암에 걸렸고, 처음에는 암에 걸렸다는 사실에 저항하고 분노했다. 그리고 얼마 후, 암 때문에 더 침울해지는 대신 그녀는 오히려 활기를 되찾았다. 몸이 점점 더 망가져갈수록 더 행복해보였다. 암에 걸리기 전까지는 삶을 즐기지 못했는데, 자신에게 지금 이렇게 삶을 즐길 수 있는 시간이 주어져서 기쁘다고 했다. 한때는 그녀를 눈엣가시처럼 여겼던 가족들도 점점 그녀를 좋아하게 되었다. 마침내 임종 전날이 되었다. 그녀는 혼수상태였다. 가족들이 모두 그녀의 침대 주변에 모여 울고 있었다. 과거의 그녀처럼 침통한 표정이었다. 임종 직전에 마지막으로 눈을 뜬 그녀가 가족들을 쳐다보면서 말했다. "이런! 다들 불행한 표정이네요. 무슨 일 있나요?" 그렇게 그녀는 얼굴에 웃음을 머금은 채 죽음을 맞았다.

'언제나 환희심만은 유지하라', '마음이 산란한 중에도 수행할 수 있다면, 수련을 잘하는 것이다'라는 경구는 마음의 짐을 덜어주는 것이야말로 우리가 자신에게 줄 수 있는 최고의 선물이라는 사실을 넌지시 알려준다. 방법은 간단하다. 우선 산란한 마음을 현재의 순간으로 되돌아오는 방편으로 삼아라. 그리고 호기심을 가져라. 마지막으로 일이 정말로 버겁게 다가올 때, 기쁨이나 비참함에 빠져 옴짝달싹 못 하고 있다고 느낄 때는 자신의 틀에 변화를 주기 위해 지금까지 해보지 않은 다른 활동을 시도해 보는 것이 좋다. 통렌 명상이야말로 이 세 가지를 아우르는 아주 좋은 방법이다.

Start Where You Are

열여섯

———➤

결과에 대한 모든 기대를 버려라

당신이 두려움을 느낄 때,

두려움을 느끼는 것은 '두려움에 찬 부처'다.

당신이 화가 났을 때,

화를 내는 것은 '화가 난 부처'다.

이번 경구는 "깨달음에 결실이 있기를 바라지 마라"이다. '결실에 대한 기대를 완전히 버려라' 혹은 '포기하라'라고 해도 좋다. 불교 전통의 가장 강력한 가르침 가운데 하나는 우리가 바뀌기를 원하는 한 절대 바뀌지 않는다는 것이다. 몸이 빨리 낫기를 바라는 한 절대로 낫지 않을 것이다. 미래에 대한 생각에 빠져 있는 한 현재 자신이 가진 것이나 자신의 존재에 결코 만족할 수 없다.

우리가 가진 가장 뿌리 깊은 습관적 패턴 중에 하나가 지금 이 상태로는 충분하지 않다고 느끼는 것이다. 우리는 지금보다 좋았던 혹은 나빴던 과거를 자주 생각한다. 미래를 향해 성급하게 달려가는 일도 다반사다. 그리고 미래에는 현재보다 모든 것이 더 좋아져야 한다는 바람을 늘 품고 산다. 이 때문에 미래를 두려워하는지도 모른다. 지금 아무 문제없이 일이 돼가도, 건강에 이상이 없고 꿈에 그리던 사람을 만났으며 바라던 자녀와 직장을 갖게 되었어도, 지금 이후의 삶이 어떻게 될 것인가에 대해 미리부터 염려하는 뿌리 깊은 성향이 있다. 우리는 지금 있는 그대로의 자기 모습을 그다지 신뢰하지 않는다.

명상을 하면 뭐든 더 나아질 거라는 기대를 갖는다. 예를 들어, 더 이상 고약한 성질을 부리지 않게 되거나 두려움이 사라질 거라는 바람을 갖는다. 혹은 주변 사람들이 자신을 지금보다 더 좋아하게 될 거라고 기대한다. 이런 것들이 전혀 문제가 되지 않는다면 자신이 충분히 영적인 사람이 되지 못할 거라고 생각한다. 물론 명상을 통해 우리가 원하던 깨어 있는 세계, 멋지고 신성한 세계와 만날 수 있다. 우리가 읽는 모든 책(철학서가 됐든, 심리서가 됐든, 진리에 대한 책이 됐든)에 우리가 아주 협소한 시각에 갇혀 있다는 내용이 숨어 있다. 그리고 우리가 제대로만 하면 더 크고 넓은 세상, 지금 살고 있는 세상과 다른 세상을 만날 수 있다고도 한다.

수행의 결실에 대한 기대를 모두 버리라고 말하는 이유는, 내가 꽤 오랜 시간 수없이 많은 명상과 법문을 했음에도 불구하고 여전히 고대 경전에서 말하듯 '모든 장막이 걷힌' 상태에 대한 남모르는 열망을 내려놓지 못하기 때문이다. 나 자신을 뛰어넘고 싶고, 현재보다 더 깨어날 수 있는 뭔가를 찾고 싶은 열망 말이다. 때로는 더 날씬해지고 싶다거나 여드름이 없어지고 머리숱이 더 많았으면 하는 바람처럼 아주 세속적인 차원의 욕망이 일어날 때도 있다. 그러나 이런 욕망이 충족된다 해도 언제나 미묘한 뭔가가, 미묘하지는 않지만 모든 것이 완벽하지 못하다는 실망감 같은 것이 남는다.

내가 스승으로부터 처음으로 받은 가르침은 다음과 같다. "나는 네가 여기에 온 이유를 알지 못한다. 그러나 이 한 가지만은 지금

이 자리에서 말하고 싶다. 모든 가르침의 토대가 되는 것으로, 네가 모든 것을 한꺼번에 얻지는 못할 거라는 사실이다." 이 말은 마치 스승이 내 얼굴을 한 대 후려친 것처럼, 내 머리에 찬물을 끼얹은 것처럼 느껴질 정도로 충격적이었다. 그 이후로도 '한꺼번에 모든 것을 얻지 못할 것이다'라는 스승의 말이 뇌리를 떠나지 않았다. 우리가 바라는 대로 모든 일이 문제없이 완벽하게 해결되는 멋진 미래는 존재하지 않는다는 스승의 말은 무척 충격적이었지만 진심으로 다가왔다. 우리가 불행의 늪에서 빠져나오지 못하는 것은 우리가 끝도 없이 즐거움과 안전을 추구하고, 항상 지금보다 좀더 나은 처지를 추구하기 때문이다. 실생활 차원에서든 영적 차원에서든 아니면 정신적 평화 차원에서든 우리는 끊임없이 지금보다 나은 처지를 추구한다.

요즈음 사람들은 자신이 바라는 것을 찾기 위해 여기저기 수없이 헤매고 다닌다. 이들을 위한 12단계 프로그램도 있고, 24단계 프로그램도 있다. 언젠가는 108단계 프로그램이 나올지도 모를 일이다. 많은 지원 단체가 존재하고, 다양한 치료법이 성행하고 있다. 상처받았다는 느낌 때문에 많은 사람이 자신을 치유해줄 뭔가를 찾고 있다. 내가 보기에 치유든 성숙한 어른이 되었다는 느낌이든 그 뿌리에는 '어떤 것도 억지로 사라지게 하지 않겠다, 지금 가지고 있는 것도 충분히 감사하다'라는 생각이 전제되어 있는 것 같다. 물론 당신이 지금 고통스러운 상황이라면 이 말을 받아들이기가 쉽지는 않을 것이다.

보스턴에 불교식으로 운영하는 스트레스 클리닉이 있다. 이 클리닉은 불교 수행자이자 《마음챙김 명상과 자기치유》의 저자인 존 카밧진Jon Kabat-Zinn 박사가 운영한다. 그는 온갖 고통을 안고 오는 환자들에게 클리닉의 기본 전제를 설명한다. "우선 어떤 희망일지라도 그것이 이루어질 것이라는 기대를 포기해야 한다." 그렇지 않으면 치료를 받을 수 없다는 것이다. 자신이 바뀌기를 바란다는 것은 현재의 자신이 충분히 만족스럽지 못하다는 뜻이다. 이때 희망 사항은 자신에 대한 공격성에서 나오는 것이고, 현재 자신의 마음 상태나 몸 상태, 습관, 말투 등을 거부한다는 반증이다. 사람들은 중독, 학대, 직장 스트레스와 같은 다양한 이유로 이 클리닉을 찾는다. 이유가 뭐가 됐든 모든 기대를 완전히 내려놓는 단순한 행위가 환자의 온전함과 치유력을 키우는 가장 중요한 요인이라는 것이다.

더 날씬해지고 똑똑해지기를 원하든, 더 큰 깨달음을 얻고 덜 긴장하기를 원하든, 뭔가를 원하는 한 당신이 문제에 접근하는 방식은 '자신이 충분히 만족스럽지 않다'는, 애초에 문제를 일으킨 원인에서 벗어나지 못한다. 습관적인 패턴을 고치려고 해도 잘 되지 않는 이유도 이 때문이다. 애당초 고통을 일으켰던 것과 같은 습관적 패턴으로 문제에 접근하고 있기 때문이다.

불교에는 삶을 긍정하는 가르침이 있다. 즉, 깨달은 사람을 의미하는 '붓다'는 우리가 숭배해야 하는 대상이 아니라는 것이다. 부처는 우리가 동경해야 하는 대상이 아니다. 부처는 이천 년 전에 태어난 사람을 가리키는 것도 아니고, 우리가 생각하는 것보다 훨씬 더 지혜로운 사람도 아니다. 부처는 우리 안에 있는 본성, 즉 불성佛性이다. 이 말은 우리가 온전히 성장하고자 한다면 자기 안에 이미 가지고 있는 지혜와 연결될 수 있다는 뜻이다. 이 지혜는 누군가 다른 사람이 당신에게 심어주는 게 아니다. 온전히 성숙하고자 하면 주변의 모든 가혹한 일에서, 스스로 방어해야 한다고 생각하는 유년기의 감정에서 벗어날 수 있다. 진정한 어른이 되고자 한다면(내가 생각하는 진정한 어른이란 아무리 힘들어도 자신이 처한 상황에 온전히 존재할 줄 아는 사람이다) 당신 안에 이미 가지고 있는 뭔가를 보살피고 키워야 한다. 성장하도록 허용해야 한다. 계속해서 방어하고 보호하며 묻는 게 아니라 잘 피어날 수 있게 허용해야 한다.

누군가가 내게 이런 말을 했다. "당신이 두려움을 느낄 때, 두려움을 느끼는 것은 '두려움에 찬 부처'입니다." 이 말은 당신이 느끼는 어떤 감정에도 적용할 수 있다. 당신이 화가 났다고 하자. 통제력을 상실하고, 얼굴이 붉으락푸르락해진다. 고함을 지르거나 물건을 집어던지거나 누군가에게 폭력을 행사한다. 이때 화를 내는 주체가 '화가 난 부처'라는 사실을 받아들여라. 만일 질투심을 느낀다면 그것은 '질투하는 부처'다. 소화불량에 걸렸다면 그건 '배앓이를 하는 부처'다. 당신이 행복하다면 '행복한 부처'고, 지루하다면 '지루함을 느끼는 부처'다. 한마디로 당신이 경험하고 생각하는 어떤 것이라도 자비심을 보내라. 그리고 당신이 생각하고 느끼는 어떤 것이라도 충분히 인정하라.

이 가르침은 내 뇌리에서 쉽게 떠나지 않을 만큼 강력했다. 나는 위로 아래로, 왼쪽으로 오른쪽으로, 엎어졌다 일어났다 하면서 다양한 마음과 기분 상태에 있을 때 이처럼 다양한 삶의 모든 상황에서 '넘어진 부처, 세상 위에 선 것처럼 느끼는 부처, 어제를 그리워하는 부처'를 떠올렸다. 나는 아무리 노력해도 부처로부터 벗어날 수 없다는 사실을 깨달았다. 하지만 좋을 때도 힘들 때도 나 자신에게 충실할 수는 있다. 자신과 무조건적인 관계를 맺으면 부처와도 무조건적인 관계를 맺을 수 있다.

이것이 '깨달음에 결실이 있기를 바라지 마라'고 하는 이유다. '결실'이라는 말은 '좋은 일이 있을 것이다'처럼 미래를 향한다. 반면 '열리다(open)'라는 말이 있다. 열린 가슴과 열린 마음을 가지라고 할 때 그 '열린' 말이다. 이 말은 현재를 향한다. 자기 자신과 무조건적인 관계를 맺는다는 것은 지금 당신이 처한 바로 그 장소에서 부처에 충실하다는 의미다.

내가 원장으로 있는 감포 사원은 하루 종일 명상을 하거나 자연 속을 거닐지 않는다면 재미있는 일이 별로 없다. 시간이 좀 지나면 모든 것이 금방 지루해지는 곳이다. 성관계도 할 수 없고, 술도 마실 수 없으며, 거짓말을 해서도 안 된다. 이따금씩 비디오를 보기도 하는데 아주 드문 경우로, 무엇을 볼지에 대해서도 늘 논쟁을 벌인다. 음식은 때로는 괜찮을 때도 있고, 아주 엉망일 때도 있다. 한마디로 이곳은 아주 불편한 장소다. 이곳에서는 자기 자신으로부터 도망갈 데가 없기 때문이다. 그러나 많은 사람이 이곳에서 자기 자신과 친구가 되면서 지금 있는 그대로 오늘 당장 자신의 불성을 발견할 수 있는 안전한 장소라는 것을 깨닫는다. 오늘, 바로 지금, 당신은 자신과 무조건적인 관계를 맺을 수 있는가? 지금 당신의 키와 몸무게, 지식의 양, 고통의 무게 그대로 자신과 무조건적인 관계를 맺을 수 있는가? 지금 있는 그대로의 자신과 무조건적인 관계를 시작할 수 있는가?

결실에 대한 기대를 모두 버리는 것은 전작인 《도망치지 않는 지혜(The Wisdom of No Escape)》와도 어느 정도 비슷하다. 도망치지 않음으로써 당신은 계속해서 현재에 머물 수 있다. 그리고 현재란 그것이 무엇이든, 당신이 지금 어떤 기분이든, 지금 어떤 생각을 갖고 있든, 지금 존재하는 것이다. 바로 이것이다!

초기불교든, 선불교든, 금강승불교든 가장 기본적인 명상 지침은 지금 이 순간에 깨어 있는 것이다. 그런데 이런 전통들이 당신에게 말하지 않는 것이 있다. 지금 이 순간의 당신이 스스로 썩 내키지 않는 당신일 수 있다는 사실이다. 깨어 있다는 것은 그런 것이다.

중국의 황제가 달마대사(인도에서 중국으로 선불교를 전래한 선승)에게 '깨달음이 무엇이냐'고 물었다. 달마대사는 대답했다. "텅 빈 공간이 많되 신성한 것은 아무것도 없는 것(Lots of space, nothing holy)입니다." 명상은 신성한 것이 아니다. '죄'의 범주에 속한다고 생각하거나 느낄 만한 것은 없다. '나쁘다' 혹은 '틀렸다'의 범주에 속한다고 생각하거나 느낄 만한 것도 존재하지 않는다. 모든 것은 다 즐겁고 흥미진진한 것들이다. 모든 것이 깨어남의 밑거름, 깨 달음을 얻기 위한 밑거름이고, 지금 이 순간을 사는 방법이다.

Start Where You Are

열일곱

>>>>>———>

자비심을 퍼뜨려라

나와 별개로 존재하는 것처럼 보이는 사람들이

실은 나를 비추는 거울이다.

우리는 어떻게 도울 수 있을까? 우리가 어디에 있든지 더 나은 세상, 더 나은 국내 상황이나 일자리 환경을 만들 수 있을까? 어떻게 하면 공간을 막아버리지 않고 활짝 열면서 우리의 말과 행동, 마음을 다스릴 수 있을까? 다시 말해 나 자신의 지혜와 만나기 위해 다른 사람과 나를 위한 공간을 마련하는 방법은 뭘까? 어떻게 하면 세상에서 고립되지 않고 두려워하지 않으면서 세상의 일부로 살아가는 법을 알아낼 수 있을까? 어떻게 하면 될까?

이 모든 것은 자신에 대한 자애에서 시작되고, 자신에 대한 자애는 다시 타인을 향한 자애로 확장된다. 가슴에 친 장막을 걷어낼수록 다른 사람을 두려워하는 마음은 작아진다. 다른 사람의 말을 더 잘 들을 수 있고, 눈앞에 있는 것을 더 잘 볼 수 있다. 그리고 자신에게 일어나는 일에 맞서 분투하기보다 그것과 조화를 이루며 일할 수 있게 된다. 로종의 가르침에서는 자신과 타인의 처지를 바꿔 생각하는 것이 곧 세상을 돕는 방법이고, 자비롭게 행동하는 법이라고 한다. 타인의 처지에 자신을 대입할 수 있다면 지금 무엇이 필요한지, 가슴에서 뭐라고 이야기하는지 알 수 있다.

최근에 친구에게서 편지를 한 통 받았다. 나를 마구 욕하고 비난하는 내용이었다. 나의 첫 반응은 마음에 큰 상처를 입었다. 그 다음 반응은 화를 냈다. 그러면서 마음속으로 편지를 쓰기 시작했다. 내가 알고 있는 모든 가르침과 로종의 논리를 이용해 친구가 보낸 편지를 반박할 수 있는 법문 형식의 편지를 쓰기 시작했다. 그러나 내게도 친구에게도, 누구에게도 도움이 되는 일이 아니었다. 내가 그 편지를 보냈더라면 우리 둘 사이는 더 멀어졌을 것이다. 나는 모든 것을 잘 아는 선생이고 친구는 그저 한 사람의 무력한 제자라는, 서로의 역할에 대한 고정관념에 더 깊이 빠져들었을지 모른다. 그날 그 편지를 쓰는 데 너무 많은 에너지를 소진한 뒤 떠오른 생각은 내가 엄청 외로움을 느끼고 있다는 사실이었다. 나는 슬펐고 나 자신이 무기력한 존재로 느껴졌다. 그때 문득, 내게 편지를 보낸 친구가 어떤 마음으로 그 편지를 썼는지 짐작할 수 있었다. 그것은 남들에게서 따돌림당한다고 느끼는 외로움이었다. 그 편지는 사람들과 소통하고자 하는 친구의 몸부림이었다.

때로 우리는 자신이 비참하게 느껴질 때, 자기 자신의 추악한 모습을 보여도 사람들이 여전히 좋아하는지 알아보려고 한다. 당시 친구에게 필요했던 것이 누군가가 친구를 되받아치는 것이 아님을 직감적으로 알 수 있었다. 그래서 처음에 계획했던 것과 다른, 아주 솔직한 편지를 썼다. "아무리 네 멋대로 나를 욕하고 모든 것을 나에게 덮어씌우려 해도 내가 널 포기하지 않을 거라는 걸 너도 알잖아." 우리 사이에 있었던 감정 대립과 거기서 받은 내 상처를 회피하려는 겉만 번지르르한 말이 아니었다. 반대로 친구를 마구 후려치는 말도 아니었다. 그때 처음으로 상대의 입장에 나를 대입한다는 것이 어떤 의미인지 진정으로 느낄 수 있었다. 아마 당신이 나였어도 어떤 느낌인지 알 수 있었을 것이다. 두 사람 사이의 공간을 열어 모든 것이 자연스럽게 흐르도록 하려면 어떻게 해야 하는지 알 수 있었을 것이다. 이처럼 우리는 상황을 극단으로 몰고 가지 않으면서도 상대가 자신의 통찰력, 용기, 따뜻함과 만나도록 도울 수 있다.

'모든 비난을 자신에게 돌리라'는 매우 중요한 경구다. 대개는 자신이 상처를 입었기 때문에 복수해야 한다는 생각에서 비난을 '상대'에게 돌리기 때문이다. 상대의 입장에 자신을 대입해보는 것은 이론으로 되는 것이 아니다. 다른 사람이 어떻게 느끼고 있는지 상상만으로 되지 않는다. 자신의 본래 모습에 매우 친숙해지고 열린 마음으로 정직하게 대할 수 있어야 비로소 가능하다. 상대와 내가 가진 공통적인 인간됨을 이해하고 나서야 상황에 적절하게 대응할 수 있다.

자비로운 행동의 기본 토대는 자신이 원치 않는 부분이나 수용할 수 없는 부분에 맞서 싸우는 것이 아니라, 그것으로 변화를 일으킬 수 있어야 한다는 것이다. 그래야 수용할 수 없고 원치 않는 자신의 일면이 '저기 바깥에' 나타나더라도 자신에 대한 자애를 가지고 그것과 올바른 관계를 맺을 수 있다. 이는 생색내는 태도가 아니라 가슴에 진실한 통합적인 접근법이다. 우리는 마음을 담고 화를 내거나 상처받고 발끈해봤기 때문에, 나 자신 안에서 부정적인 경험들과 관계를 맺어봤기 때문에 이 말이 의미하는 바를 알고 있다.

자비로운 행동은 문제 해결 방법이 아닌 보다 열린 마음으로 용기 있게 접근하는 방법에 대한 것이다. 앞으로 무슨 일이 일어날지 아는 것과 무관하고, 발밑에 튼튼한 토대를 구축하는 것과도 관계없다. 성과에 대한 기대 없이, 일어나는 모든 일에 가슴과 마음을 열어두는 것에 대한 것이다. 문제 해결이란 일단 문제가 존재한다는 생각, 다음으로 그 문제에 대한 해결책이 존재하고 있다는 생각이 전제되어 있다. 문제나 해결이라는 개념은 우리를 적 아니면 성인군자, 옳은 길 아니면 잘못된 길이라는 이분법적 사고에 가둔다. 로종의 가르침에서 제안하는 접근법은 이런 식으로 이분법적 구분을 짓지 않는 방식이다.

"태도는 바꾸되, 자연스러움은 지속하라" 혹은 "당신의 태도를 변화시키되 편안하게 이완하라"라는 핵심 경구가 있다.

자비로운 관계, 자비로운 대화, 자비로운 행동을 위해서는 근본적인 태도의 변화가 필요하다. '나는 도움을 주는 사람이고, 상대방은 누군가의 도움이 필요한 사람'이라는 개념은 일시적인 방편일 뿐 근본적으로는 아무것도 변화시키지 못한다. 그런 이분법적인 세계관으로는 진정으로 마음과 마음이 소통할 수 없다.

로종의 가르침에서 말하는 것처럼, 태도의 근본적 변화란 바람직하지 않은 것을 들숨과 함께 들이마신 뒤 바람직한 것을 날숨과 함께 내쉬는 것이다. 그렇지만 우리가 살고 있는 지구에는 불쾌한 것은 밀쳐내고 즐거운 것은 단단히 붙잡으려는 태도가 만연해 있다.

태도의 변화는 하루아침에 일어나지 않는다. 천천히 점진적으로 각자의 속도에 맞게 일어난다. 스스로 받아들이기 어려운 자신의 일면에 저항하기를 멈추고 날숨과 함께 자기 안으로 받아들인다면 우리는 훨씬 여유로운 공간을 마련할 수 있다. 이때 더 이상 옷장에 숨은 괴물도, 동굴에 사는 악마도 아닌 자신의 모든 면에 대해 알게 된다. 불이 켜진 것처럼 자신을 정직하고 큰 자비심으로 바라볼 수 있게 된다.

태도 변화는 일상적인 차원에서 시작할 수도 있다. 즉, 일이 즐겁고 잘 풀려갈 때 날숨과 함께 그 즐거움을 바깥으로 내보내 다른 사람들과 함께 나눈다. 이 역시 자신뿐 아니라 모든 사람을 위한 공간을 만든다. 이렇게 하면 우리 안의 신선함이나 열린 마음에 연결되지 못하게 방해하던 내면의 장애물이 사라지기 시작한다. 이처럼 고통과 즐거움을 지금까지와 완전히 다르게 그리고 용감하게 다루는 것이 태도의 근본적인 변화다.

우리가 고통에는 다가서고 즐거움은 나누는 식으로 고통과 즐거움을 다룬다고 해서 그것이 '애써 웃음 지으며 마지못해 견뎌야 한다'는 의미는 아니다. 그보다 훨씬 가볍고 장난스러운 방식이다. 말하자면 고통이나 즐거움과 함께 춤을 추는 것이라고 할까. 그동안 느껴왔던 분리감이 실은 터무니없는 착각이었음을 깨닫게 된다. 모든 것이 처음부터 분리된 것이 아니었다는 깨달음에 눈을 뜬다. 나와 별개로 존재하는 것처럼 보이는 사람들이 실은 나 자신을 비추는 거울이라는 통찰이 일어난다. 이것이야말로 참된 자비심으로 가득한 행동의 토대가 된다. 나 자신과 친구가 되면 타인과도 친구가 될 수 있다. 반대로 타인에게 해를 입히는 것은 곧 나 자신을 다치게 하는 것이다.

또 다른 경구는 이렇게 말한다. "항상 세 가지 원칙을 지키라." 첫 번째 원칙은 '맹세한 서원을 반드시 지켜라'이다. 불교도가 되겠다는 귀의 서원, 그리고 타인을 이롭게 하겠다는 바람을 표현한 보살 서원을 반드시 지키라는 것이다. 두 번째 원칙은 '과시하지 말고 극단적인 행동을 자제하라'이다. 세 번째 원칙은 '항상 인내심을 키우라'이다. 세 가지 원칙을 정리하면, 자신이 맹세한 서원을 반드시 지키는 것, 극단적 행동을 삼가는 것, 인내심을 기르는 것이다.

자신이 맹세한 서원 지키기

첫 번째 원칙인 '자신이 맹세한 서원을 지켜라'는 특히 귀의 서원과 보살 서원을 맹세한 사람들에게 적용되는 대목이지만, 이 서원에 대해 조금이라도 아는 것은 누구에게라도 도움이 된다. 귀의 서원은 기본적으로 자기 자신이 귀의처가 되겠다는 헌신적 태도다. 본질적으로 언제나 안정을 구하기보다 알지 못하는 미지의 영역에 기꺼이 발을 들여놓겠다는 태도다. 이런 서원을 맹세하는 것은 이제 자신에게 강하게 집착하지 않는 것이 건강을 유지하고 완전한 인간이 되는 방법이라고 생각하기 때문이다. 당신은 자신에게 집착하는 상태를 넘어서기를 원한다. 더 이상 자신을 두려워하지도 않는다. 그리고 자신의 귀의처가 될 수 있다. 스스로를 두려워하지 않으면 더 이상 안전하게 숨을 장소도 필요하지 않기 때문이다.

보살 서원의 이미지는 다른 사람을 두려워하지 않는 것이다. 보살 서원을 맹세한 당신은 창문과 문을 활짝 열어 모든 살아 있는 존재를 손님으로 맞아들인다. 자신에게 집착하는 것이 쓸데없고 괴로운 일임을 깨닫고 이제 다음 단계로 나아가 다른 사람과 함께 하고자 한다.

자신이 다른 사람과 함께하는 이유가 당신이 그들보다 더 현명하기 때문에 당신의 현명함을 전파하기 위해서라고 생각할 수도 있다. 그러나 더욱 심오한 통찰은 앞으로 나아갈 수 있는 유일한 방법이 그 문과 창문을 활짝 열고 더 이상 자신을 방어하지 않는 것임을 깨닫는 것이다. 또 어떤 일이 닥치더라도 기꺼이 받아들이는 것임을 깨닫는 것이다. 이때 남을 돕겠다는 바람은 자기 자신과 친구가 되게 하는 동기가 된다. 남을 돕는 것과 자신과 친구가 되는 것, 이 둘은 함께 작용한다. 그래서 자신과 친구가 되지 못하면 다른 사람을 도울 수도 없다.

극단적 행동 삼가기

두 번째 기본 원칙은 극단적인 행동을 삼가는 것이다. 자신은 영웅이나 조력자 또는 의사이고, 자신 이외의 모든 사람은 희생자, 환자, 약자, 불쌍한 사람이라고 생각한다면 분리의 관념은 계속해서 일어날 것이다. 누군가가 더 많은 음식과 더 좋은 집을 가질 수도 있다. 물론 음식이나 집은 우리에게 꼭 필요한 것들이긴 하지만 더 많이 가진다고 해서 분리, 증오, 공격성과 같은 근본적인 문제가 해결되는 것은 아니다. 또 우리는 조력자로서 자신의 역할에 대해 지나치게 생색을 내고 있는지 모른다. 종종 남을 돕는 것을 정치적 행위로 보기도 한다. 사람들은 자신의 행동을 크게 과시하는데, 이런 행동은 다른 사람을 도와주는 것과 무관한 그저 자기 자신을 돋보이려는 시도일 뿐이다.

1970년대에 유명했던 사진이 한 장 있다. 방위군이 일렬로 늘어서서 반전 시위대를 향하여 총을 겨누고 있는 장면을 찍은 사진이다. 한 젊은 여성이 시위대에서 걸어 나와서 방위군의 한 병사가 겨누고 있는 총구 끝에 꽃을 한 송이 걸었다. 이 사진은 당시 신문에 크게 실렸다. 나중에 그때 총을 겨누고 있던 병사(이 병사는 나중에 열렬한 평화운동가가 되었다.)의 말을 전하는 기사를 읽었다. 그 병사는 당시 젊은 여성이 꽃을 들고 모든 사람에게 웃음을 지으며 과시하는 행동이 몹시 공격적으로 느껴졌다고 했다. 거의 대부분의 젊은 병사들은 자신들이 어떻게 해서 시위대를 향한 발포 대열에 서게 되었는지에 대해 이미 회의에 빠져 있던 터였다. 그런데 그때 꽃을 든 여성이 앞으로 나왔던 것이다. 그녀는 그 병사의 눈을 쳐다보지도 않았고, 그 병사를 사람으로 여기지도 않았다. 모든 것은 겉으로 보여주기 위한 행동일 뿐이었고, 그 사실은 병사들에게 상처가 되었다. 이것이 핵심 포인트다. 우리는 자기 행동의 이면에 무엇이 있는지, 특히 주변에 큰 파장을 일으키는 행동일 경우에 그 이면의 동기가 무엇인지 스스로에게 물어야 한다.

인내심 기르기

세 가지 원칙 중 마지막은 인내심을 기르는 것이다. 비공격성을 기르는 것과 같다. 인내심과 비공격성은 기본적으로 잠시 멈추고 기다린다는 점에서 통렌과 유사하다고 생각한다. 평소 같았으면 고함을 지르거나 뭐라도 집어던지고 싶은 사람과 함께 있다고 하자. 그 사람을 지금까지와 다르지 않게 틀에 박힌 방식으로 대하고 있다. 그러나 이번에는 상대방과 자신의 입장을 한번 바꿔보자고 생각한다. 이런 식으로 인내심을 기르면 지금껏 나와 상대에 대한 고정된 생각이 조금씩 변하기 시작한다. 속도를 내는 대신 조금만 느긋해져도 자신과 상대에게 마음의 공간을 허용함으로써 일단 멈추고 기다리는 법을, 상대의 말에 귀 기울이고 찬찬히 들여다보는 법을 배울 수 있다.

'말하기 전에 열까지 세라'는 오래된 격언과 조금 비슷하다. 이렇게 하면 일시 정지가 가능해진다. 두렵거나 화가 나면 아드레날린이 분비되고, 자연스럽게 속도가 빨라진다. 때로는 속도를 높이는 것 자체가 우리를 현재로 돌아오게 만들기도 한다. 이를 이용해 속도를 늦추고, 상대의 말에 귀 기울이며 바라보고, 기다리면서 인내심을 기를 수 있다.

"독 있는 음식을 버리라"와 "신을 악마로 만들지 마라"는 경구는 자신의 행동이 제대로 된 수행인지('신' 혹은 '좋은 음식'인지) 알 수 있는 사람은 오직 당신밖에 없다는 경고이다. 우리는 어떻게 해서든 자신을 드러내고, 문제를 해결하며, 상황을 진정시키고, 모든 것을 통제 가능한 상황에 두려고 한다. 방문이나 창문을 꼭꼭 걸어잠근 채 자신을 방 안에 가두려고만 한다면 좋은 음식은 독 있는 음식으로, 신은 악마로 변하고 만다.

자비로운 행동에 대한 경구가 또 있다. "가장 큰 번뇌로 가장 먼저 수행하라." 자신에 대한 자애심을 계발하는 것이야말로 자비로운 소통과 인간관계의 바탕이다. 기회는 오직 지금뿐, 나중은 없다. 가장 큰 번뇌란 당신이 가장 큰 장애로 여기는 것을 말한다. 이 경구는 지금 자신이 가장 막혀 있다고 느끼는 지점에서 시작하라고 한다. 가장 막혀 있는 부분과 친구가 되면 그보다 작은 장애물은 저절로 해결될 것이다.

분노, 질투, 두려움 같은 장애물은 매우 극적이기 때문에 감정의 생생함 그 자체로도 통렌 명상을 하는 계기가 될 수 있다. 우리는 일상의 사소한 짜증을 당연한 것으로 여긴 나머지 적절하게 다뤄야 한다는 생각조차 못하는 경우가 많다. 어쩌면 모습을 잘 드러내지 않는 사소한 짜증이 가장 다루기 어려운 장애물인지 모른다. 지금 자신에게 사소한 짜증이 일어나고 있다는 걸 알아보는 유일한 방법은 정당한 분노를 느끼는지 살피는 것이다. 정당한 분노를 느낀다는 것은 누군가가 자신에게 집착하고 있음을 알려주는 신호다. 그 누군가는 아마도 당신 자신일 것이다.

보다 큰 번뇌나 자신의 가장 답답한 부분으로 수행을 시작하면 사소한 번뇌도 더 분명하게 드러난다. 하지만 사소한 번뇌로 수행을 시작하면 마치 당신의 손이나 코처럼 자신과 별개의 장애물로 여겨지지 않는다. 그래서 번뇌가 일어나도 알아차리지 못하고 그냥 그러려니 한다.

가장 큰 장애물은 가장 큰 지혜다. 모든 원치 않는 것들을 날카롭게 관통하는 뭔가가 있는데, 거기에는 큰 지혜가 존재한다. 화나 분노가 자신의 가장 큰 장애물이라고 하자. 어쩌면 중독이나 갈망 같은 것일 수도 있다. 이 장애물은 온갖 종류의 갈등과 긴장, 스트레스를 낳는다. 동시에 모든 혼돈과 미망을 꿰뚫는 예리함도 지니고 있다. 갈등, 긴장, 스트레스와 혼돈, 미망을 꿰뚫는 통찰이 공존하는 것이다.

가장 큰 번뇌에 직면했다고 느낄 때, 너무나 거대한 그 번뇌로부터 빠져나갈 방도가 없다고 느낄 때는 모든 지어낸 이야기와 내면의 대화를 그저 내려놓아라. 그냥 지금 느끼는 감정을 온전히 자각하라. 언어가 일어났다 사라지게 내버려둬라. 언어 밑에 있는 본질적인 것으로 들어가라. 이것이 우리가 들숨과 함께 고통을 들이마시는 이유이고, 깊은 차원에서 자신과 친구가 되려는 이유이다. 이 과정에서 우리는 모든 살아 있는 존재들과 친구가 된다. 삶이란 원래 그런 것이기 때문이다. 큰 번뇌로 수행을 시작하라는 경구는 지금이야말로 우리가 가진 유일한 시간이며, 가장 큰 번뇌가 가장 커다란 지혜가 될 수 있음을 말한다. 그저 분리된 자기만의 방 안에 편안하게 안주하고 싶다면 이 작업이 매우 위험하게 느껴질 것이다. 자비로운 행동으로 나아가는 길은 들숨과 함께 고통을 들이마시면서 직접 시험해 보는 데서 시작한다. 그것이 자신에게 진실한 울림을 주는지 알아보는 데서 시작한다.

열여덟

모든 행동에는 책임이 따른다

자기 행동에 책임진다는 것은

판단하지 않는 것,

온화하고 정직하게 자신을 바라보는 것,

어떤 어려움 속에서도 앞으로 나아가는 것이다.

다른 사람을 돕는다는 것은 어떤 의미일까? 만물을 자연스러운 방식으로 진화하게 하는 힘은 무엇일까? 이제 소개할 경구들이 어느 정도 답을 줄 것이다. 각 경구는 모두 '~하지 마라'로 끝난다. 나는 이 경구들을 '진실의 폭로'라고 부른다.

자신의 행동에 책임진다는 것은 자기 안의 보리심을 깨우는 것이다. 책임지기 위해서는 상황을 명료하게 볼 수 있는 자질이 필요하기 때문이다. 또 책임진다는 것은 온화함이다. 판단하지 않는 자세, 즉 무언가를 옳다 그르다 혹은 좋다 나쁘다와 같이 이분법으로 재단하지 않고 온화하고 정직한 태도로 자신을 바라보는 자세를 말한다. 마지막으로, 자신의 행동에 책임진다는 것은 어떤 어려움 속에서도 앞으로 나아가는 자세다. 앞에서는 '내려놓는다'는 말로 표현했다. 개인적 차원에서 내려놓음으로써 승자와 패자, 학대자와 피학대자, 좋은 사람과 나쁜 사람 같은 정체성에 이리저리 휘둘리지 않고 앞으로 나아갈 수 있다. 그저 자신의 행동을 최대한 명료하게, 자비로운 마음으로 바라본 다음 계속 나아가면 된다. 그러면 다음 순간, 언제나 새롭고 열린 상태가 펼쳐진다.

우리는 어떠한 정체성에도 얽매일 필요가 없다.

　게리 라슨Gary Larson이 그린 만화가 있다. 두 화성인이 바위 뒤에 숨어 있다. 둘은 길 한쪽과 바위 앞쪽에 거울을 설치했다. 그 아래로는 한 남자와 여자가 걸어가고 있다. 화성인 하나가 다른 화성인에게 말했다. "그들이 거울 속에 비친 자기 모습을 공격하는지 지켜보자고."

　우리들은 타인 안에 있는 우리 자신의 이미지를 끊임없이 공격한다. 대개 그 이미지는 자신과 동떨어져 '바깥 저쪽'에 존재하고 있는 것처럼 보인다. 남성이라고 비난하고, 여성이라고 비난하고, 흑인이라고 비난하고, 백인이라고 비난하고, 정치가라고 비난하고, 경찰이라고 비난한다. 우리는 끊임없이 누군가를 비난하고 싶어 한다. 그럼으로써 비난을 '바깥 어딘가'에 두고 싶어 한다. 하지만 '바깥 어딘가'라는 것도 결국 우리 자신의 몸이다. 함께 하려고 하지 않고 맞서 싸우려고만 하면 결국 자기 자신과도 멀어지게 된다. 이런저런 방식으로 자신에게 갑옷을 단단히 입혀서는 어떻게 해도 자신의 여린 지점으로 돌아가지 못한다. 병을 낫기 위해 엉뚱한 약을 먹는 셈이다.

다음에 소개할 경구들은 의미심장한 메시지를 전한다. 첫 번째 경구는 "다른 사람의 상처를 입에 올리지 마라"이다. 다른 사람의 결점에 대해 떠들어대지 마라는 의미다. 우리는 테이블에 둘러 앉아 모티머의 입 냄새에 대해 이야기하며 모두들 만족해 한다. 뿐만 아니라 모티머는 비듬도 있고 웃는 소리도 경박한 데다 멍청하기까지 하다고 떠들어댄다. 우리는 다른 사람의 결점에 대해 이야기할 때 일정한 안정감을 얻는다. 그런데 그렇지 않은 척하며 이렇게 말한다. "저기, 후아니타가 물건을 훔치는 도벽이 있다는 걸 알고 있었어?" 그러고는 또 말한다. "오 저런, 이 말은 하지 말았어야 하는데. 미안, 내가 무례한 말을 했네. 앞으로는 안 그럴게." 계속해서 이런 식으로 후아니타를 비방한 것에 대해 사람들이 자신을 나무라지 않을 정도로, 하지만 후아니타에게는 반감을 가질 만큼 떠들어댄다.

다음으로 "다른 사람에 대해 깊이 생각하지 마라"는 경구가 있다. 자신을 치켜세우기 위해 다른 사람을 깎아내리는 것에 대해 말하고 있다. 아마도 마음속으로 그럴 것이다. 사람들이 눈살을 찌푸릴 수 있으니 입 밖으로 내뱉지 않지만 마음속에서는 모티머에 대해 이러쿵저러쿵 끊임없이 지껄인다. 옷 입는 방식이나 걸음걸이가 마음에 안 든다든지, 당신은 미소를 보냈는데 차가운 시선으로 쏘아봤다든지 하는 식이다. "이 정도면 됐어. 여기 도착한 날부터 줄곧 나는 모티머를 비난했어. 이제부터는 친구가 되기 위해 노력하겠어." 이렇게 말해도 모티머는 당신의 해맑은 거짓 미소에 얼음장처럼 차가운 시선으로 대한다. 그래서 명상하는 내내 모티머가 당신을 대하는 불쾌한 방식에 대해 계속해서 생각한다. 끊임없이 이어지는 생각에 '생각'이라고 이름을 붙이지도, 들숨과 함께 들이마시지도 않는다. 모티머와 입장을 서로 바꿔보자는 생각도 떠오르지 않을 뿐더러 모티머에게 감사한 마음도 느끼지 못한다.

"뻔히 예측할 수 있는 사람이 되지 마라." 지나치게 '속이 뻔히 보이는 사람이 되지 마라'는 것이다. 아주 흥미로운 경구다. 우리가 얼마나 예측 가능한 존재인지는 광고계에 종사하는 사람들이 잘 안다. 그들은 사람들이 제품을 사고 싶게 만들기 위해 광고판에 뭘 올려야 하는지 정확히 알고 있다. 교육을 잘 받은 똑똑한 사람이라 해도 광고에 유혹당하는 경우가 허다하다. 우리가 예측 가능한 존재이기 때문이다.

특히, 좋아하지 않는 것은 밀어내고 좋아하는 것은 통째로 먹어치우는 데 엄청난 시간과 노력을 쏟는다는 점에서 우리는 백퍼센트 예측 가능한 존재다. 누군가가 당신에게 잘 대해주면 기억했다가 그 친절에 보답하고 싶을 것이다. 반대로 누군가가 당신에게 해를 입히면 당신은 평생토록 기억하며 어떤 식으로든 복수하고 싶을 것이다. 이것이 '뻔히 예측할 수 있는 사람이 되지 마라'는 경구의 의미다. 즐거움과 고통에 늘 뻔히 예측 가능한 반응을 보이지 마라. 잘못된 약을 계속 복용해서는 안 된다.

다음 경구는 이해하기 쉬울 것이다. "험담하지 마라." 우리는 다른 사람을 험담하는 데 많은 에너지와 시간을 쏟는다. 당신과 문제를 일으키고 있는 누군가가 있을 수 있다. 문제의 그 사람이 펄이라는 여자라고 하자. 그런데 알고 보면 그녀도 가여운 사람이다. 언제나 자신이 소외당하고 있다고 느끼는 그녀를 볼 때마다 어머니가 생각난다. 당신 어머니도 그랬기 때문이다. 펄과 어머니가 혼재되면서 당신 안에 잠들어 있던 묵은 감정들이 자꾸만 올라온다. 그래서 가여운 펄을 볼 때마다 마음이 편치 않다. 그런데도 당신은 펄이 어떤 사람인지, 그녀에게 무슨 일이 있는지에 대해 눈곱만큼도 관심을 갖지 않는다. 한마디로 펄과 소통하고 싶지 않은 것이다. 대신 그녀를 좋아하지 않는다는 데서 일종의 만족감을 느낀다. 그렇게 당신은 가여운 펄에 대해서든, 또는 누구에 대해서든 스스로 이야기를 지어내느라 많은 시간과 에너지를 낭비한다.

다음 경구인 "숨어서 기다리지 마라"도 역시 진실을 적나라하게 드러낸다. 당신은 지금껏 좋은 사람이 되어야 한다는 가르침을 받으며 자랐지만, 자신이 그렇게 좋은 사람은 아니라고 생각한다. 어쩌면 남편도 잘 모르는 그에 대한 뭔가를 당신만 알고 있을 수 있다. 적당한 때가 될 때까지 그 뭔가를 슬쩍 감추고 있다가 불쑥 남편에게 꺼내는 것이다. 어느 날 남편과 대판 싸우는 중에 무척 열에 받쳤다. 남편이 아주 멋지게 모욕적인 말을 날리자, 순간 당신은 그간 감춰뒀던 비장의 무기를 꺼내 남편에게 한 방 먹인다. 이것이 '숨어서 기다린다'는 말의 의미다. 적당한 때가 올 때까지 끈기 있게 기다린 다음, 상대방에게 제대로 앙갚음하는 것이다. 이는 진정한 전사의 길이 아니다. 겁쟁이의 면모일 뿐이다. 그저 상대를 이기려고만 하는 당신에게는 진정한 소통을 하려는 의지가 없다. 낡은 패턴을 변화시키려면 상대방과 진심으로 소통하려는 열망이 있어야 한다. 상대의 말을 진심으로 귀 기울여 듣고 자기 가슴에서 우러나오는 말을 할 수 있어야 한다.

다음 경구인 "구태여 고통스럽게 하지 마라"도 어떤 면에서는 같은 메시지를 전한다. 이 말에는 인간적인 비극이나 희비극적 상황을 드러내는 묘한 뉘앙스가 깃들어 있다. '구태여 고통스럽게 하지 마라'를 '다른 사람에게 굴욕감을 주지 마라'라고 표현할 수도 있다. 타인에게 고통을 주면 우리 스스로가 상처받고 분리감을 느끼기 때문에, 그래서 우리 자신이 고통스럽기 때문에 이 경구를 따라야 한다. 자신의 느낌과 친구가 되고나서 다른 사람과 나누지 못하면 그저 '우리'와 '그들'이라는 구도가 강하고 견고하게 지속된다. 생태계 파괴를 비롯한 지구상의 온갖 고통을 일으키는 원인도 이런 구도에서 비롯했다. 이 모든 고통은 사람들이 자기 자신과 친구가 되지 못해서, 골칫덩이라고 생각하는 사람과는 소통하지 않으려 해서 생긴 것이다. 우리는 이런 식의 싸움터나 전쟁 지역에 꼼짝없이 갇혀서 지낸다.

다음 경구는 "황소의 짐을 암소에게 전가하지 마라"이다. 자신의 짐을 남에게 떠넘기지 말라는 의미다. 당신이 후안의 상사라고 하자. 선뜻 하고 싶지 않은 일이 생기자 당신은 그 일을 후안에게 떠넘긴다. 자신이 지고 싶지 않은 짐이기 때문에 그냥 다른 사람에게 떠넘기는 것이다. 아틀라스가 등장하는 그리스 신화에도 비슷한 대목이 나온다. 신화에서 아틀라스가 길을 걷고 있는데 누군가 불쑥 말을 건넨다. "오, 아틀라스, 지구를 잠시만 지고 있어주겠나?"

우리는 그런 일을 저지른다. 어떤 것이 마음에 내키지 않을 때, 실제로 그 싫은 느낌을 어떤 식으로든 스스로 처리한 뒤에 상대방과 나누려고 하지 않는다. 또 그러한 상황을 털어놓고, 뭐부터 해야 하는지 솔직하고 용감하게 다가가지도 못한다. 대신에 그저 자신이 진 부담을 다른 사람에게 떠넘기는 데 급급하고, 그 짐을 대신 져주기를 바란다. '남에게 책임을 전가한다'는 표현은 이럴 때 쓰는 말이다.

다음 경구는 "왜곡하지 마라"이다. 기만하지 말라는 의미로, '독 있는 음식을 버려라'거나 '신을 악마로 만들지 마라'는 경구와 비슷하다. 어쩌면 당신이 모든 비난을 기꺼이 자신에게 돌리려는 이유가 사람들이 당신을 봐주기를, 그래서 좋은 사람이라 생각해주기를 바라기 때문인지 모른다. 당신의 동기는 분명 '왜곡'이다. 누군가가 당신에게 못되게 굴 때 당신은 로종의 가르침을 떠올리는데 이 역시 왜곡일 수 있다. 모든 이의 존경을 받는 상냥한 사람인 당신은 "후아니타, 저리 꺼져버려!"와 같은 거친 말을 내뱉지 않는다. 그러나 사람들은 당신에게 못되게 군 후아니타를 점점 더 싫어한다. 성인군자처럼 구는 당신의 행동이 후아니타를 함정에 빠뜨린 것이다. 이는 분명 왜곡된 행동이다. 달콤한 복수 방법은 이처럼 매우 다양하다.

마지막으로 "남의 아픔에서 자신의 행복을 구하지 마라"는 경구가 있다. '남의 아픔을 자신의 행복의 수단으로 삼아서는 안 된다'는 의미다. 우리 삶에 등장하는 골칫덩이들이 트럭에 치이거나 파산하는 불운을 겪으면 우리는 내심 고소해 한다. 내게도 이런 사람들이 몇 명 있는데, 그들이 내게 편지를 보내 자신의 상황이 나빠지고 있다고 이야기하면 얼마나 기분이 좋은지 모른다. 간혹 이런 내 모습에 놀라기도 한다. 반대로 그들이 잘 되어간다는 이야기를 들으면 괜한 불쾌감이 밀려든다. 아직도 내 머릿속에는 해를 입은 기억이 그대로 남아 있어서 그들이 계속 내리막길을 걷다가 결국 고통스럽게 죽음에 이르기를 내심 바라는 것이다. 이렇게 우리는 남의 고통을 자신의 행복으로 삼는다.

이 경구들은 인간이라는 종種에 대한 흥미로운 연구로, 자신의 행동에 매우 정직해야 한다는 것을 보여준다. 우리는 이런 자신의 모습을 봄으로써 자비심을 갖게 된다. 자신을 연구하는 것이 곧 인류 전체를 연구하는 것과 다름없기 때문이다. 수도자의 계율을 보면 부처님 당대에 비구와 비구니들이 실제로 어떻게 살았는지 짐작할 수 있다. 예를 들면, 수도자는 공양으로 고기를 더 많이 받기 위해 이미 받은 고기를 쌀로 덮어서는 안 된다. 또 방을 혼자 독차지할 목적으로 일부러 같이 방을 쓰는 도반을 화나게 만들어서도 안 된다. 이 계율들은 부처님 당시부터 전해내려 오는 실제 계율이다.

세계의 모든 만화와 웃기고 재미있는 영화들은 예외 없이 이 경구들이 말하는 것을 소재로 삼는다. 우리는 이런 행동을 해놓고도 인지하지 못하거나 안다 해도 마치 큰 죄를 지은 것처럼 느낀다. 그래서 그 느낌으로부터 도망치거나 호들갑 떨면서 생각한다. "남을 헐뜯다니. 지구에 살 자격이 안 돼. 대체 나는 지구에 얼마나 큰 짐인가. 나 자신에 대해 알면 알수록 더 잘 보여. 그런데도 계속해서 험담을 하다니. 나에겐 더 이상 희망이 없는 것 같아." 반대로 정직하게, 유머감각을 잃지 않으며 있는 그대로 자신의 행동을 바라볼 수도 있다. 그래야 계속해서 앞으로 나아갈 수 있고, 잘못된 행동으로 자신의 정체성을 만들지 않을 수 있다.

그러나 여전히 의문이 한 가지 남는다. 내가 최악이라고 느낄 때, 질투심을 느끼거나 복수심에 불타오를 때 어떻게 하는 것이 최선이라는 말인가? 첫 단계는 불쾌한 경험 속으로 풍덩 하고 들어가야 한다. 그 느낌과 친구가 되는 것이다. 다음으로 자신에게 아픔과 고통을 안겨준 주범으로 여기는 사람과 소통하는 법을 배운다. 이때의 소통은 그들이 틀렸고 당신이 옳다는 것을 증명하기 위함이 아닌 가슴에서 우러난 진정한 소통을 말한다. 이 과정은

평생에 걸친 심오한 여정으로, 쉽고 빠르게 해치울 수 있는 일이
아니다.

Start Where You Are

열아홉

가슴에서 우러난 소통을 하라

때로는 어떤 말이나 행동이 아닌

그저 함께 있어주는 것만으로도

가장 깊은 소통이 일어난다.

자비로운 행동에 대해 살펴보자. 우리는 자신의 경험, 특히 고통스러운 경험으로부터 일정한 거리를 두고자 하는 성향이 강하다. 그런데 우리를 그 경험으로 더 가까이 다가갈 수 있게 용기를 주는 것이 있으니, 바로 '다르마'이다. 자비로운 행동을 설명하는 수많은 단어 중에서도 강조하고 싶은 단 하나는 '소통', 특히 가슴에서 우러난 소통이다.

"모든 행위를 할 때, 오직 한 가지 의도를 가지고 행하라." 이 경구에서 한 가지 의도란 보리심을 일깨우는 것, 우리 가슴을 일깨우는 것을 말한다. '모든 행동은 소통하겠다는 의도를 가지고 행해야 한다'라고 바꿔 말할 수도 있다. 매우 실제적인 제안으로 모든 행동은 상대가 당신의 말을 들을 수 있게 말하겠다는 의도를 가지고 행해야 한다. 서로 간에 장벽이 높아지고 귀를 닫게 하는 말을 사용해서는 안 된다. 이 과정을 통해 우리는 귀 기울여 듣는 법과 바라보는 법을 배운다.

'모든 행위를 할 때, 오직 한 가지 의도를 가지고 행하라'와 어울리는 매우 신랄한 경구가 하나 있다. "늘 분노를 일으키는 것에 대해 명상하라." 우리가 느끼는 분함은 장애물이 아니라 우리가 어떻게 행동해야 할지 상기시켜주는 매개물이다. 짜증나고, 초조하고, 두렵고, 절망적인 느낌은 보다 주의 깊게 귀 기울이라는 신호다. 또 말하는 것을 멈추고 상대를 살펴보고, 상대의 말에 귀 기울이라는 의미다. 통렌 명상으로 마음에 공간을 허용하라는 의미다.

예를 들어, 당신 앞에 서 있는 사람을 싫어한다고 하자. 당신은 조금 전까지만 해도 배고픈 사람에게 음식을 주고자 했다. 그런데 지금은 관료나 정치인 같은 적을 상대로 이야기하고 있다. 점점 더 그들에게 화가 날 뿐, 어떤 일도 일어나지 않는다. 당신이 더 화를 낼수록 그들은 점점 더 완고해지고, '나'와 '그들'의 구도가 점점 심각해지면서 극단으로 치닫는다.

분하다고 느낄 때 내뱉는 말과 행동, 머리에 떠오르는 생각은 우리가 원하는 결과를 가져다주지 못한다. 게다가 너무나 공격적인 상태이기 때문에 우리가 하는 행동은 세상의 평화와 조화에 아무런 기여도 하지 못한다. 분함은 자신이 잘못했다고 느끼게 하는 게 아니라 고통과 어색함에 마음을 더 열게 만들기 때문이다.

진정한 소통을 원한다면 자신이 어떻게 행동해야 하는지 확실히 알고 있다는 생각부터 내려놓아야 한다. 자신이 할 말만 잔뜩 머릿속에 집어넣은 채로 상대를 만나면 바로 앞에 있는 사람을 제대로 볼 수가 없다. 5개년 계획 따위는 완전히 내려놓고, 있는 그 대로의 상황 속으로 들어가야 한다. 어색한 느낌이 들더라도 온전히 받아들일 수 있어야 한다. 지금부터 무슨 일이 일어날지, 무엇을 하게 될지 알 수 없더라도 말이다.

"세 가지(행동, 말, 생각)를 따로 떼어서 생각하지 마라"는 경구는 당신의 행동, 말, 생각이 가슴에서 우러난 소통을 향한 열망과 동떨어져서는 안 된다는 것을 말한다. 당신이 내뱉는 어떤 말도 자칫하면 상황을 극단으로 몰아가 자신이 분리된 존재라고 확인시켜 줄 수 있다. 반대로 당신의 모든 말, 행동, 생각이 소통하고자 하는 당신의 열망을 지지해줄 수도 있다. 또 옴짝달싹 못하게 당신을 붙들고 있는 분리와 소외라는 미신에서 벗어나 상대에게 가까이 다가가고자 하는 열망도 지지해줄 수 있다.

뭔가 잘못됐다고 느낄 때면, 우리는 언제나 그 상황에 복수하는 것만을 생각한다. "잘못된 점을 바로잡을 때도 오직 한 가지 의도를 가지고 행하라"는 경구는 우리가 그러한 상황을 좀더 가볍게 만들어 공간을 만들 수 있게 해준다. 여기서 '한 가지 의도'란 자신과 상대의 입장을 바꿔 놓고 생각하는 것을 말한다. 입장 바꿔 생각하기, 이것이 핵심이다. 오직 한 가지 의도를 가지고 잘못된 점을 바로잡는다는 것은 들려오는 말에 귀를 기울이는 것이고, 지금 내 앞에 있는 사람을 똑바로 바라보는 것이다.

무슨 말을 하고 어떻게 행동해야 하는지 모르더라도 그저 지켜보고 기다리면서 머물 수 있는 것이다. 앞에 있는 사람은 이렇게 말할 것이다. "그래, 당신은 어떻게 생각해요?" 혹은 "난 모르겠어요. 당신 방식대로 시도하기 위해 나를 설득시킬 수 있는지 보자고요." 아니면 그저 고함을 지를 수도 있다. 그러면 그때 당신의 입에서 무슨 말인가가 흘러나올 것이다.

소통하는 법을 터득하는 것을 평생의 도전으로 삼는다면 배고픈 사람에게 음식을, 집 없는 사람에게 보금자리를 마련해줄 수 있을 뿐 아니라 근본적인 변화를 일으킬 수도 있다. 이 지구상에 만연한 공격성을 줄이고 협력을 증진시킬 수 있다.

우리는 서로 다르다. 그냥 다른 것이 아니라 아주 다르다. 한 사람에게 공손한 행위가 다른 사람에게는 무례한 행위가 될 수도 있다. 어떤 문화권에서는 식사 후 트림을 하는 것이 무례한 행동인데, 다른 문화권에서는 잘 먹었다는 표시로 통한다. 어떤 사람에게는 역겨운 냄새가 다른 사람에게는 환상적으로 느껴질 수도 있다. 우리는 정말 서로 다르다. 이 사실을 인정해야 한다. 서로 다르다는 사실 때문에 전쟁을 할 것이 아니라 축구 시합을 해보면 어떨까? 이 시합이 조금은 별나게 느껴질 수도 있다. 상대방이 승리를 거두게 하고, 상대가 우리를 패배시키게 허용하는 것이 규칙이기 때문이다. 그렇다고 해서 일부러 지기 위해 시합을 한다는 뜻은 아니다. 우리는 그저 시합을 위해 시합하는 것뿐이다. 서로 다른 팀이지만 우리는 '함께' 경기를 한다. 대단한 내기를 하자는 것이 아니라 그저 함께 시합하는 것이다. 서로 다른 팀들이 존재하기 때문에 시합은 성립된다. 그렇다고 해서 이 시합을 제3차 세계대전이나 지구 멸망으로 이끌 필요는 없다.

내가 가장 존경하는 다르마 스승 가운데 수스 박사(Dr. Seuss)란분이 있다. 그는 인간이 처한 조건을 아주 근사하게 포착해내는 작가이기도 하다. 그의 이야기 가운데 하나는 사람이 좁은 길을 따라 서로를 향해 걷고 있는 장면에서 시작한다. 두 사람은 마침내 바로 앞에서 맞닥뜨렸는데도 상대방이 지나갈 수 있게 길을 비켜주지 않는다. 그러는 동안 모든 사람들은 그들 주변에 다리를 놓고 도시를 건설한다. 그렇게 시절이 흘러가지만 고집불통인 두 사람은 상대방에게 길을 비켜주기를 한사코 거부하면서 평생 그 자리에 그냥 그대로 서 있다. 85년이 지난 후에도 그들은 왜 상대방이 길을 비켜주기를 거부하는지 궁금해 하지 않고, 대화를 해보려는 시도조차 하지 않는다. 움직이지 않고 버티더라도 그동안 흥미로운 논쟁을 벌일 수 있었을 텐데 말이다.

조화를 이루기 위해, 모든 것을 말끔하게 정리하기 위해 노력하는 것이 핵심은 아니다. 만일 그러한 노력이 삶의 목표라면 행운을 빈다. 핵심은 수많은 차이에도 불구하고 우리는 이 지구상에서 함께 살아간다는 것이고, 함께 살아가기 위해 소통한다는 것이다. 그래서 결과가 아니라 과정이 더 중요하다. 공격적인 방법으로 자신의 목표를 달성한다면 실제로 변하는 것은 아무것도 없다.

수스 박사는 스니치Sneetches 족에 대해서도 이야기한다. 스니치

족 중에는 모두가 닮고 싶어 하면서도 모두가 싫어하는 우월한 종족이 있는데, 그들은 배에 별을 달고 다녔다. 그리고 나머지 구성원들은 별이 없었다. 아주 똑똑한 녀석 하나가 스니치 족이 매우 예측 가능한 존재라는 걸 알고는 배에 별을 붙여주는 커다란 기계를 만들었다. 별이 없는 스니치 족은 모두 기계에 들어가서는 배에 별을 붙이고 나왔다. 하지만 원래부터 배에 별이 있었던 스니치 족들은 여전히 자신들이 더 우월하다고 생각했기 때문에 전혀 당황하지 않았다. 이 예측 가능한 상황을 더 촉진하기 위해 똑똑한 녀석은 새로운 기계를 만들었다. 이번에는 들어갔다 나오면 배에 있던 별을 떼어주는 기계였다. 배에 별을 단 모든 스니치 족이 이 기계에 들어가더니 배에 별을 떼고 나왔다. 더 우월했던 스니치 족도 지금은 배에 별이 없다.

　똑똑한 녀석은 이 두 기계를 함께 돌렸다. 스니치 족이 계속해서 이 기계들 안으로 바쁘게 들어갔다 나왔다 하는 사이 돈이 쌓여갔다. 그리고 얼마 지나지 않아 모든 스니치 족이 공(空)을 경험했다. 누가 누구인지, 뭐가 뭔지, 누가 배에 별을 붙인 스니치이고, 누가 별이 없는 스니치인지 알 수 없게 된 것이다. 그렇게 얼마의 시간이 지나자, 스니치 족은 어떤 꼬리표나 선입견 없이 서로를 바라보게 되었다.

또 다른 경구에서는 이렇게 말한다. "삶의 모든 면에서 치우침 없이 수행하라. 온 정성을 기울이고, 온 마음을 다하여 언제 어디서나 이를 행하는 것이 중요하다." 편견 없이 수행하는 것, 이것이 요령이다. 어떤 편견도 없이, 꼬리표 없이 수행하라. 통렌 명상과 로종의 가르침이 도움이 될 것이다. 통렌과 로종은 편견이 생기면 그대로 바라보게 하고, 선입견·분노·분별이 우리를 얼마나 고통스럽게 하는지 알려준다. 또한 우리의 지성과 타고난 선한 마음을 존중하는 강력하고 자비로운 가르침이기도 하다. 자신의 행동을 바라보라. 행동을 반드시 바꿔야 하는 것은 아니니 그저 바라보기만 하라. 변화는 여기서 시작된다. 편견 없이 수행하는 첫 번째 단계는 편견이 일어날 때 그것을 볼 줄 아는 것이다. '늘 분노를 일으키는 것에 대해 명상하라'는 것과 같은 말이다. 그랬을 때 우리는 어떤 상황에서도 세심하고 철저하게 수행할 수 있다.

통렌은 이 경구가 말하는 바를 정확하게 보여준다. 누구를 상대하더라도 세심하고 철저하게 수행하는 것 말이다. 우리는 어떤 상황에서도 이 경구로 수행할 수 있다. 먼저 자신부터 시작하라. 그리고 저절로 자비심이 일어나는 모든 상황으로 수행의 범위를 확장한다. 당신과 당신의 도움이 필요한 사람의 입장을 바꿔보는 것이다. 그런 다음에 조금 더 힘겹게 느껴지는 영역으로 옮긴다.

한 사람도 제외시키지 말고 이 수행을 모든 사람에게로 확장해라. 자신과 무관한 '중립적인' 사람에까지 확장해라. 중립적인 관계야말로 어쩌면 우리가 가장 흔하게 갖는 관계인지 모른다. 중립적인 사람이란 우리가 알지 못하고 평소에 관심조차 두지 않는 사람들을 말한다. 길거리에 나앉은 노숙자일 수도 있다. 우리는 그들을 마주치는 것이 고통스러운 나머지 눈길조차 주지 않은 채 재빨리 지나쳐버린다. 또 우리처럼 노숙인 곁을 빠르게 지나가는 다른 사람들도 중립적인 사람이다. 지금껏 의식하지 않았던 사람들을 위해 통렌 명상을 시작하는 것이 처음에는 어렵게 느껴질 수 있지만 무엇보다 가치 있는 일이다. 지금껏 지나치고 살았던 사람들에게 관심을 갖는 것은 매우 의미 있는 일이다.

저절로 자비심을 일으키는 상황에 맞닥뜨릴 때마다 통렌 명상의 네 단계를 다 밟아야 하는 것은 아니다. 세 번째 단계부터 시작해도 무방하다. 세 번째 단계는 우리가 맞닥뜨린 상황에 깃든 고통을 들숨과 함께 들이마신 다음, 모두에게 도움이 되는 그 무엇을 날숨과 함께 내보내는 단계다. 고통을 들이마신 다음 안도감이나 사랑을 날숨과 함께 내보내는 것이다. 나머지 단계는 생략해도 무방하다. 보리심을 일으킨다거나, 어둡고 무겁고 뜨거운 기운을 들이마시고 밝고 가볍고 시원한 기운을 내쉬며 호흡의 질감을 조정하는 단계를 밟지 않아도 된다. 일상생활에서 즉석으로 통렌 명상을 할 때는 생략해도 상관없다.

자비로운 행동을 하는 열쇠는 누구나 자신을 위해 함께 있어줄 사람이 필요하다는 것이다. 내 친구가 큰 화상을 입어 피부가 심하게 훼손되었다. 나중에 성형수술을 받아 외모가 한결 나아졌지만 사람들이 보기 불편할 정도의 외모로 꽤 오랜 기간을 지내야 했다. 그녀가 사람들과 극단적으로 단절된 시기였다. 간호사들은 병실에 들러 그녀에게 기운을 북돋는 말을 잠깐 하고는 이내 병실에서 사라졌다. 의사들도 병실에 들어와서는 그녀의 얼굴은 보지 않고 차트만 들여다보며 딱 필요한 말만 하고는 가버렸다. 친구의 외모가 너무 불편하다는 이유로 주위의 모든 사람들이 일정한 거리를 두려고 했다. 그녀의 가족과 친구도 예외는 아니었다. 사람들은 의무적으로 그녀에게 전화를 걸어 안부를 물었지만 끔찍한 화상을 입은 이 친구와 대면하는 것은 원치 않았다. 마침내 호스피스 봉사자들이 그녀를 찾아왔다. 그들은 그저 그녀 옆에 앉아서 손을 잡고 같이 있어줬을 뿐 그녀가 정말로 무엇을 원하는지 알지 못했다. 하지만 그들은 그녀를 무서워하지는 않았다. 그녀는 그제야 사람들이 정말로 필요한 것은 다른 사람들이 자신을 무서워하지 않고 거리를 두지 않는 것임을 깨달았다.

통렌 명상이 우리에게 제공하는 것도 그저 다른 사람과 함께 있어주는 것, 그리고 소통하는 것이다. 때로는 어떤 말이나 행동이 아닌 그저 함께 있어주는 것만으로도 가장 깊은 소통이 일어난다.

수행을 더 진전시키려면 자신에 대한 자비심으로 시작하여 자연스럽게 자비심이 일어나는 상황으로 확장한 다음, 한 단계 더 나아가 중립적인 영역으로, 마침내 적에게까지 수행을 확장하는 것이다. 모든 후안에게 감사하라! 솔직히 자신의 적을 위해 통렌 명상을 할 준비가 됐다고 느끼는 사람은 아무도 없을 것이다. 단지 '적'이라는 단어가 문제인 것이다. '적'이라는 단어 뒤에는 엄청난 감정적 에너지와 분노가 자리 잡고 있고, 아주 여린 지점도 존재한다. 그러니 무엇보다도 지금 자신이 존재하고 있는 자리에서, 자신의 느낌에서부터 출발해야 한다. 하지만 동시에 자비심의 범주를 넓히겠다는 열망은 지니고 해야 한다.

보리심을 깨우는 수행을 통해 나는 자비심의 범주가 그 나름의 속도에 따라 자연스럽게 확장되는 것을 알았다. 자비심의 원은 강제로 넓힐 수 있는 것도 아니고, 억지로 꾸며낼 수 있는 것도 아니다. 그렇지만 적을 위해 통렌 명상을 시도할 때 어떤 일이 일어나는지 지켜보면서 자비심을 일으키는 데는 약간의 용기가 필요하다. 적이 지금 당신 앞에 서 있을 때 당신에게 어떤 일이 일어나는지 지켜보는 데는 엄청난 용기가 필요하다. 혹은 명상실에서 통렌 명상을 하기 위해 의도적으로 적을 기억에 떠올리는 데도 큰 용기가 필요하다. 나의 적과 소통하기 위해서는 무엇이 필요할까? 적이 내 말에 귀 기울이게 하려면 어떻게 해야 할까? 또 적이 내게 하려는 말을 내가 편견 없이 듣기 위해서는 어떻게 하면 될까? 가슴에서 우러난 소통을 하는 것, 이것이 통렌 명상의 정수다.

자비심을 더욱 넓혀 모든 살아 있는 존재에게로 수행을 확장시킬 수도 있다. 수행의 범위가 무한히 넓어진다. 그런데 자칫하면 '모든 살아 있는 존재'란 표현을 자신의 고통으로부터 한 걸음 물러서기 위해 사용할 수도 있다. 또는 지금 자신이 처해 있는 상황을 멀고 추상적인 상황으로 만드는 데 이용할 수도 있다. 누군가가 내게 아주 진지하게 말했다. "저는 모든 살아 있는 존재들을 대상으로 통렌 명상을 하는 것은 아주 쉬워요. 그런데 제 남편을 대상으로 하는 건 힘들어요." 분명히 말하지만, 모든 살아 있는 존재를 대상으로 하는 통렌 명상과 자신과 자신이 지금 처한 상황에 대해 통렌 명상 하는 것이 달라서는 안 된다. 자신이 겪고 있는 고통과 연결하는 동시에 지금 이 순간 수많은 존재들이 당신이 겪고 있는 것과 똑같은 고통을 느끼고 있다는 사실을 떠올려보라. 그들의 구체적인 상황이 당신과 다를 수 있지만 그들이 느끼는 고통과 당신이 지금 느끼는 고통은 다르지 않다. 모든 살아 있는 존재와 당신 자신 모두를 위하여 수행하라. 자신과 타인이 실제로 다른 존재가 아니라는 사실을 깨닫게 될 것이다.

Start Where You Are

스물

이상과 현실 사이의 부대낌

인내란 고통이나 즐거움에 대해

습관적인 반응으로 섣불리 덤벼드는 게 아니라

일이 그 자체의 속도대로 전개되게 허용하는 것이다.

진정으로 소통하고자 하고 타인을 돕고자 하는 강렬한 열망이 있으면 머지않아 큰 곤경에 처하게 될 것이다. 그것이 사회적 행동 차원이든, 가족 차원이든, 아니면 공동체 내의 직장이든, 사람들이 우리를 필요로 할 때 단지 함께 있어주는 것이든 말이다. 이상과 실제 발생한 현실이 일치하지 않기 때문이다. 마치 자신이 덩치 큰 거인의 손가락 사이에 끼인 것 같은 느낌이 들 수 있다. 한마디로 진퇴양난인 셈이다.

우리의 이상과 실제 경험 사이에는 간격이 있다. 예를 들어, 자녀 양육에 대해 훌륭한 이상을 갖고는 있다 해도 실제로 아침 식사를 하는데 아무 데나 음식을 흘리는 자녀에게 그 이상을 적용하기가 결코 만만치 않다. 명상에 대해서도 우리는 감정에 휩쓸리지 않은 채 있는 그대로의 감정을 느끼는 일이 얼마나 어려운지 잘 알고 있다. 또 자신이 한없이 비참하게 느껴지거나 완전한 공황상태일 때, 뭔가에 씌인 것처럼 느껴질 때 자신에게 친절하기가 얼마나 어려운지도 잘 알고 있다.

이처럼 이상과 실제 처하게 되는 상황 사이에는 언제나 차이가 있다. 그런데 우리를 성장시키고 백퍼센트 온전히 살아 있는 존재, 자비로운 존재가 되게 하는 것이 바로 이상과 현실 사이에서 겪는 부대낌이다.

이상과 현실 사이의 부대낌은 영적인 길, 특히 가슴을 일깨우는 여정에서 가장 생산적인 장소다. 이런 부대낌이 의미 있는 이유는 우리가 곤란에 처할 때마다 대개는 도망치려 들기 때문이다. 때로는 모든 것을 포기하고 싶어 한다. 마치 극도로 불편한데도 몸을 좀처럼 움직일 수 없을 만큼 '완전히 소진한' 상태이거나 개가 당신 팔뚝을 심하게 물었는데도 개를 떼어낼 수 없는 상황과 같다. 이런 곤경에 처하면 엄청난 위기의 시기처럼 느껴진다. 깨어나고자 하고 다른 사람들을 돕고자 하는 열망을 가지고 있어도 그게 마음처럼 되지 않는다. 그래서 처한 상황을 수긍하는 일도 어렵고 거부하는 일 또한 어렵게 느껴진다. 그런데 이런 곤란한 상황에 처하면 좀더 겸손해지는 동시에 넓은 시야를 갖게 된다. 곤란한 상황이 우리를 부드럽게 하고, 시야를 넓혀준다는 점은 대단히 흥미롭다.

명상 수행을 통해 우리는 거부하지 않는 것뿐 아니라 집착하지 않는 것에 대해서도 배운다. 우리는 살면서 '거부하지 않는 동시에 집착하지 않는 것' 같은 역설적 상황에 수없이 부딪친다. 거부하느냐 거부하지 않느냐, 둘 중에 하나를 선택하기가 쉽지 않다. 한 가지를 선택하지 못해서 둘 다 하지 않거나 둘을 동시에 하는 경우도 있다.

트룽파 린포체의 장남인 사왕Sawang과 함께 가르침을 전하는 장소에 초대받은 적이 있었다. 내가 어떻게 처신해야 할지 위치가 분명하지 않은 자리였다. 때때로 별도로 마련된 문을 지나 특별 좌석에 앉는 대단한 인물로 대접받으면 이런 생각이 들었다. "그렇지, 난 대단한 인물이지." 그래서 사물의 이치에 대한 거창한 개념들을 들먹이며 내 생각을 쏟아내기 시작했다. 그랬더니 사람들이 내게 말했다. "오, 아니에요. 그냥 바닥에 앉아서 청중들과 함께 어울리면 돼요." 그래, 나에게 전달된 메시지는 가르치는 스승처럼 행동하지 말고 그저 보통 사람처럼 평범하게 처신하라는 것이었다. 그런데 겸손하게 행동하는 데 익숙해지자마자 이번에는 대단한 인물이나 할 만한 특별한 것을 내게 요청했다. 참으로 고통스러운 경험이었다. 나의 어긋난 기대 때문에 계속해서 모욕과 창피를 당했기 때문이다. 어떻게 처신해야 하는지 알았다고 생각하는 순간, 그래서 거기에 편안함을 느끼는 순간, 그렇게 행동해서는 안 된다는 메시지를 받았던 것이다.

결국 사왕에게 말했다. "정말 힘든 일이군요. 어떻게 행동해야 할지 도무지 모르겠어요." 그러자 사왕이 말했다. "글쎄요. 당신은 큰 사람이 되는 법과 작은 사람이 되는 법을 동시에 배워야 할 것 같군요." 내 생각에도 이것이 핵심이다. 우리는 늘 대단한 존재 아니면 평범한 존재, 옳은 것 아니면 그른 것처럼 둘 중 하나일 때를 편하게 생각한다.

우리는 틀린 것이 잘못된 거라고 생각하면서도 습관처럼 자신이 틀렸다고 생각하는 상태를 매우 편안하게 느낀다. 무엇이 됐든 근거만 있으면 된다고 생각한다. 자신이 패자든 승자든, 대단한 인물이든 평범한 사람이든 그저 근거만 댈 수 있으면 되는 것이다. 그런데 우리가 진정으로 소통하고자 하거나 진실로 가슴을 열고자 할 때, 비로소 자신이 대단한 곤경에 처해 있다는 사실을 자각하게 된다. 이때 곤경이란 수긍하기도 어렵고 거부하기도 어려운 상황이기도 하지만, 우리 자신을 대단한 존재인 동시에 평범한 존재이게 하는 매력적인 상황이기도 하다.

영광과 비참함이 공존하는 것이 인생이다. 영광은 우리를 고무시키고, 격려하고, 기운을 북돋아주며, 모든 것을 큰 시야로 바라볼 수 있게 에너지를 준다. 우리는 보리심과 연결되었다고 느낀다. 그러나 이게 전부라면 우리는 금세 오만해지고, 타인을 업신여기게 된다. 또 자신을 대단한 인물이라고 착각하고, 그 착각을 사실로 믿으며, 영원히 지속되기를 바랄 것이다. 영광이 탐욕과 중독의 색채를 띠기 시작한 것이다.

반면에 비참함은 우리를 부드럽게 만들어준다. 고통에 대해 이해할 때 우리는 누군가를 위해 함께 있어 줄 수 있다. 커다란 비탄에 빠졌을 때 우리는 더 이상 아무것도 잃을 게 없음을 느끼고, 바로 그 자리에서 다른 사람들을 제대로 바라볼 수 있게 된다. 비참하다는 느낌은 우리를 겸손하고 부드럽게 만들지만, 비참함만 있는 인생 역시 우리를 끝없는 나락으로 떨어뜨린다. 지나치게 우울하고 낙담하고 절망한 나머지 사과 한 조각 먹을 힘조차 내지 못하게 될 수도 있다. 그러니 영광과 비참함은 둘 다 필요하다. 영광은 우리에게 영감을 주고, 비참함은 우리를 부드럽게 만들어준다. 이 둘은 우리와 함께 가는 것이다.

오늘 소개할 경구들은 가슴에서 우러나는 진정한 소통에 대한 지침이다. 큰 곤경이 가져다준 유익함과 풍요로움에 어떻게 가슴을 열 수 있는가에 중점을 두고 있다. "둘 중에 어떤 일이 일어나더라도 인내하라." 영광스럽든 비참하든, 즐겁든 싫든 어떤 일이 일어나더라도 우리는 인내해야 한다. 인내란 고통이나 즐거움에 대해 습관적인 반응으로 섣불리 덤벼드는 게 아니라 일이 그 자체의 속도대로 전개되게 허용하는 것이다. 우리는 종종 습관적 반응 패턴에 너무 쉽게 빠져드는 나머지 영광과 비참함의 근저에 있는 진정한 행복을 발견하지 못한다.

인내는 안전함 속에서 배울 수 없다. 모든 일이 물 흐르듯 조화롭게 흘러갈 때는 인내를 배울 수 없다. 모든 일이 순조로운데 왜 인내가 필요하겠는가? 만일 방문을 걸어 잠그고 커튼을 내린 채 방 안에만 처박혀 있다면 모든 것이 조화롭게 보일 수도 있다. 하지만 조금이라도 자기 마음대로 되지 않으면 금세 폭발할 것이다. 그저 조화로움과 아무 문제없기만을 바란다면 인내심을 키울 기회는 없다. 인내란 조화를 추구하는 것보다는 생생하게 살아 있고자 하는 의지라 할 수 있다.

철저한 금욕 생활로 유명한 한 은둔자가 동굴에서 이십 년 동안 수행하고 있었다. 어느 날 동굴에 파트룰 린포체라는 별난 스승이 찾아왔다. 은둔자는 겸손하고 친절하게 스승을 안으로 모셨다. 파트룰 린포체가 물었다. "한 번 말해보시오. 당신은 여기서 뭘 하고 있었던 게요?" 은둔자가 대답했다. "저는 완벽한 인내심을 이루고자 수행하고 있었습니다." 이에 파트룰 린포체는 은둔자에게 얼굴을 바짝 대고는 이렇게 말했다. "그대를 포함해 우리 같은 엉터리 수행자는 실제로 인내심 같은 건 상관하지 않소. 그저 사람들의 존경을 얻기 위해 인내심을 키우는 척하는 것뿐이지. 사람들이 우리를 대단한 수행자라고 생각하도록 말이오. 그렇지 않소?" 이 말에 은둔자는 발끈했다. 파트룰 린포체는 거기서 멈추지 않았다. 한참을 소리 내어 웃고는 은둔자의 등을 두드리며 이렇게 말했다. "우린 어떻게 하면 사람들을 등쳐먹을 수 있는지 확실히 알고 있지. 그렇지 않소?" 은둔자가 자리에서 벌떡 일어나 소리쳤다. "도대체 여기에 왜 온 겁니까? 왜 나를 괴롭히느냐고요? 돌아가세요. 날 가만히 내버려 두라고요!" 린포체가 말했다. "아니, 그대가 수행하고 있다던 그 인내심은 도대체 어딜 갔소?" 이것이 핵심이다. 우리는 스스로를 대단한 존재인 양 여기며 이상적인 자아상을 만들어낼 수도 있다. 하지만 중요한 것은 큰 곤경에 처했을 때 내가 어떻게 행동할 것이냐이다.

다음 경구는 "외부적 상황에 휩쓸리지 마라"이다. 무언가 영광스럽거나 작은 즐거움이라도 주는 일이면 우리는 이렇게 말한다. "우와! 내가 원하던 게 바로 저거야." 반면 비참한 일이 생기거나 조금이라도 성가신 일이면 이렇게 말한다. "진절머리가 나! 벗어나고 싶어!" 핵심은 우리가 마주해야 할 도전과제는 멈추지 않는다는 사실이다. 당신이 가슴을 활짝 열어두기를 원한다 해도 도전은 늘면 늘었지 결코 줄지 않는다. 조화로움은 멀고 먼 희망처럼 느껴질 것이다.

외부 상황에 쉽게 휩쓸리는 자신을 지나치게 비난하지 않기 위해서 석가모니 부처의 이야기를 기억하라. 부처가 깨달음을 이루기 직전, 부처의 주변에는 마라Mara(마귀)의 딸들이 나타나 부처를 유혹했다.('마라'는 지금 존재하고 있는 대로가 아닌 다른 것을 찾아 헤매는 우리의 모습을 상징적으로 표현한 것이다.)

깨달음을 이루기 직전, 부처의 머릿속에 온갖 생각이 떠올랐다. 마치 책에 적혀 있는 모든 도전과제들이 모습을 나타낸 것 같았다. 그런데 그날 저녁은 평소와 조금 달랐다. 부처가 그저 자리를 지키면서 어떤 일이 일어나더라도 그것에 마음을 열었던 것이다. 부처는 마음을 닫지 않고 온전히 그곳에 존재했다. 자신을 비난하지 않도록 외부적 상황에 휩쓸리지 않는 것, 그 총체적 경험이 곧 깨달음이다.

"망설이며 갈팡질팡하지 마라"는 경구도 외부 환경에 휩쓸리지 말라는 뜻이다. 어떤 일이 일어나더라도 당신은 마음을 활짝 열 수 있다. 그것을 넘어서 마음의 문을 닫아버리는 것까지도 깨어남의 기회로 삼을 수 있다. 힘든 일이든 즐거운 일이든, 어떤 일이 닥쳐도 로종 명상을 하는 기회로 삼을 수 있다. 고통이 닥쳤을 때, 들숨과 함께 고통을 들이마시면서 그 고통과 더 친해지고 친구가 되어야 하는 것을 알고 있다. 기쁨에 대해서도, 날숨과 함께 그 기쁨을 바깥으로 내보내야 한다는 것을, 자신이 가장 잃고 싶지 않은 것까지도 기꺼이 내어줘야 한다는 것을 알고 있다. 이런 방식으로 우리는 타인의 고통에 대해 이해하고, 그들이 행복을 찾도록 빌어줄 수 있다. 삶에서 느끼는 고통이나 기쁨을 문제로 여기지 않고 타인을 이롭게 하는 도구로 활용할 수 있다.

다음 경구는 "박수갈채를 기대하지 마라"이다. 고맙다는 인사를 바라지 말라는 뜻이다. 매우 중요한 말이다. 마음의 문을 활짝 열고 모든 살아 있는 존재들을 손님으로 초대하면, 그리고 마음의 창을 활짝 열어 마음의 장벽이 무너져 내리면 무념무상의 우주에 존재하고 있는 자신을 발견하게 된다. 그런데 단지 이것만으로 자신이 대단한 존재인 양 여긴다면, 또 사람들이 그 자리에서 당신을 칭찬하고 고마움을 느낄 거라고 생각한다면 그것은 잘못이다. 그런 일은 일어나지 않는다. 이때는 남들로부터 감사의 말을 기대하기보다 예상치 못한 것을 기대하는 것이 더 도움이 된다. 그러면 마음의 문으로 들어오는 것이 무엇이든지 호기심을 갖고 탐구하려는 마음이 생길 것이다. 무언가 보상받으려는 생각이 하나도 없을 때, 우리는 진정으로 타인을 향해 마음의 문을 열 수 있다. 그저 좋아서 그렇게 하는 것뿐이다.

한편 타인에 대한 감사의 마음을 겉으로 표현하는 것은 좋은 일이다. 타인에게 감사하는 것은 우리에게 도움이 된다. 그러나 이때도 상대가 자신을 좋아해줬으면 하는 바람으로 감사함을 표한다면 '박수갈채를 기대하지 마라'는 경구를 기억하라. 우리는 타인에게 감사의 마음을 표현할 수 있지만, 그에 대해 상대로부터 감사의 말을 들을 거라는 기대는 접어라. 어떠한 기대도 없이 그저 마음의 문을 활짝 열어둬라.

"곡해하여 받아들이지 마라." 이 경구는 조화라는 게 무엇인지, 자비심이 무엇인지, 인내가 무엇이고 관용이 무엇인지에 대해 잘못된 개념을 만들지 말라는 뜻이다. 이 말들이 실제로 무엇을 의미하는지 잘못 해석해서는 안 된다. 자비심도 있지만 '어리석은' 자비심도 있고, 어리석은 인내나 '어리석은' 관용도 있다. 예를 들면, 문제를 일으키지 않고 모든 일을 무사히 넘기려고만 하는 것은 진정한 자비심이나 인내가 아닌 오히려 '통제'에 가깝다. 우리는 미지의 영역에 발을 들여놓으려 하지 않는다. 안전하지 못한 상황에 직면하지 않으려 하고, 엄연한 현실과도 접촉하지 않으려 한다. 대신 그저 어떤 이유를 대기 위해 어리석은 자비심을 이용한다. 마음의 문을 열고 모든 살아 있는 존재들을 초대하고 싶다면 자신이 실현하고자 하는 생각과 의도를 다 내려놓아야 한다. 손님으로 찾아오는 사람들은 모두 각양각색이다. 모든 손님에게

통하는 자기만의 비책이 있다고 생각한다면 오산이다. 후안에게 잘 통했다고 모티머에게도 적용하면, 모티머는 당신을 약간 미친 사람처럼 쳐다볼 것이다. 후아니타에게 적용하면 모욕감을 느낄지도 모른다.

정형화된 공식을 제시하는 것은 효과가 없다. 그저 별문제 없기를 바라는 마음으로 모든 살아 있는 존재를 손님으로 초대해도 머지않아 아주 고약하게 행동하는 손님을 만나게 될 것이다. 그때는 그저 자리에 앉아 통렬 명상을 하려 해도, 조화롭고자 애써도 잘되지 않는다.

자리에 앉아 말로는 "좋아, 이제부터 내가 받은 상처나 두려움과도 친구가 되겠어. 끔찍한 일이긴 하지만 말이야"라고 해도 당신은 그저 충돌을 피하고 싶고, 일을 더 악화시키고 싶지 않은 것이다. 그런데 초대한 손님들이 하나같이 못되게 군다. 온종일 일하느라 지친 당신 곁에 앉아서 담배를 피워대거나 맥주를 마시거나 허락도 받지 않고 음식을 먹어치우며 당신을 괴롭힌다. 그런데도 자신이 전사 아니면 보살이 되었다고 착각하며 손님들에게 아무 말도 하지 않고, 아무런 조치도 취하지 않는다. 실은 당신은 전사가 아니라 겁쟁이일 뿐이다. 상황이 악화되는 것이 두려운 것이다. 결국 손님들에게 쫓겨난 당신은 길가에 나앉는 지경에 이른다. 지나가던 누군가가 다가와 말을 건다. "여기 앉아서 뭐하세요?" 당신은 "인내와 자비심을 키우는 중이에요"라고 대답한다. 이것은 핵심을 잘못 짚은 것이다.

자신이 이루고자 하는 바를 완전히 내려놓을 필요가 있다. 또 상황에 '맞서지' 않고 상황과 '더불어' 문제를 해결해야 할 필요도 있다. 그렇더라도 당신은 이렇게 말했어야 했다. "오늘밤엔 여기 머물러도 좋지만 내일은 떠나주세요. 내일 떠나지 않으면 경찰을 부를 거예요." 상대에게 무엇이 진정으로 도움이 되는지 알지 못한다 해도 상대가 당신을 흠씬 두들겨 패고, 당신 음식을 모조리 먹어치우고, 당신을 길거리로 쫓아내게 허용하는 것은 누구에게도 도움이 되지 않는다.

그러므로 '곡해하여 받아들이지 마라'는 경구는 실제로 커다란 갈등이나 부대낌으로 이어진다. 이 경구는 어떻게 행동하는 것이 도움이 되는지 알지 못하더라도 명료하고 단호하게 행동하라고 한다. 명료함과 단호함은 속도를 늦추고 귀 기울여 들으면서 지금 무슨 일이 일어나는지 찬찬히 들여다보겠다는 의지에서, 마음을 활짝 열고 도망치지 않는 데서 나온다. 명료하고 단호한 말과 행동은 당신과 상대방에게 지금 필요한 것과 일치한다.

우리는 많은 실수를 저지른다. 우리가 생각하기에 자기 삶을 용기 있게 개척해나가는 현명한 사람들도 살면서 많은 사람에게 상처를 입히고 수많은 실수를 저지르기도 했다. 그렇지만 그들은 상처와 실수를 스스로 겸허해지고 마음을 활짝 여는 기회로 삼았다. 방문을 꼭 걸어 잠그고 창문을 닫은 채 방 안에만 있어서는 현명해질 수 없다.

"세 가지 어려움 속에서 수행하라"는 내가 가장 좋아하는 경구다. 이 경구는 우리가 걸어가는 삶의 길이 어렵지만 그래도 괜찮다고, 시간을 보내기에도 좋은 방법이라고 말해주기 때문이다. 이 경구에서 이야기하는 어려움은 세 가지다. 첫 번째는 '신경증을 신경증으로 보기', 두 번째는 '뭔가 다른 것을 기꺼이 해보기', 세 번째는 '앞의 두 가지를 삶의 방식으로 만들고자 하는 열의'다.

신경증을 신경증으로 보기

첫 번째 어려움은 자신의 행위를 있는 그대로 보는 것이다. 이것과 비슷한 의미의 경구가 있는데, "탐구하고 분석하여 자신을 자유롭게 하라"이다. 자신을 미워하지 않으면서 자신의 행동을 있는 그대로 바라볼 수 있다는 것은 흥미로운 점이다. 산스크리트어로 마이트리maitri라고 하는 자애慈愛를 달리 표현한 것이기도 하다. 우리는 자신의 행동을 정직하면서도 온화하게 바라볼 수 있다. 자신을 미워하지 않으면서 자신의 행동을 바라보는 것, 그것은 용감한 전사가 가는 길이다.

'탐구하고 분석하여 자신을 자유롭게 하라'는 "질투하지 마라", "경솔하게 굴지 마라", "자기연민에 빠지지 마라" 같은 경구와 비슷한 의미다. 자신이 질투심에 사로잡혀 있고, 경솔하게 행동하고 있으며, 자기연민에 빠져 있다는 사실을 '분명하게 보는' 것이 첫 단계라는 말이다. "만약 수스 박사라면 이 상황에서 어떻게 했을까?"에 대해 생각해볼 수도 있다. 자신을 공격하는 수단으로 보지 않고 마음을 가볍게 갖는다면 가슴을 여는 데 필요한 정보라는 사실을 깨달을 수 있다. 지구상의 모든 사람이 온화한 태도로 자신의 행동을 볼 수 있다면 우리가 두 번째 어려움으로 나아가기도 전에 모든 것이 급격하게 변화할 것이다.

다른 것을 해보기

두 번째 어려움은 지금까지와는 다른 것을 해보는 것이다. 자신의 행동을 바라본다고 해서 지금까지와 다르게 행동할 수 있는가? 만일 질투심이 일어난다면, 자신의 질투심을 알아차리고는 더 이상 질투심을 느끼지 않을 자신이 있는가? 우리는 그게 말처럼 쉽지 않다는 것을 알고 있다. 당신 남자친구가 맞은편에서 다른 여자와 시시덕거리고 있는 모습을 봤다고 하자. 일 분, 일 초가 다르게 점점 질투심이 커지면서 분노를 느낄 것이다. 그런데 이때 작은 새 한 마리가 당신 어깨에 내려앉으며 "잘 됐어. 좋은 기회가 온 거야. 마음을 깨우는 기회로 삼으렴!"이라고 말한다면? 아마도 이렇게 대꾸할 것이다. "얼토당토않은 소리 집어치워! 진절머리가 나는 놈이라고. 따끔한 맛을 보여주겠어. 그래도 싸." 그러면 작은 새는 발을 동동 구르며 말한다. "이봐, 이봐! 기억 안 나? 벌써 잊어버렸어?" 당신이 말한다. "그따위 것 믿지 않아! 내가 이거지 같은 자식에게 화를 내고 질투심을 느끼는 건 당연한 거야." 아니나 다를까 새가 이번에는 당신의 반대편 어깨에 앉아서는 귓불을 잡아당기며 말한다. "이봐, 이봐! 잠시 멈추고, 상황을 똑바로 봐. 네 머릿속에서 멋대로 지어낸 이야기는 내려놓으라고.""꺼져버려!" 이런, 당신은 이처럼 끝도 없이 완고하다.

이것은 바로 내 이야기다. 잠시 멈추고 쉬는 시간을 갖는 방법을 알지만 완고한 태도를 내려놓지 못한다. 담배를 끊는 것이 어렵다면 자신의 습관적인 반응 패턴을 내려놓는 시도를 해보라. 아마도 다른 중독행위를 끊으려고 할 때 일어나는 불안함을 똑같이 느끼게 될 것이다.

'탐구하고 분석하여 자신을 자유롭게 하지' 않고, 자신을 분명하게 보고도 지금까지와 다름없이 반응하는 것은 잘못 처방된 약을 먹는 것과 같다. 오히려 질투심에 불을 붙이고, 자기연민에 빠뜨리며, 더 경박하게 만들기 때문이다. 마치 불길에 대고 풀무질을 하는 것처럼 마음대로 온갖 말을 지어낸다. 가만히 앉아서 남자친구가 내 친구와 함께 파티 장소를 떠나는 상상을 한다든지, 모든 상황이 얼마나 절망적인지 스스로에게 한탄하며 앞으로도 바뀌지 않을 것 같다고 자신에게 속삭인다.

통렌 명상처럼 뭔가 다른 것을 시도해보라. 지금까지와 '다른' 것이라면, 습관적으로 하는 것이 아니면 뭐라도 괜찮다. 예를 들면 찬물로 샤워하면서 목청껏 노래를 불러도 좋고, 딸꾹질을 없앨 때처럼 물을 한 잔 마시는 것도 좋다.

두 가지 방식을 지속하기

자신의 행동을 바라보고, 지금까지와 다른 뭔가를 시도한다 해도 세 번째 어려움이 남아 있다. 바로 두 가지 방식을 자기 삶의 방식으로 계속해서 이어가는 것이 쉽지 않다는 점이다. 습관적 패턴을 끊는 것은 무척이나 어렵다. 습관적 방식을 반복하고 있는 자신을 볼 때마다 그런 자신을 알아차리고 지금까지와 다른 무언가를 시도해라. 자신과 타인을 향한 자비심을 계발하는 방법이니 어렵게 느껴지더라도 놀라거나 포기해서는 안 된다.

세 가지 어려움을 수행하도록 독려하는 경구가 있다. "수행으로 하루를 시작하고, 수행으로 하루를 마무리하라." 아침에 일어나자마자 당신의 바람을 표현하라. "나는 세 가지 어려움을 수행하고자 합니다. 나의 행동을 들여다보기를, 지금까지와 다른 뭔가를 시도해보기를, 이 두 가지가 내 삶의 방식이 되기를 원합니다." 하루를 시작하면서 자신만의 언어를 사용해 아무리 어려운 일이 생기더라도 가슴을 열어두고, 호기심을 유지할 수 있게 스스로를 독려하라. 그리고 일과의 마지막으로 잠들기 직전에 그날 하루를 되돌아본다. 그날 일어난 일로 자신을 책망하지도, 아침의 바람을 한 번도 떠올리지 않은 채 하루를 보냈다고 자책하지 마라. 오히려 자신을 더 잘 알아가는 기회로 삼아라. 내가 어떻게나 자신을 속이는지, 또 아침에 약속한 것을 까맣게 잊고 어떻게 마음의 문을 닫아버리는지 아는 기회로 삼아라.

　실패자처럼 느껴져 세 가지 어려움에 대한 수행을 더 이상 하고 싶지 않다면, 자신을 향해 친절한 마음을 일으켜 보라. 하루 동안 일어났던 일을 되돌아보는 것이 고통스럽다면 오늘 하루만이 아니라 그동안 살아온 자신의 삶을 전체적으로 되돌아보라. 지금까지 수많은 일이 일어났고, 단 한 가지 방식으로만 대처해오지 않았기 때문에 자신을 좀더 존중할 수 있다. 칼 융은 말년에 이렇게 말했다. "나는 나 자신에 대해 놀라기도 하고, 실망하기도 하며, 기뻐하기도 한다. 괴롭기도 하고, 우울하기도 하며, 열광하기도 한다. 나는 동시에 이 모든 것이지만, 이 모든 것의 합계를 내는 것은 불가능하다."

그래서 우리는 갈등하고 부대끼는 것이다. 모든 가르침을 배우고 모든 수행법의 도움을 받았다 해도 진정으로 내 것이 되어야 한다. 내가 그것을 소화할 수 있어야 한다. 가르침과 수행법이 캔에 든 오렌지주스 농축액이라면 우리의 삶은 물과 같다. 이 둘을 적절하게 섞는 것은 우리의 몫이다. 우리는 모든 사람이 마실 수 있게 큰 병에 맛있는 오렌지주스를 담아 내놓을 수 있다. 비록 캔에 담긴 농축액을 따른 것이기는 해도 그 주스는 실제로 신선한 오렌지에서 짜낸 것이다.

Start Where You Are

스물하나

목숨을 건 수행

거울이 자신의 얼굴을 솔직하게 보여준다고

거울을 비난하거나 깨뜨리는 것은 아무 소용이 없다.

포고가 말했다. "우리는 적을 만났다. 그런데 그 적이 바로 우리였다." 환경운동에서 요즘 자주 등장하는 슬로건이다. 강물을 오염시키는 것은 우리가 모르는 누군가가 아닌 바로 우리 자신이다. 혼란, 당혹스러움, 오염, 폭력의 원인은 다른 사람이 일으킨 문제가 아니라 실제 원인은 우리 안에 있는 것이다. 그 사실을 확인하려면 우선 '내가 친구를 만났다'는 사실을, 그리고 그 친구가 바로 나'라는 것을 이해해야 한다. 자신과 친해질수록 마음의 문을 닫아버린 근본 원인이 타인을 비난해야만 내가 행복해진다는 잘못된 생각에 있음을 알게 된다.

여기서 누가 '우리'이고 누가 '그들'인지 명확하지 않다. 뉴욕의 노숙인들을 위해 일하는 버나드 글래스먼 센세이Bernard Glassman Sensei는 "나는 노숙인들을 위해서 일한 것이 아니다. 나를 거부했던 사회로 들어가기 위한 유일한 방법이 나를 거부한 나 자신의 일부와 친구가 되는 것뿐이었다"라고 말했다. 이처럼 우리 모두는 서로 연결되어 있다.

'우리는 남을 돕기 위해 나를 위해 일하고, 나를 돕기 위해 남을 위해 일한다.' 이것이 핵심이다. 우리가 다른 사람과 함께 일하는 것은 목숨을 건 자애 수행이라 할 수 있다. 막상 함께 일을 해보면 결국에는 그들이 후안이나 후아니타처럼 보이기 때문이다. 누가 됐든, 무엇이 됐든 마음으로 거부하지 않고 진심으로 타인을 위하면 '나는 친절하고 자비로운 사람'이라는 협소한 자기 이미지는 완전히 사라진다. 하지만 우리는 늘 시험을 당하고, 계속해서 맞수를 만난다. 가슴을 열고자 할수록 마음의 문을 닫게 만드는 도전들이 더 늘어난다.

안전지대 안에서 이 수행을 할 수는 없다. 시장에 나가서 다른 사람들과 똑같이 자기 삶을 살아야 하고, 동시에 그 무엇도 거부하지 않겠다는 바람을 마음속에 지니고 있어야 한다. 자애는 매우 깊이 들어가야 한다. 자애 수행을 하면서 자신에 대한 모든 것을 보게 되기 때문이다. 화가 나고 뚜껑이 열릴 때마다 커다란 거울을 들여다볼 때처럼 당신의 얼굴을 비춰줄 것이다. 《백설공주》에 등장하는 사악한 계모처럼 거울이 당신이 듣고 싶은 말을 해주길 바란다. 비록 당신이 친절하지 않고 이기적인 사람이라 하더라도 말이다. 어쨌든 우리는 자애 수행을 통해 스스로를 괜찮은 사람이라 여기는 자기 한계를 통찰할 수도 있다.

우리는 거울이 '뜻밖의' 피드백을 주는 것을 원치 않는다. 자신이 벌거벗겨지는 것도, 남에게 노출되는 것도 좋아하지 않는다. 약점이 있어도 못 본 채 하는 데 엄청나게 에너지를 쏟아 붓는다. 어느 날 사악한 계모가 거울에게 물었다. "거울아, 거울아! 이 세상에서 누가 제일 예쁘니?" 거울은 "바로 당신입니다"가 아니라 "백설공주입니다"라고 대답한다. 우리도, 계모도 원했던 대답이 아니다. 그렇게 거울이 자신의 얼굴을 솔직하게 보여준다고 해서 거울을 비난하거나 깨뜨리는 것은 아무 소용없다는 것을 우리 모두는 알고 있다.

내가 아는 사람 중에 무슨 일이든 자기 식대로 하려고 하는 여자가 있었다. 그녀가 삶을 대하는 방식을 아주 잘 보여주는 일화가 있다. 그녀의 욕실에는 체중계가 있었는데, 그 체중계는 그녀가 원하는 몸무게가 나오도록 실제보다 체중이 덜 나가게 눈금을 조절한 체중계였다. 거울을 들여다보니 코끝에 커다란 뾰루지가 난 게 보였다고 하자. 이때 그 뾰루지를 솔직하게 직시하면서 당혹감을 느끼더라도 무심하게 자신이 하던 일을 계속 할 수 있다. 다섯 살배기 조카가 다가와 "이모, 코끝에 커다란 뾰루지가 났어요!"라고 말해도 "응, 알고 있어!"라고 담담하게 대답할 수 있다. 반면에 화장품이나 마스크 같은 것으로 뾰루지가 안 보이게 감추려고 애를 썼는데도 사람들이 알아보면 충격을 받거나 상처를 입는다.

자신을 자꾸 되돌아보거나 자신을 방어하려는 이런 성향은 매우 강력하고 보편적이다. 이를 극복하는 방법은 간단하다. 모든 것에 대해 호기심과 탐구심을 키우는 것이다. 다른 사람을 돕는 방법이기도 하고, 이 과정을 통해 우리 자신도 도움을 받는다. 우리가 가고자 하는 방향도 호기심을 키우는 것, 우리 삶과 우리가 처해 있는 환경의 세부적인 것들까지 하나하나 살펴보고 관심을 갖는 것이다.

우리는 자기 자신이 뚜껑이 열렸다는 것을 알았을 때, 속으로 억압하거나 겉으로 분출할 수도 있지만 수행의 도구로 삼겠다고 마음먹을 수도 있다. 상대와 입장을 바꿔 생각해보겠다고 마음먹고, 우리가 느끼는 당혹감이나 두려움, 분노에 가슴을 열겠다는 의도를 가지고 숨을 들이마시면, 놀랍게도 다른 사람의 느낌에도 마음을 열 수 있다. 열린 가슴은 열린 마음이다. 가슴이 열리면 눈도 열리고, 마음도 열린다. 그러면 상대방의 얼굴과 가슴에 무엇이 나타나는지 제대로 볼 수 있다. 길을 걷고 있는데 저 멀리서 한 남자가 개를 마구 두들겨 패고 있다. 너무 멀어서 당신이 할 수 있는 일은 아무것도 없다. 어찌할 줄 몰라 하다 당신은 입장을 바꿔놓고 생각해본다. 두들겨 맞고 있는 개 그리고 두들겨 패고 있는 남자와 자신의 입장을 바꿔서 생각해보는 것이다. 또 상심이 가득한 세상 사람들을 위해서도, 학대하고 학대당하는 세상의 모든 인간과 동물들을 위해서도 입장을 바꿔 생각해본다. 그 장면을 지켜보며 어찌할 줄 몰라 안절부절못하는 모든 사람들을 위해서도 해본다. 이렇게 입장 바꿔 생각해보는 연습을 하는 것만으로도 세상은 좀더 커지고, 사랑이 충만한 곳이 된다.

'모든 살아 있는 존재를 어머니로 생각하라'는 전통적인 가르침이 있다. 사실 모든 사람이 당신의 어머니였다. 그들은 당신에게 잘 대해주었고, 당신은 그들과 친밀한 관계를 맺어 왔다. 나는 그전까지 이 가르침을 항상 구닥다리 가르침으로 여겼다. 그러던 중

조애너 메이시Joanna Macy의 책을 읽게 되었다. 그녀는 책에서 인도 체류 중 이 주제에 대한 티베트의 가르침을 듣게 된 이야기를 들려주었다.

가르침이 너무나 지루하게 느껴졌던 조애너는 바람을 쐬러 바깥에 나갔다. 길을 걷고 있는데 등에 나무를 한 짐 진 늙은 여인이 다가왔다. 그런데 문득 그녀는 이 여인이 한때 자신의 어머니였다는 생각이 들었다. 조애너는 인도에서 비슷한 사람들을 수없이 지나쳤다. 무거운 짐을 진 채 허리를 굽힌 그들의 얼굴은 잘 보이지 않았지만 조애너는 이 여자의 얼굴만큼은 보고 싶었다. 이 여자가 누구인지 알고 싶었기 때문이다. 그만큼 이 여자가 한때 자신의 어머니였다는 생각이 머리에서 떠나지 않았던 것이다.

조애너 메이시의 이야기에서 배운 것이 있다. 세상의 모든 살아 있는 존재가 한때 우리의 어머니였다는 가르침은 다른 사람에게 관심과 호기심을 가지고 친절하게 대하라는 뜻이었다. 거리에서 마주치는 이름도 모르는 모든 사람들이 한때 당신의 연인이나 형제자매, 아버지이나 어머니, 자식이나 친구였을 것이다. 수긍하지 않아도 좋다. 그저 그들이 누구인지에 대해 경외심을 느끼며 관심과 호기심을 가지고 바라만 봐도 좋다. 우리는 누구나 자신이 우주의 중심이라고 생각하면서 살아간다. 그래서 매우 열정적이거나 공격적인 경우가 아니라면 다른 사람들에게 관심을 기울이는 일이 없기 때문이다.

이번 경구는 "세 가지 주요한 원인을 마음으로 받아들여라"이다. 이 세 가지 원인은 우리의 가슴을 열어주고, 상대방과 입장을 바꿔 생각하게 하며, 상대방과 소통할 수 있게 해준다. 스승, 가르침, 인간으로 태어난 것이 바로 세 가지 주요한 원인이다.

먼저 스승에 대해 생각해보자. 로종의 가르침에서 스승은 칼랴나미트라kalyanamitra, '영혼의 친구'라 한다. 스승은 우리보다 나이가 많은 전사이거나 영적 여정에서 우리보다 앞서 배움의 길을 가고 있는 전사일 수도 있다. 스승은 우리 스스로 전사의 길을 갈 수 있도록 영감을 주는 사람이다. 또 나 자신의 여리고 부드러움, 마음의 명료함, 영적 여정의 길을 가면서 마음을 여는 능력을 일깨워준다. 스승의 뭔가가 우리 가슴에 울림을 준다. 그래서 스승과 사제관계를 맺기를 원한다. 이때 믿음은 가장 중요한 요소다. 한 스승과 진지한 관계를 시작하면 당신은 그에게 혼신을 다해야 하며 스승도 당신에게 혼신을 다하면서 두 사람이 하나로 엮인다.

스승과의 관계를 지나치게 낭만화하지 않아야 한다. 트룽파 린포체가 했던 말을 다시 들려주겠다. "영혼의 친구가 하는 역할은 당신에게 모욕감을 안기는 것입니다." 이것은 진실이다. 그렇다고 영혼의 친구가 전화를 걸어 당신에게 욕을 해대거나 당신이 얼마나 쓸모없는 인간인지를 편지에 적어 보낸다는 얘기가 아니다. 그보다 영혼의 친구는 궁극적으로 후안과 비슷한 존재라고 할 수 있다. 영혼의 친구 곁에 있으면 당신의 온갖 약점들이 겉으로 드러난다. 영혼의 친구와 당신 주변의 다른 사람들과의 유일한 차이점이 있다. 그것은 당신이 영혼의 친구인 스승에게 헌신하기로 했다는 점이다. 좋은 일이 있거나 궂은 일이 있거나, 당신이 부유하거나 가난하거나, 병에 걸렸거나 죽음에 이르렀거나 상관없이 헌신하기로 한 것이다. 오늘날 누군가에게 헌신한다는 게 쉬운 일은 아니다. 누군가에게 헌신하는 걸 영예롭게 여기는 시대도 아니고 말이다. 아무튼 당신이 영혼의 친구 관계를 시작하면 실제로 헌신을 추구하게 된다. 그 관계는 생각했던 것처럼 그저 받기만 하는 편안한 관계는 아니다. 스승이 언제나 친절한 사람도 아니고, 한번도 당신을 사랑하지 않았던 부모님을 대체하는 존재도 아니며, 당신을 무조건적으로 사랑해 주는 친구도 아니다. 스승과의 관계 속에서 당신은 비로소 자신의 코에 난 뾰루지를 보게 된다. 거울도 당신이 세상에서 제일 예쁘다고 말해주지 않는다. 스승과의 관계를 통해 그동안 감춰왔던 자신의 모든 것을 대면하게 된다.

나 역시도 스승인 트룽파 린포체와 함께 지내는 동안 내 모습들을 많이 드러냈다. 가끔 스승이 말을 하지 않으면 '내가 무슨 심각한 잘못을 한 것인가'라는 생각이 들었다. 결국 린포체에게 말을 꺼냈을 때는 그 문제가 더 이상 중요하지 않게 느껴졌지만 포기하지 않고 감정을 끌어올려 말했다. 스승은 자리에 앉은 채 창밖을 바라보거나 하품을 하면서 그저 나를 쳐다보거나 내가 하는 말을 듣기만 했다. 그럼에도 나 자신이 온통 드러난 것처럼 느껴졌다. 만일 자리에 여러 사람과 함께 있어서 내가 잘 눈에 띄지 않았더라도 대단히 어색하고 불편했을 것이다.

스승 앞에서는 늘 상황을 좋은 쪽으로 왜곡하려 하고, 자신의 좋은 모습을 보이려고 애쓴다는 걸 스스로 느낀다. 나 자신이 어떻게 행동하는지를 분명하게 보게 된다. 당신은 스승에게 헌신하기로 했다. 도망가지도, 단념하지도 않기로 했다. 그리고 그 약속을 지킬 것이다. 이처럼 스승과 함께 지내는 것은 앞에서 말한 세 가지 어려움을 수행하는 것과 같다. 영혼의 친구와 함께 있거나 단지 그를 생각하는 것만으로 신경증을 신경증으로 보게 된다. 그래서 가르침을 적용하는 두 번째 어려움을 수행할 수 있게 북돋워주고, 결국에는 이러한 수행을 삶의 양식으로 삼고자 갈망하게 되는 것이다. 영혼의 친구는 당신의 존재를 인정해 주는 것이 아니라 당신이 지금 어느 부분에서 막혀 있는지 보여주는 거울 같은 역할을 하는 존재다.

영혼의 친구와의 관계가 중요한 이유는 그 관계가 삶의 모든 상황과 어떻게 관계를 맺는가에 대한 기본적인 훈련이기 때문이다. 이 관계를 통해 우리는 영혼의 친구인 후안이나 후아니타뿐 아니라 세상 모든 후안에게 감사하는 법을 훈련하게 된다. 그래서 화가 났을 때 화를 일으킨 것을 스승으로 보기 시작하고, 뚜껑이 열렸을 때도 그 상황을 스승으로 삼는다. 이제 당신은 자신이 무엇을 해야 할지를 알고, 고통을 피하지 않고 직접적으로 관계를 맺으며 모든 살아 있는 존재의 고통과도 관계를 맺을 수 있다. 또한 영감을 받고 즐거움을 느낄 때는 그것을 다른 사람과 나누면서 유대감을 높일 수도 있다.

가르침과 수행

두 번째 주요 원인은 가르침과 수행이다. 자신이 어떻게 행동하는
지 있는 그대로 보면 자신을 외면하거나 자신에게서 도망치지 않
는다. 이런 태도는 당신에게 큰 힘이 된다. 가르침과 수행을 통해
가슴을 활짝 열고 현재 일어나는 일을 느끼면서 마음을 닫아버리
지 않도록 북돋워주고, 열린 마음을 살아 있는 모든 존재들을 위
해 확장할 수 있도록 격려해주기 때문이다. 이제 거울이 당신이
세상에서 제일 예쁜 사람은 아니라고 말해도, 그래서 당황스럽고
어색해도, 그 순간 세상에는 당신과 똑같이 느끼는 사람이 많다는
것을 떠올릴 수 있다. 그리고 당신과 비슷한 모든 사람을 위해 숨
을 들이마실 수 있다. 행복한 순간에도 다른 사람을 생각하면서
그들의 행복을 빌어줄 수 있다.

인간으로 귀하게 태어난 것

첫 번째 주요 원인은 삶의 본보기가 되고 삶을 대변하는 스승이라
는 존재로, 나 자신에 대한 집착을 내려놓을 것을 날카롭게 상기시
켜준다. 두 번째 주요 원인은 실제로 가슴을 여는 도구를 제공하는
가르침과 수행이다. 그리고 세 번째 원인은 인간으로 귀하게 태어
난 것 그 자체이다. 우리는 모두 인간으로 태어난 소중한 존재들이
다. 굶어죽지 않을 만큼 운이 좋고, 음식과 보금자리를 누리는 운

도 있다. 또 가르침을 듣고 스스로를 일깨울 수 있는 방법을 배우는 행운도 가졌다. 꽤 괜찮은 지성을 가졌고, 나와 다른 사람들이 왜 고통을 겪는지 탐구하고 궁금해 하는 호사도 누리고 있다.

또 다른 경구에서는 "미루지 말고, 지금 당장 중요한 수행을 하라"고 한다. 우리 모두에게 지금이 가장 중요한 시간이라는 말이다. 우리는 가슴을 열고 다른 사람들과 더불어 진실하게 일하는 데 필요한 모든 것을 가지고 있다. 인간으로 귀하게 태어난 우리는 소말리아에 태어나 굶주리지도 않고, 나와 반대편이라고 해서 사람을 향해 무자비하게 총을 겨누는 나라에 살고 있지도 않다. 우리에게 필요한 것들을 풍족하게 가지고 있는 지금이 주요 가르침을 수행할 수 있는 결정적인 시간이다.

"세 가지가 마음에서 시들해지지 않도록 하라"는 경구에서 세 가지란 스승에 대한 감사, 가르침과 수행에 대한 감사, 그리고 기본적인 서원을 지키겠다는 약속을 뜻한다. 스승에 대한 감사는 스승을 절대 저버리지 않겠다는 헌신에서 출발한다. 물론 스승도 당신을 결코 버리지 않기로 약속했다. 나는 지금도 스승을 떠올릴 때마다, 실은 삶의 매순간순간 엄청나게 감사하고 있다. 숨길 수 없는 나의 아둔함을 깨우쳐줄 만큼 용감하고 맹렬하며, 유머러스하면서도 자비심으로 가득한 스승이 감사하고 또 감사하다. 또 아주 오랫동안 덮여 있어서 볼 수 없었던 나의 연약한 지점을 들춰내는 데 좋은 약이 되어준 가르침과 수행에도 감사하게 생각한다.

마지막으로 귀의 서원과 보살 서원이 결코 시들해지지 않도록 주의를 기울여야 한다. 귀의 서원은 이제 더 이상 안전한 도피처를 구하지 않겠다는 다짐이다. 둥지에서 뛰어내려 하늘을 날겠다는 다짐이며, 아직 아무도 가지 않은 영역으로 기꺼이 뛰어들겠다는 맹세이다. 보살 서원은 목숨을 건 수행이다. 자신과 더 나아가 살아 있는 모든 존재의 마음을 일깨우기 위해 자신의 개인적 안락을 완전히 포기하는 것이기 때문이다.

전반적으로 우리는 모든 것에 대해 감사하는 마음이 시들지 않도록 주의를 기울여야 한다. 우리에게 일어난 일을 행운이라 여기든 불운이라 여기든, 지금 내게 주어진 삶에 감사할 때 우리 마음은 깨어난다. 또 문을 통해 어떤 것이 들어오더라도, 어떤 일이 생기더라도 달아나지 않고 의연하게 머물 수 있는 용기가 생긴다.

Start Where You Are

스물둘

온 마음으로 수행하라

삶의 토대를 잃을까봐 두려워하지 말고,

산산이 부서질까봐

혹은 모든 것을 갖지 못할까봐 겁내지 마라.

이제 우리의 여행을 계속하면서 '말하는 대로 실천해야 하는' 때가 되었다. 마지막 경구 중 하나는 "귀의와 보살 서원을 준수하라, 목숨이 위태로운 순간에도!"이다. 다시 한 번 귀의 서원과 보살 서원을 언급한다. '목숨이 위태로운 순간에도'라는 말처럼 어떤 절박감을 가지고 과감히 둥지를 떠나라고 한다. 삶의 토대를 잃을까봐 두려워하지 말고, 산산이 부서질까봐 혹은 모든 것을 갖지 못할까봐 겁내지 말라는 것이다.

목숨이 위태로운 순간에도 귀의 서원을 준수하라는 말은 '더 이상 도망칠 것도, 문제 삼을 것도 없다(no escape, no problem)'는 의미다. 보살 서원을 준수한다는 것은 자신과 다른 사람의 입장을 바꿔놓고 생각하면서 자신과 타인에 대한 자비심을 키우는 것이다. 목숨이 위태로운 순간에도, 그 순간이 고통스럽다면 숨을 들이마시면서 지금 고통당하고 있는 모든 사람을 머릿속에 떠올려라. 만일 즐거움을 만끽하고 있다면 그 즐거움을 숨을 내쉬면서 모든 사람들에게 나눠주고, 그들 역시 기쁨을 느낄 수 있게 기원해라. 혁명적인 생각이란 바로 이런 것이다.

마지막으로 자신과 타인의 입장을 바꿔서 생각하는 것에 대한 이야기를 들려주겠다. 삶의 대부분을 영적인 여정을 밟는 데 보낸 젊은이를 만난 적이 있다. 그는 깨어 있었지만 그런 자신에 대해 우쭐대기도 했다. 내가 보기에 그는 '영적 자만'에 빠져 있었다. 그는 담배를 끊지 못해 힘들어 하고 있는 여자친구에 대해 불평했다. 여자친구는 담배를 끊었을 때 생기는 불안 때문에 오래된 식이장애가 다시 도졌다고 했다. 그는 그런 여자친구에게 의지만 단단하면 되니 두려워하지 말라고, 또 한 번 마음먹은 것은 반드시 지키라고 강하게 밀어붙였다. 그러자 여자친구가 대꾸했다. "나도 노력하고 있어. 내가 할 수 있는 건 뭐든 하려고 노력하고 있다고." 그는 여자친구의 말에 화가 났다. 자기가 보기에는 여자친구가 최선을 다하고 있는 것처럼 보이지 않았기 때문이다. 그가 말했다. "제가 이 일로 이렇게 화를 내면 안 된다는 걸 알고 있어요. 제가 더 자비로운 마음으로 대해야 한다는 것도 알아요. 하지만 그게 잘 안 돼요. 자꾸만 거슬려요. 저는 더 이해하려고 하는데 여자친구가 꿈쩍도 안 해요." 그 순간, 그는 자신의 소리를 들었다. "나는 노력하고 있어. 내가 할 수 있는 최선을 다하고 있다고." 여자친구와 똑같은 말을 하고 있는 자신을 본 순간, 메시지를 받았다. 그리고 여자친구가 무엇 때문에 힘들어하고 있는지 이해할 수 있었다. 이 일을 계기로 그는 영적 자만을 극복하고 겸손해질 수 있었다.

우리 모두는 나는 법을 잊어버린 독수리와 같다. 우리가 누구며 무엇을 할 수 있는지 일깨워주는 가르침은 수없이 많다. 그 가르침을 통해 우리 자신이 오래된 음식과 유통기한이 지난 유제품, 배설물로 가득한 퀴퀴한 둥지에 머물고 있다는 사실을 알아차린다. 우리는 아주 어렸을 때부터 먼 산을 바라보면서 넓은 하늘과 광활한 바다를 경험하고자 갈망했다. 그러나 언제부턴가 날 수 있다는 사실도 잊어버린 채 둥지에 갇히고 말았다. 우리는 날 수 있는 독수리이다. 그런데 속옷, 바지, 셔츠, 양말, 신발, 모자, 코트, 부츠에 장갑까지 온갖 것을 몸에 걸치고 있다. 심지어 선글라스를 끼고 워크맨까지 들고 있다. 광활한 하늘을 날기 위해서는 우선 이런 것부터 벗어야 한다. 그래서 코트를 벗고 모자를 벗으니 좀 춥다. 그래도 해야 한다는 것은 안다. 둥지 끝에서 조심스레 중심을 잡고는 뛰어내리고서야 걸치고 있던 것들을 모두 벗어던져야 한다는 사실을 깨닫는다. 양말, 신발, 코트, 바지, 속옷을 입은 채 하늘을 날 수는 없다. 모든 것을 벗어던져야 한다.

번역가 마르파Marpa(밀라레파의 스승)는 가르침을 받기 위해 세 차례나 걸어서 티베트에서 인도까지 다녀온 경험이 있었다. 한번은 인도에서 돌아오는 길에 길동무를 만났는데 그 사람은 매번 자기가 가장 많은 가르침을 받았다는 걸 확인하고 싶어 했다. 그런데 마르파가 더 많은 가르침을 얻었다는 사실을 알고 그는 질투를 느끼기 시작했다. 두 사람이 배를 타고 급류가 흐르는 강을 건너고 있는데, 강 한가운데쯤 이르자 길동무가 마르파가 그동안 모아온 글들을 몽땅 강물에 던져버리는 것이었다. 통렌 명상을 할 수 있는 최고의 기회라고 해야 하나! 마르파도 이 사람에게 호감을 갖기는 어려웠다. 하지만 자신이 티베트에 돌아가면 책 속에 담겨 있던 가르침을 모두 이해할 수 있을 거라는 생각이 들었다. 사실 죄다 글로 적어놓을 필요가 없었다. 마르파는 자신이 중요한 뭔가를 완전히 소화했다는 것을 알았다. 가르침과 자신이 하나가 되었던 것이다.

우리도 가르침에 대해 공부하고 수행하면서 각자 나름대로 무언가를 깨달아야 한다. 그 깨달음이 우리 자신의 일부가 되어야 하고, 사물을 보고 듣고 냄새 맡는 방법이 되어야 한다.

우리는 가르침을 붙잡고 그것을 완벽하게 이해할 때까지 지나치게 노력하는 경향이 있다. 그러나 진리란 굳은 땅에 비가 스며들 듯이 조금씩 우리에게 드러나는 법이다. 빗물은 아주 부드럽다. 우리도 자신의 속도에 맞게 천천히 부드러워져야 한다. 그랬을 때 우리 안에서 무언가 근본적인 변화가 일어난다. 굳었던 땅이 부드러워지는 것이다. 억지로 해서는 되지 않는다. 마음을 편안하게 내려놓고 놓아버려야 가능하다. 그리고 우리 자신과, 그리고 타인과 진정으로 소통하고자 하는 열정과 열망이 있어야 가능하다. 그렇게 우리는 각자 자기만의 길을 찾아가는 것이다.

마지막 경구는 "온 마음을 다해 수행하라"이다. 다른 말로 하면, '진실하게 살라'는 말이다. 모든 것에 대해 마음을 내려놓고, 또 모든 것에 마음을 열어라. 이렇게 말해도 좋다. "매 순간 온

마음으로 죽음을 맞이하라." 매 순간 당신 자신을 진심으로 죽게
하라.

내 친구 중에 말기 암 환자가 있다. 어느 날 종자 키엔체 린포체
Dzongzar Khyentse Rinpoche가 그녀에게 전화를 했다. 그가 건넨 첫
마디는 이랬다. "단 한순간도 당신이 죽지 않을 거라고 생각하지
마세요." 이 말은 우리 모두에게 아주 좋은 조언이다. 우리가 온
마음을 다해 진심으로 살아가는 훈련을 하는 데 도움을 준다.

이 가르침들은 구체적인 것처럼 보여도 파악하기가 그리 쉽지
않다. 아픔이 있으면 들숨과 함께 들이마셔라. 기쁨이 있으면 날
숨과 함께 내보내라. 이 가르침은 우리가 완벽하게 '파악할' 수 있
는 것이 아니다. 우리는 마음 훈련에 대한 트룽파 린포체의 해설
서를 읽을 수도 있고, 잠곤 콩트륄Jamgon Kongtrul이 쓴 원문을 읽
을 수도 있다. 그것들을 읽더라도 실제 삶에 적용해보면서 그 가
르침들이 끊임없이 우리를 따라다니게 해야 한다. 그렇게 해야 자
신과 타인의 입장을 바꿔 생각한다는 것이 실제로 어떤 의미인지
이해할 수 있다. 실제로 의미하는 바가 무엇일까? 환상의 아이가
된다는 것은 무슨 의미일까? 모든 비난을 자신에게 돌린다는 것
은 무슨 의미일까? 또 모든 사람에게 감사하라는 것은 무슨 뜻일
까? 도대체 보살이란 무엇일까? 이 가르침을 자기 자신에게 들려
주는 과정을 통해 더 잘 소화할 수 있게 된다. 가르침에 대해 말하
고, 가르침대로 살아가며, 가르침을 온전히 소화시키는 자신을 발
견하게 될 것이다. 부디 이 가르침들을 수행해서 당신의 가슴으로

가져가기를 바란다. 온전히 당신 것으로 만들어 다른 사람에게도
널리 퍼뜨려주기 바란다.

내 안의 연금술

이해관계를 따지는 삭막한 인간관계가 판을 치는 요즘, 온갖 극악무도한 사건이 연일 신문지상을 장식하는 오늘날, 우리는 어떻게 자신의 굳어진 가슴을 부드럽게 만들 수 있을까? 결코 쉽지 않은 일이다. 아니 우리는 가슴을 부드럽게 해야 하는 필요성을 느끼기나 하는 걸까?

무엇보다 이 책은 가슴을 일깨우는 것에 대한 책이다. '가슴'이란 무엇인가? 그것은 세상 모든 존재에 대한 따뜻한 자애의 마음이자 세상의 고통과 비참에 대한 자비심일 것이다. 이에 저자가 소개하는 통렌 명상은 세상의 고통과 비참을 자기 안에 받아들인 다음 그것을 사랑과 자비심으로 승화시켜 다시 세상에 내보내는 수행이다.

번역하면서 무엇보다 가슴에 와 닿은 말은 세상의 고통을 깨어남의 도구로 활용할 수 있다는 말이었다. 과연 그러한가? 우리는 세상에 존재하는 온갖 고통과 비참을 자신의 가슴을 일깨우는 재료로 삼을 수 있는가? 그러기 위해서는 무엇을 해야 하는가?

저자에 따르면 우선 자신과 화해해야 한다. 자기 안에서 일어나는 온갖 고통이나 비참과 화해할 때 비로소 타인의 내면에서 일어나는 고통과 비참에도 마음을 열 수 있다. 그렇게 우리는 서로 둘이 아니라 하나임을 깨닫는다.

저자는 또 삶의 고통과 비참함을 무조건 회피하고 기쁨과 영예만을 좇는 태도를 내려놓을 필요가 있다고도 한다. 삶의 비참함과 영예로움에 일일이 끌려 다니지 않는 중도의 자세가 필요하다는 것이다. 더 큰 차원에서 보자면 삶의 비참과 영예는 그보다 더 깊은 큰 차원에 자리 잡고 있는 인간의 본래적 조건이 표면적이고 일시적으로 모습을 드러낸 것에 불과하다는 것이다.

책에는 티베트 불교에서 사용하는 전문 용어들이 간혹 등장하지만 독자들이 글의 전체적인 맥락을 파악하는 데는 크게 무리가 없을 줄 안다. 특히 59개의 전통 티베트 불교 격언인 경구들은 언뜻 보기에 그 의미가 쉽게 파악되지 않을 수도 있다. 각각의 경구에 대한 저자의 설명을 통해 자기 내면에서 실제적인 변화의 연금술을 일으키는 것은 독자들의 몫일 것이다. 그럴 때 이 경구들의 의미가 진정으로 가슴에 와 닿을 수 있다. 이 책이 의도하는 바도 바로 이러한 자기 내면의 연금술이다. 그럼에도 이해되지 않는 부분이 있다면 그것은 전적으로 역자의 부족한 역량 탓이라고 너그러이 헤아려 주시면 감사하겠다.

Start Where You Are

부록

아티샤의 수심요결

체카와 예셰 도르제가 기록하다

첫 번째 요결 : 다르마 수행의 기초가 되는 예비수련

1. 먼저 예비단계 수행을 하라.

두 번째 요결 : 본격적인 보리심 수행

● 무조건적 보리심을 깨우는 지침

2. 모든 다르마를 꿈으로 여기라.

3. 아직 일어나지 않은 의식의 본질을 살피라.

4. 해결책까지도 놓아버리라.

5. 알라야의 본성, 우주의 근원에 머물라.

6. 명상이 끝난 뒤에는 환상의 아이가 되어라.

● 상대적 보리심을 깨우는 지침

7. 내보내고 받아들이는 과정을 번갈아서 수행하되, 두 가지 모두에 호흡을 실어라.

8. 세 가지 대상은 세 가지 독이자 세 가지 공덕의 씨앗이다.

9. 모든 수행을 할 때 경구를 가지고 하라.

10. 내보내고 받아들이는 과정을 자기 자신에서부터 시작하라.

세 번째 요결 : 역경을 깨달음의 길로 변화시키는 수행

11. 온 세상이 재앙으로 가득 차 있을 때, 고난을 통해 보리에 이르는 길로 나아가라.

12. 모든 비난을 자신에게 돌리라.

13. 모든 이에게 감사하라.

14. 혼란스러운 마음을 네 가지의 '카야'로 여기라. 이것이야말로 공에서 벗어나지 않는 최상의 방어책이다.

15. 네 가지 수행이 최고의 방편이다.

16. 예상치 못한 상황에 맞닥뜨릴 때마다, 그것을 명상의 재료로 활용하라.

네 번째 요결 : 일생 동안 수행을 가장 잘 활용하는 법

17. 마음공부에 대한 가르침을 압축한 다섯 가지 힘을 길러라.

18. 죽음의 순간, 의식이 몸에서 떠나는 것에 대한 대승불교의 가르침이 다섯 가지 힘이다. 죽음의 순간에 자신을 인도하

는 법을 아는 일은 매우 중요하다.

다섯 번째 요결 : 마음수련을 평가하기

19. 모든 다르마는 하나로 귀결된다.

20. 두 명의 목격자 중에서 주 목격자를 붙잡으라.

21. 언제나 환희심만은 유지하라.

22. 마음이 산란한 중에도 수행할 수 있다면, 수련을 잘하는 것이다.

여섯 번째 요결 : 마음수련의 원칙들

23. 항상 세 가지 원칙을 지키라.

24. 태도는 바꾸되 자연스러움은 지속하라.

25. 다른 사람의 상처를 입에 올리지 마라.

26. 다른 사람에 대해 깊이 생각하지 마라.

27. 가장 큰 번뇌로 가장 먼저 수행하라.

28. 깨달음에 뭔가 결실이 있기를 바라지 마라.

29. 독 있는 음식을 버리라.

30. 뻔히 예측할 수 있는 사람이 되지 마라.

31. 험담하지 마라.

32. 숨어서 기다리지 마라.

33. 구태여 고통스럽게 하지 마라.

34. 황소의 짐을 암소에게 전가하지 말라.

35. 남보다 앞서 나가려고 애쓰지 마라.

36. 왜곡하지 마라.

37. 신을 악마로 만들지 마라.

38. 남의 아픔에서 자신의 행복을 구하지 마라.

일곱 번째 요결 : 마음수련의 지침들

39. 모든 행위를 할 때, 오직 한 가지 의도를 가지고 행하라.

40. 잘못된 점을 바로잡을 때도 오직 한 가지 의도를 가지고 행하라.

41. 수행으로 하루를 시작하고, 수행으로 하루를 마무리하라.

42. 둘 중에 어떤 일이 일어나더라도 인내하라.

43. 목숨이 위태로운 순간에도 귀의와 보살 서원을 준수하라.

44. '세 가지 어려움' 속에서 수행하라.

45. 세 가지 주요한 원인을 마음으로 받아들여라.

46. 세 가지가 마음에서 시들지 않도록 하라.

47. 세 가지를 따로 떼어서 생각하지 마라.

48. 삶의 모든 면에서 치우침 없이 수행하라. 온 정성을 기울이고, 온 마음을 다하여 언제 어디서나 이를 행하는 것이 중요하다.

49. 늘 분노를 일으키는 것에 대해 명상하라.

50. 외부적 환경에 휩쓸리지 마라.

51. 미루지 말고, 지금 당장 중요한 수행을 하라.

52. 곡해하여 받아들이지 마라.

53. 망설이며 갈팡질팡하지 마라.

54. 온 마음을 다해 수행하라.

55. 탐구하고 분석하여 자신을 자유롭게 하라.

56. 자기연민에 빠지지 마라.

57. 질투하지 마라.

58. 경솔하게 굴지 마라.

59. 박수갈채를 기대하지 마라.

다섯 가지의 암흑기(five dark ages)가 찾아왔을 때,

수심요결은 이 시기를 깨달음의 길로 변화시키는 방편이다.

수바르나드비파Suvarnadvipa 현자로부터

전통적으로 구전되어 전해지는 지침인

암리타amrita(불멸의 생명수)의 핵심이다.

이전 수련의 카르마를 알아차렸을 뿐 아니라

강렬한 헌신에 이끌려

불행과 중상모략을 무시하고

에고에 대한 집착을 다스리는

구전 가르침을 전수받았으니

이제 죽어도 여한이 없다.

마음공부를 위한 지침

성찰과 토론을 도와주는 질문

1. 페마 초드론은 우리가 원하지 않는 삶, 뒤죽박죽 엉망인 삶, 고
   통스러운 삶이라도 모두 깨달음과 지혜, 자비심에 이르는 길로
   변화시킬 수 있다고 말한다. 지금 당신이 맞닥뜨리고 있는 원
   하지 않는 상황이나 힘든 일은 무엇인가? 당신은 지금 이 고통
   에서 도망치려는 것이 맞는가? 그렇다면 어떤 식으로 도망가
   고 있는가? 당신은 있는 그대로의 삶에 보다 열린 마음으로 다
   가갈 수 있는가?

2. 1장에서 페마 초드론은 전통적인 티베트 불교의 가르침을 이야기한다. "이익과 승리는 다른 이에게로, 손실과 패배는 나에게로!"라는 가르침을 처음 들었을 때 어떤 생각이 들었는가? 페마 초드론의 설명을 들은 뒤에 당신의 반응이 바뀌었는가? 이익과 승리가 가지고 있는 장기적인 문제란 무엇일까? 손실과 패배의 이로움이란 무엇일까?

3. 책 전체에 걸쳐 페마 초드론은 보리심, 다시 말해 깨어 있는 여린 마음을 강조한다. 보리심이 왜 중요할까? 우리가 보리심과 연결되지 않으면 무슨 일이 일어날까?

4. 로종 경구들(7가지 마음수련법) 중에서 가장 먼저 나오는 것이 "먼저 예비 단계 수행을 하라"이다. 여기서 예비 단계 수행이란 무엇을 말하는가?

5. 다음 5개의 로종 경구들은 모두 무조건적 보리심의 계발에 관한 것이다.(5개의 경구에는 "모든 다르마를 꿈으로 여기라" "명상이 끝난 뒤에는 환상의 아이가 되어라"를 포함한다.) 두 번째 장 시작부분에 소개한 무조건적 보리심의 특징은 무엇인가?

6. 페마 초드론은 고통을 받아들이고 즐거움을 내보내는 통렌 수행을 다음과 같이 정리하고 있다. "고통스럽고 원하지 않는 일

이 생길 때마다 그것을 들숨과 함께 자기 안으로 받아들여라. (…) 또 즐거운 느낌이 들면 날숨과 함께 그것을 모든 사람에게 내보내라." 이 지침을 처음 들었을 때 어떤 생각이 들었는가? 이 수행을 시도해보았는가? 시도해봤다면, 무엇을 경험했는가?

7. 당신이 가장 마음에 드는 로종 경구는 무엇인가? 지금 당신이 처한 상황에 가장 적합한 경구는 무엇인가?

8. 매일 실천하기 가장 어려울 것 같은 경구와 그 이유는 무엇인가?

9. 페마 초드론은 종종 "모든 비난을 자신에게 돌리라"라는 경구를 이야기한다. 왜 '자신'이 모든 비난을 감수해야 할까? 자신이 불행하다고 느낄 때 다른 사람을 비난하는 경향이 있는가? '모든 비난을 자신에게 돌리면' 어떤 변화가 생길 것 같은가?

10. 20장에서 이야기한 '현실과 이상 사이의 부대낌'은 무엇인가? 왜 페마 초드론은 그 부대낌을 깨달음의 여정에서 그토록 중요하게 말하는 것일까?

11. 5장에서 페마 초드론은 이렇게 말한다. "모든 불교의 가르침, 특히 로종의 가르침에서 가장 핵심적인 지침은 당신이 무엇을 하든 원치 않는 이러한 느낌을 사라지게 하려고 애쓰지 말

라는 것이다." 힘겨운 감정을 수용하고 심지어 그것과 친밀해지는 것이 왜 중요할까? 다음에 원하지 않는 감정과 직면하게 되면 지금까지와 다르게 어떻게 행동할 것인가?

명상 수행에 대하여

이 책에서 소개하는 세 가지 명상 수행법은 다음과 같다.

1 사마타-위빠사나 명상(좌선 명상)

자세한 수행법은 1장에 소개되어 있다. 음성과 동영상 정보를 포함한 다양한 정보를 shambhala.org/meditation에서 이용할 수 있다.

2 로종 명상

59개의 전통 티베트 경구는 일상생활의 기복과 부침을 깨달음의 길로 삼을 수 있도록 도와준다.

로종 경구를 일상에서 사용할 수 있는 방법을 소개한다. 매일 아침 무작위로 경구 중 하나를 고른다. 이 경구에 대한 설명을 읽으라. 설명은 이 책에 나와 있는 것도 좋고, 아래에 소개하는 로종에 대한 추천도서를 읽어도 좋다. 하루 동안 경구의 의미에 따라 보내기 위해 노력한다.

3 통렌 명상

고통을 받아들이고 기쁨을 내보내는 통렌 명상에 관한 자세한 수련법은 6장에 소개되어 있다. 통렌 명상의 네 단계는 다음과 같다.

- 1단계 : 순간적으로 마음을 활짝 열어젖힌다.
- 2단계 : 호흡의 질감을 조정한다. 어둡고 무겁고 뜨거운 기운을 들숨과 함께 들이마신 다음, 밝고 가볍고 시원한 기운을 날숨과 함께 내뱉는다.
- 3단계 : 자신에게 특별히 와 닿는 누군가의 고통을 덜어주려는 마음을 낸다. 그 사람의 고통을 들숨과 함께 들이마신 다음, 날숨과 함께 여유와 편안함을 그 사람에게 보낸다.
- 4단계 : 비슷한 고통을 당하고 있는 모든 존재를 향해 수행의 대상을 확장한다. 모든 존재의 고통을 덜어주려는 마음을 낸다.

통렌은 결코 쉽지 않은 명상 수행법이다. 처음에는 가능하면 음성이나 동영상으로 된 교육 프로그램을 따라 하는 것이 좋다. 음성으로 된 CD는 페마 초드론의 책《Always Maintain a Joyful Mind》의 부록으로 나와 있다. 다음 웹사이트에서도 통렌 수행에 대한 음성과 동영상 지침을 구할 수 있다.

- Pemachodrontapes.com

이 사이트는 페마 초드론의 다양한 음성 법문을 소개한다. 사이트에 들어가서 'tonglen'으로 검색하면 다양한 프로그램을 찾을 수 있다.

- Youtube.com

'Pema chodron good medicine(페마 초드론의 좋은 약)'으로 검색하면 2부로 구성된 동영상에서 페마 초드론은 로종 경구와 통렌 수행의 역사에 대해 이야기한다. 다양한 통렌 명상법도 소개하고 있다.

- Everydayzen.org

이 사이트에서는 선禪 지도자인 노먼 피셔Norman Fischer의 통렌 수행법을 무료로 다운받을 수 있다. 'tonglen'으로 검색하면 음성 파일을 찾을 수 있다.

더 깊은 수행을 원한다면

로종과 통렌 명상에 대해 더 알고 싶다면 다음 도서를 추천한다.

- Chogyam Trungpa, 《Training the Mind: And Cultivating Loving-Kindness》, Shambhala Publications, 2003.

  페마 초드론의 불교 스승인 초감 트룽파가 소개하는 로종 경구에 대한 간결하면서도 심오한 주석서(초감 트룽파는 세계적인 명상센터인 나로파대학과 샴발라 인터내셔널을 창립함)

- Jamgon Kongtrul, 《The Great Path of Awakening: The Classic Guide to Lojong, a Tibetan Buddhist Practice for Cultivating the Heart of Compassion》, Ken McLeod 옮김, Shambhala Publications, 2005.

  19세기의 저명한 티베트 승려가 쓴 로종 경구에 관한 정통 해설서

- Traleg Kyabgon, 《The Practice of Lojong: Cultivating Compassion through Training the Mind》, Shambhala Publications, 2007.

  서구에서 가르침을 펴고 있으며 많은 사랑을 받고 있는 현대의 티베트 불교 승려가 경구와 심화 주석을 새롭게 번역

- 소걀 린포체Sogyal Rinpoche, 《삶과 죽음을 바라보는 티베트의 지혜(The Tibetan Book of Living and Dying)》, Harper One, 1994.

  통렌 명상을 자세하고 쉽게 소개하는 티베트 불교 입문서이자 개론서

지금 있는 곳에서 시작하라

초판 1쇄 발행 2015(단기4348)년 9월 15일
초판 2쇄 발행 2020(단기4353)년 1월 10일

지은이 · 페마 초드론
옮긴이 · 이재석
펴낸이 · 심정숙
펴낸곳 · (주)한문화멀티미디어
등 록 · 1990. 11. 28. 제 21-209호
주 소 · 서울시 강남구 봉은사로 317 논현빌딩 6층 (16103)
전 화 · 영업부 2016-3500 편집부 2016-3532
http://www.hanmunhwa.com

편집 · 이미향 강정화 최연실 진정근
디자인 제작 · 이정희 목수정
경영 · 강윤정 권은주 | 홍보 · 조애리
영업 · 윤정호 조동희 | 물류 · 박경수

만든 사람들
책임 편집 · 최연실 | 디자인 · 오필민 디자인

ISBN 978-89-5699-280-8   03840